Der etwas andere
Kurzgeschichten-Adventskalender

Mit 24 Türchen zum Träumen, Lachen,
Gruseln, Mitfiebern und Genießen

DER ETWAS ANDERE KURZGESCHICHTEN ADVENTSKALENDER

SANDRA BOLLENBACHER & LISA DARLING

Sandra Bollenbacher und Lisa Darling
www.sandrabollenbacher.com
https://instagram.com/lisadarlingbooks

Korrektorat: Claudia Grube
Satz und Umschlaggestaltung: Sandra Bollenbacher
Herstellerische Beratung: Melinda Rauh und Stefanie Weidner
Verlag und Druck: tredition GmbH, Hamburg

Bibliografische Information der Deutschen Nationalbibliothek
Die Deutsche Nationalbibliothek verzeichnet diese Publikation in der Deutschen
Nationalbibliografie; detaillierte bibliografische Daten sind im Internet über
http://dnb.d-nb.de abrufbar.

ISBN:
Paperback   978-3-347-14358-6
Hardcover   978-3-347-14359-3
E-Book   978-3-347-14360-9

Grafiken:
Cover Graphic designed by pikisuperstar/Freepik • Autorenfoto Sandra
Bollenbacher von Veronika Schnabel (*@oni_fotografie*) • Autorenfoto Lisa Darling
von Studioline Photography Chemnitz (*https://www.studioline.de/fotostudios/
chemnitz-sachsen-allee*)

Fonts:
Crimson Pro © 2018 The Crimson Pro Project Authors (*https://github.com/
Fonthausen/CrimsonPro*). This Font Software is licensed under the SIL Open Font
License, Version 1.1. • Louis George Café © 2017 Yining Chen (*yiningchen23@
gmail.com*). All rights reserved. • NorthernSoul & Bloomsbury © Ian Barnard
(*hello@ianbarnard.com*). • Xmas tfb Christmas © Kaiserzharkhan (*http://truefonts.
blogspot.com*).

Für Holli und Julie

1

Lisa Darling

DAS GESCHENK

Ella quetscht sich mit den Einkäufen am prachtvoll geschmückten Weihnachtsbaum im Wohnzimmer vorbei in die Küche und geht zum wiederholten Mal ihre To-do-Liste durch: Das Haus auf Vordermann bringen. Ente und Kartoffelbrei kochen. Den Tisch decken und dekorieren. Dieses Weihnachtsfest zum besten aller Zeiten machen. Genauso wie letztes Jahr und all die Jahre zuvor. Sie wischt sich den Schweiß von der Stirn und seufzt: »Warum heißt dieser Tag überhaupt *Heilig*abend? *Eilig*abend wäre treffender.« Aber Ella macht das schon. Ella kann das. Ella kann alles. Und Ella ist immer gut drauf und perfekt – die perfekte Ehefrau und Mutter eben.

Schon den ganzen Tag ist sie auf den Beinen, um ihr Vorstadthaus noch perfekter zu machen, als es eh schon ist. Und Pepe? Der ist mit den Kindern auf dem Weihnachtsmarkt. »Natürlich, gar kein Problem«, hatte sie gesagt. Genauso, wie es natürlich kein Problem ist, dass sie alleine das Festessen kocht oder dass nicht nur Pepes Eltern, Oma Erna

und Opa Bernhard, zu Besuch kommen, sondern auch sein Bruder Tobias. Tobias, der sich wie jedes Jahr hier breitmachen wird und denkt, er sei der Allerbeste und wisse alles und der sich wie immer in den Mittelpunkt drängen wird. Auf ihn hat sie am meisten Lust an diesem Abend ... nicht.

Ella blickt auf ihre verkratzte Armbanduhr, die wie sie selbst ihre besten Tage schon hinter sich hat, und erschrickt: In weniger als drei Stunden kommen die Gäste! Eilig holt sie Schneidebrett und Küchenmesser hervor, um die Zwiebeln zu schneiden, da klingelt es an der Tür.

»Wer kann das nur sein? Pepes Familie doch noch nicht! Vielleicht hat Pepe seinen Schlüssel vergessen«, stöhnt Ella und öffnet die Tür.

Davor steht ein Postbote. Ein Postbote? Um diese Uhrzeit an diesem Tag?

»Guten Abend«, grüßt Ella ihn leicht irritiert, aber der Postbote schaut sie gar nicht wirklich an. Stattdessen wirkt er ein wenig nervös und legt schließlich das Päckchen, welches er in der Hand hält, vor der Tür ab. Dann verschwindet er. Stirnrunzelnd hebt Ella das Päckchen auf und schließt die Tür wieder.

Für Ella. Erst öffnen, wenn du es verstanden hast, steht darauf.

Wenn sie es verstanden hat ... Das tut sie jetzt definitiv nicht! Aber sie hat auch gerade keine Zeit zum Ge-

9

schenke auspacken, immerhin müssen das Essen fertig gemacht, der Tisch gedeckt und die Geschenke unter dem Baum ausgelegt werden. Auf dem Weg in die Küche legt sie das Geschenk schon mal unter den Weihnachtsbaum und macht sich wieder an die Arbeit.

Als die Familie langsam eintrifft, ist Ella immer noch in der Küche beschäftigt. Dieses Jahr gibt es für sie so viel Arbeit wie nie. Nicht mal herzliche Begrüßungen schafft sie, nur flüchtige Hallos mit einem Winken. Das Geschnatter aus dem Wohnzimmer dringt leise zu ihr in die Küche hinüber und ab und zu kommt jemand herein, um etwas vom fertigen Essen hinüberzutragen.

Als auch Ella endlich fertig ist, begibt sie sich in das weihnachtlich dekorierte Wohnzimmer zum Rest der Familie. Sie nimmt ihren Stammplatz ein und betrachtet stolz das Essen, das dampfend auf dem Tisch steht. Ihre Familie wird still und schaut einander an. Es ist Zeit, mit dem Essen zu beginnen, und danach würde es die große Bescherung geben.

»Meine Lieben«, erhebt Pepe das Wort. »Es freut mich, dass wir heute alle gemeinsam hier sitzen, auch wenn ein geliebter Mensch in unserer Runde fehlt.« Oma Hannelore war Anfang des Jahres von ihnen gegangen. Ella hatte das tief getroffen, denn es war ihre Mutter. Von da an hatte sie gar kein Elternteil mehr gehabt. »Aber sie wird in unserem

Herzen sein. Und auch heute ist sie bei uns ...« Alle am Tisch bekommen glänzende Augen. Es rührt Ella, dass alle ihrer lieben Mama so gedenken und es ist auch das erste Weihnachten seit Jahren, das sie ohne Oma Hannelore feiern. »... so wie wir heute bei ihr sind. Und immer bei ihr sein werden«, sagt Pepe mit erstickter Stimme.

Alle schweigen, bis ihre 4-jährige Tochter Tina fragt, ob sie essen dürfe, sie sei so hungrig. Am Tisch lachen alle leise und erklären das Essen – nach einem »piep piep piep« – für eröffnet.

»Das schmeckt so gut!«, verkündet Tina. »Als hätte Mama es gemacht.«

Ella lächelt. »Aber das habe ich doch auch, mein Schatz«, sagt sie lächelnd und Tina schaut zu ihr hinüber.

»Wir haben es nach ihrem Rezept zubereitet«, erklärt Oma Erna. Stirnrunzelnd blickt Ella sie an. Wir? Ella will nicht unhöflich sein, schon gar nicht an Weihnachten, aber sie hat den ganzen langen Tag in der Küche gestanden!

»Erna«, sagt Ella mit einem Lächeln und bemüht sich um Contenance. »Ich habe –«

»Es hätte ihr geschmeckt«, unterbricht Opa Bernhard lächelnd und legt seine Hand auf Ernas.

Ella ist etwas verwirrt. Pepe sieht zu ihr hinüber und sie blickt ihn fragend an, aber von ihm kommt keine Reaktion. Nur eine stumme Träne, die seine Wange hinunterrollt.

»Darf ich heute Mamas Kugel an den Baum hängen?«, fragt der 7-jährige Leo. Nicht, dass Ella etwas dagegen hätte, aber eigentlich ist es Tradition, dass jeder seine eigene Kugel an den Baum hängt.

Bevor Ella überhaupt etwas sagen kann, antwortet Pepe für sie: »Aber natürlich, mein Schatz, ihr dürft das gern gemeinsam machen.« Er schaut sowohl Leo als auch Tina an.

»Ich vermisse Mama«, sagt Tina plötzlich traurig.

»Aber ich bin doch da, Süße!«, sagt Ella lächelnd und streckt die Hand nach ihrer Tochter aus.

»Wir auch, Maus. Wir auch ...«, antwortet Pepe und wieder kullert eine Träne seine Wange hinunter. Tobias legt seinen Arm tröstend auf den seines Bruders.

Ella starrt stumm auf den Tisch. Was ist hier los? Sie führt eine Gabel voll Kartoffelbrei in ihren Mund, aber sie schmeckt nichts. Kein Geschmack, keine Wärme. Was verdammt nochmal ist jetzt passiert? Ist der Kartoffelbrei so schnell kalt geworden? Sie nimmt noch einen Happen, aber erneut kein Empfinden, kein Geschmack. Das Gleiche probiert sie mit der Ente und dem Rotkraut. Nichts.

»Pepe?«, fragt sie nervös und sieht ihren Mann an, doch der ignoriert sie. »Tina? Leo?« Auch ihre Kin-

der reagieren nicht. »Tobias! Erna, Bernhard!« Ellas Stimme klingt zittrig. Keiner reagiert.

Ella schluckt und erhebt sich. Irgendetwas läuft hier verdammt schief. Vielleicht träumt sie? Ja, das muss es sein. Sie entfernt sich langsam vom Esstisch und kneift sich. Einmal, zweimal ... Sie spürt nichts. Ella lässt sich auf die Couch sinken und vergräbt den Kopf in ihren Händen.

Eine lange Weile sitzt sie so da, ehe sie endlich wieder aufsteht. Ihre Familie ist fertig mit dem Essen und die Kinder hängen die Weihnachtskugel ihrer Mutter gemeinsam an den Baum.

»Der Engel ist Mama!«, verkündet Leo und deutet auf den kleinen Glitzerengel auf Ellas Kugel.

»Kann sie uns sehen?«, fragt Tina und schaut ihren Papa mit großen Kulleraugen an.

»Ja, mein Schatz. Mama kann uns sehen. Und sie ist bei uns ...« Pepe dreht sich um und blickt Ella direkt in die Augen, was ihr kurz einen Hoffnungsschimmer gibt, aber sein Blick wird traurig und er dreht sich wieder um. Einen Augenblick lang schweigen alle, dann versucht Bernhard, sie ein bisschen aufzuheitern.

Kurz danach klopft es an der Tür. Der Weihnachtsmann. Eigentlich nur Onkel Holger, der sich jedes Jahr verkleidet, aber für die Kinder ist es der Weihnachtsmann.

Halb lächelnd, halb traurig beobachtet Ella, wie die Kinder singen und Gedichte vortragen und Onkel Holger Geschenke an alle verteilt. Jetzt sind wieder alle glücklich und die traurigen Blicke von eben verschwunden. Außer aus Pepes Augen.

Träume ich?, fragt Ella sich wieder und blickt in den Spiegel über dem Wohnzimmerkamin. Doch sie kann nichts sehen. Nur einen ganz blassen Umriss ihres Körpers, wenn sie genau hinschaut. Nein! Sie muss träumen! Das kann nicht wahr sein!

Die Bescherung ist zu Ende. Der Weihnachtsmann verabschiedet sich und die Kinder packen fleißig aus. Ella sieht ihnen zu, bis Onkel Holger vor ihr stehen bleibt. »Du hast dein Geschenk schon bekommen«, sagt er zu ihr.

Irritiert sieht Ella sich um. »Du ... du kannst mich sehen?«, fragt sie überrascht.

Onkel Holger nickt und lächelt. »Sie wissen, dass du hier bist«, sagt er mit einer tiefen Stimme. Sie wusste gar nicht, dass Onkel Holger so tief sprechen kann. Es klingt gar nicht nach ihm. »Lass los, Ella«, sagt er sanft. »Lass los und pack dein Geschenk aus.«

»Träume ich?«, fragt Ella voller Hoffnung.

Onkel Holger lächelt liebevoll. »In gewisser Weise ja. Du träumst ... für immer.«

Mit großen Augen schaut Ella auf ihre Familie. Keiner hat mitbekommen, dass Onkel Holger sie ge-

sehen hat. Mit ihr geredet hat! Sie dreht sich wieder zu ihm um, doch er ist verschwunden.

Es ist also wahr, denkt Ella und holt ihr Geschenk. Die Schrift glitzert und ist rot, auf grünem Papier. Vorsichtig wickelt sie es aus und in ihre Hand fällt eine kleine Spieluhr in Form einer Schneekugel. Sie zeigt ihr Haus. Es brennen Lichter in den Fenstern und Schnee rieselt auf das Dach, ohne dass Ella die Kugel geschüttelt hätte. Langsam zieht sie die Kurbel auf und es ertönt »Carol of the bells«.

Im Wohnzimmer hält jeder den Atem an und starrt zu Ella – auf ihre Hand. Ella blickt zu ihrer Familie zurück. Keiner scheint sie zu sehen. Aber hören sie die Melodie? Ella sieht, wie Pepe fassungslos in den Spiegel schaut. Sie schaut ebenfalls zum Spiegel und da sieht er sie an, direkt in ihre Augen, und streckt die Hand aus. Kann er sie sehen? Seine Lippen formen ihren Namen und ein Lächeln breitet sich darauf aus.

Ella spürt, wie etwas mit ihr passiert. Ein Kribbeln. Sie löst sich auf und ihr Spiegelbild verschwindet komplett. Ihr fällt die Spieluhr aus der Hand und sie sieht, wie Tina sofort darauf zuläuft, um sie aufzuheben.

Ellas körperloses Ich entschwebt und ihre Familie wird kleiner. Pepe scheint ihr hinterherzuschauen.

»Ich liebe euch!«, ruft sie und kurz bevor sie verschwindet, hört sie Pepe sagen: »Ich liebe dich auch.«

2

Sandra Bollenbacher

RICHTERIN EMILIA

Emilia hatte schon immer einen großen Sinn für Gerechtigkeit, weshalb sie seit der ersten Klasse davon träumte, Richterin zu werden. Während all ihre Freundinnen noch mit Puppen spielten, saß Emilia hinter ihrem kleinen Richterpult (Papas alter Schreibtisch) – Justitia (Barbie) mit ihrer Waage zu Emilias Linken, ein kleiner Hammer aus Schaumstoff zu ihrer Rechten – und verhängte Urteile über imaginäre Verbrecher, die imaginäre Verbrechen verbrochen hatten. Der Verlauf ihres weiteren Lebens stand fest: Sie würde aufs Gymnasium gehen, nach dem Abitur würde sie Jura studieren, dann eine steile Karriere als Staatsanwältin hinlegen und schließlich das ehrenvolle Amt der obersten Richterin des obersten Gerichts antreten. Ob die weiße Ringellöckchenperücke wohl Pflicht war?

Emilias Eltern hatten nichts gegen die außergewöhnlichen Spiele und Fantasien ihrer Tochter. Ehrgeiz war schließlich nie verkehrt und es gab bei Weitem Schlimmeres, als eine Juristin in der Familie

zu haben. Nur als Emilia, gerade neun Jahre alt geworden, verkündete, sie wolle von nun an nur noch mit »Euer Ehren« angesprochen werden, machten ihre Eltern nicht mit. Als äußerst angenehm empfanden sie es allerdings, wenn Emilia sich nach grobem Ungehorsam oder kurzzeitiger Bösartigkeit selbst zu Fernsehverbot oder Brokkoliessen verurteilte.

Zu Weihnachten hatte Emilia sich keine Geschenke gewünscht. Stattdessen hatte sie ihre Eltern so lange angebettelt, bis diese eingestimmt hatten, sie zu einer öffentlichen Verhandlung im Gericht mitzunehmen.

Aufgeregt hibbelte Emilia auf dem Rücksitz herum. Die Fahrt dauerte viel zu lange, doch sie konnte sich nicht einmal auf ihr Lieblingsbuch – »Was ist was: Das deutsche Rechtssystem« – konzentrieren, das sie seit ihrem Geburtstag im November bereits 53-mal gelesen hatte. Endlich erreichten sie das große, alte Gebäude aus rotbraunem Sandstein. Die Fenster waren wie bei einem Gefängnis mit dicken Eisenstangen gesichert und man kam nur zu dem Eingang im Innenhof, indem man unter einer rot-weiß-gestreiften Schranke und durch ein schweres, drei Meter hohes Tor hindurch sowie über eine kleine Brücke fuhr. Das alles konnten sie freilich erst, nachdem der hinter Panzerglas sitzende Pförtner die Personalausweise von Mama und Papa genauestens begutachtet hatte.

Emilia klebte mit dem Gesicht an der Scheibe und sog alles auf, was sie sah, doch das war leider nicht viel: Der Innenhof war schrecklich unspektakulär und nirgends liefen Anwälte oder Richter herum. Nicht einmal einem einzigen Sträfling begegneten sie, als sie den langen, nach Gummischuhen riechenden Flur entlanggingen. Papa redete leise mit der Frau, die sie am Auto in Empfang genommen hatte, doch auch diese war auf keinen Fall eine Anwältin oder gar Richterin, das erkannte Emilia sofort.

Als sie vor einer breiten Eichentür stoppten, nahm Mama Emilia an die Hand. Emilia lächelte nervös. Gleich würde sie einen echten Gerichtssaal betreten mit einem echten Richter und echten Anwälten und einem echten Angeklagten! Echte Zeugen, echte Sachverständige, echte Gerichtsdiener! Ihre Augen leuchteten glücklich und sie schob sich sogleich an Papas Beinen vorbei in den Raum, als die fremde Frau die Tür öffnete.

»Oh«, entfuhr es ihr enttäuscht.

Der Gerichtssaal hatte nichts von dem, was sie im Fernsehen gesehen oder in Büchern gelesen hatte. Er sah vielmehr ihrem Klassenzimmer nicht unähnlich, nur gab es statt der Tafel einen Flachbildschirm, die Tische waren zu einer großen Tischfläche zusammengeschoben worden und rings herum saßen ein paar Männer und Frauen in Anzügen.

Emilia konnte nicht einmal erkennen, wer davon Angeklagter, Verteidiger, Staatsanwalt oder Richter war! Niemand von ihnen trug eine weiße Ringellöckchenperücke!

»Psst«, machte Mama und schob Emilia vor sich her ans andere Ende des Raums, wo ein paar Stühle in zwei Reihen standen. Emilia ließ sich auf den ersten fallen und stützte das Kinn in die Hände. Vielleicht waren das ja *alles* Anwälte und die restlichen Personen würde gleich nachkommen. Diese Hoffnung zerplatzte allerdings in der nächsten Sekunde, denn eine der Frauen ergriff das Wort und die Verhandlung begann.

Emilia hatte zwar all die Menschen optisch nicht einordnen können, doch sie konnte ihnen schnell ihre Rollen zuteilen, sobald sie sprachen. Die Frau mit den kurzen braunen Haaren, älter als Mama, aber nicht so alt wie Oma, war die Richterin! Und der Mann da links, der ganz rote Ohren hatte, das war der Angeklagte. Der Mann daneben sein Anwalt. Gegenüber saßen zwei Frauen von der Staatsanwaltschaft und ein junger Mann, der während der gesamten Verhandlung kein Wort sprach, sich jedoch unentwegt Notizen machte. Einmal drückte er zu feste auf und Emilia konnte sehen, wie sich ein dunkelblau schimmernder Tintenfleck über dem Text ausbreitete. Eilig tupfte er mit einem Taschentuch über das Blatt. Auch Emilia wünschte sich, ihr Notizbuch und einen Stift dabei zu haben. Wieso hatte sie nicht daran gedacht? Doch sie traute sich nicht, Mama oder Papa nach etwas zu Schreiben zu fragen. Sie traute sich kaum zu atmen! Es war so spannend!

Der Angeklagte, Herr Günther — Emilia war sich nicht sicher, ob das sein Vor- oder Nachname war —, hatte sein Auto im absoluten Halteverbot geparkt. Die Sache war klar: Man durfte nicht im absoluten Halteverbot parken, nicht eine Minute und schon gar keine 37 Minuten! Schuldig!

Aber Herr Günther hatte doch nur dort gehalten, weil es sich um einen Notfall gehandelt hatte! Seine Mutter hatte versucht, an die alte Chinavase zu kommen, die hoch oben auf dem Küchenschrank stand. Der Stuhl war ins Wackeln geraten, sie hatte die Vase heruntergeschlagen, war vom Stuhl gefallen und konnte nicht mehr aufstehen. Zum Glück hatte sie ihr Handy in der Tasche und konnte ihren Sohn anrufen, der sofort zu ihr fuhr, nur leider keinen Parkplatz fand. Das absolute Halteverbot war ihm in diesem Moment egal gewesen, er wollte nur so schnell es ging zu seiner Mutter, um sie ins Krankenhaus zu fahren. Emilia stieß einen leisen Seufzer aus. Sie stellte sich vor, wie sie handeln würde, wenn ihre Mama sich wehgetan hätte. Sie konnte Herrn Günther voll und ganz verstehen. Freispruch!

Das wäre ja alles verständlich, entgegnete eine der Staatsanwältinnen ruhig, doch dadurch, dass Herr Günther im absoluten Halteverbot geparkt hatte, hatte er nicht nur andere Menschen behindert, er hatte sie sogar in Gefahr gebracht! Das absolute Halteverbot befand sich nämlich vor der Einfahrt einer Arztpraxis. (Emilia fragte sich, weshalb die Mama von Herrn Günther statt ihres Sohns nicht den Arzt vom Haus nebenan um Hilfe gebeten hatte, doch umgekehrt würde sie ja auch zuerst nach ihrer Mama rufen, nicht nach Doktor Becker, der in der Etage unter ihnen wohnte.) Was wäre denn zum Beispiel, fuhr die andere Staatsanwältin fort – sie spuckte immer ein wenig beim Reden, das fand Emilia etwas eklig –, wenn jemand, der aus welchem Grund auch immer eine Überdosis an Tabletten genommen hatte und jetzt im Sterben lag, von seinem Freund zum Arzt gefahren würde, dieser jedoch durch die blockierte Einfahrt nicht rechtzeitig zur Praxis käme und der Patient sterben würde? Dann hätte Herr Günther das Leben dieses Mannes auf dem Gewissen! Emilia sah mit großen Augen zwischen der Staatsanwältin, dem Angeklagten und der Richterin hin und her. Das wäre natürlich schrecklich! Die Mama von Herrn Günther hatte zwar sicher große Schmerzen, doch ihr Leben war nicht in Gefahr. Herr Günther hätte die Einfahrt zur

Arztpraxis auf jeden Fall freilassen müssen. Emilia nickte mit zusammengepressten Lippen. Ihre Hände kneteten Hugo, den kleinen grünen Plüschkraken, den sie immer bei sich trug. Hugo war ihr ganz persönlicher Gerichtsprotokollschreiber. Mit seinen acht Armen konnte er auch viel schneller schreiben als der junge Mann der Staatsanwaltschaft. Direkt acht Zeilen auf einmal!

»Auch wenn Sie natürlich rein theoretisch Recht haben, Frau Kollegin«, warf der Verteidiger nun ein, »so ist in dieser knappen halben Stunde, in der mein Mandant mit seinem Fahrzeug die Einfahrt zur Arztpraxis blockierte, kein solcher Notfall eingetreten. Selbstverständlich hat er nicht wissentlich das Leben anderer Menschen gefährdet.« Der Angeklagte nickte heftig. »Wobei ich auch sagen muss, dass es doch *sehr* unwahrscheinlich ist, dass jemand zu einem Hals-Nasen-Ohren-Arzt gefahren wird, wenn er sich mit Tabletten vergiftet hat, statt direkt ins Krankenhaus ... Außerdem ist es doch normal, dass man zuerst an das Wohlergehen der eigenen Familie denkt. Herr Günther hat sich schreckliche Sorgen um seine alte Mutter gemacht!«

Und so ging es eine Weile hin und her. Emilias Kopf brummte.

Zu Hause beim Richterin-Spielen war alles viel einfacher. Der böse Mister Känterbörri hatte einen

Tunnel gegraben und die Kronjuwelen der Prinzessin gestohlen: schuldig. Die dicke Frau Elsa wurde beschuldigt, den Kuchen der fiesen Nachbarin gegessen zu haben, nur weil sie dick war, dabei waren überall am Tatort Hundespuren mit Kuchenresten gefunden worden: nicht schuldig. Papa hatte am Abend den Teller nicht aufgegessen und am nächsten Tag regnete es: schuldig.

Und plötzlich war die Verhandlung vorbei. Emilia sah verwirrt den Anzugmenschen hinterher, als diese nacheinander den Raum verließen. Die Richterin hatte nicht einmal mit einem Hammer auf den Tisch geklopft! Nicht ein einziges Mal waren die Wörter »schuldig« oder »nicht schuldig« gefallen. Herr Günther musste Geld bezahlen, doch mit der Höhe der Summe konnte Emilia auch nichts anfangen. Es waren keine Millionen, daher war die Strafe wohl nicht so schlimm, aber war es überhaupt eine? Den Kopf voller wirrer Gedanken ließ sich Emilia von Papa aus dem Gebäude führen und ins Auto setzen.

Auf der Rückfahrt drehte sich Mama zu ihr um und fragte lächelnd: »Und, mein Schatz, wie hat es dir gefallen? Fandest du das Urteil gerecht?«

»Puuuuuh, ich weiß nicht«, seufzte Emilia. »Ich glaube, ich muss noch viel mehr üben.«

3

Lisa Darling

I'M DREAMING OF ...

Margret Adelaide van Huston verließ tropfend die Badewanne. Das frisch gewaschene Handtuch um ihren Körper schlingend betrachtete sie sich im letzten Fleck Spiegel, der es geschafft hatte, nicht zu beschlagen.

»I'm dreaming of a white Christmas ...«

Leise sang sie »White Christmas« vor sich hin. Schon als Kind war »Weiße Weihnachten« stets der Film gewesen, den sie traditionsgemäß geschaut hatten, wenn sie an Weihnachten zu ihrem Vater ins Hotel kamen. In diesem Film wurde das Lied gesungen und auch heute noch verband sie es darum mit Weihnachten im Hotel.

Früher, als ihr Vater gerade sein Hotel-Imperium aufgebaut hatte, arbeitete er so viel, dass sie und ihre Mutter regelmäßig in einem der Zimmer gewohnt hatten, um öfter bei ihm sein zu können. Und immer wieder hatten sie dort diesen Film angeschaut.

Margret hatte es im Hotel stets gefallen und ganz oft gespielt, sie würde dort arbeiten. Und als sie er-

wachsen wurde, hatte sie tatsächlich Hotelfachfrau gelernt und ein Studium drangehängt, um später das Imperium ihres Vaters zu übernehmen.

Nachdem sie sich abgetrocknet hatte, schlüpfte sie in ihren Morgenmantel und band ihr noch feuchtes Haar zu einem Dutt zusammen. Sie hatte nicht vor, das Hotelzimmer heute Abend noch einmal zu verlassen. Es war schon spät und sie musste am nächsten Tag früh raus, denn ein wichtiger Termin mit dem aktuellen Leiter dieses Hotels erwartete sie. Dafür wollte sie selbstverständlich fit sein, denn dies würde ein wichtiger Deal für die Van-Huston-Hotelkette werden.

Noch immer leise summend ließ sie sich auf dem Bett nieder und schaltete den Fernseher ein. Das Zimmer war viel zu groß für sie, doch ihr Vater war stets großzügig und spendierte ihr jedes Mal eine Suite, wenn sie im Außendienst unterwegs war.

Während sie durch das Fernsehprogramm zappte, klopfte es zwei Mal an der Tür.

»Zimmerservice«, drang eine dumpfe Stimme zu ihr hinein.

Nanu? Jetzt wollte jemand putzen? Das war aber ungewöhnlich. Möglicherweise stand jedoch auch nur ein Azubi vor der Tür, der noch mit den richtigen Begriffen haderte. Sie sollte einfach mal nachschauen, was es gab. Vielleicht überbrachte der Hotelchef ja eine Nachricht bezüglich des anstehenden Termins für sie.

Margret legte die Fernbedienung weg, band ihren Morgenmantel fester zu und öffnete die Tür einen Spalt breit. Davor stand ein junger Mann in einer der Room-Service-Uniformen des Hotels und hatte einen Servierwagen dabei.

»Oh, Room Service«, korrigierte sie ihn subtil und lächelte. »Das ist sehr freundlich, aber ich hab' doch gar nichts bestellt. Sie haben sich sicher an der Tür geirrt.«

»Das ist eine kleine kulinarische Aufmerksamkeit von einem Hotelgast für Sie«, lächelte der junge Mann zurück. Er wirkte nervös. Anscheinend war er wirklich noch neu. Doch das war völlig in Ordnung für Margret. Jeder fing mal an.

»Oh, wie schön!« Bestimmt war das von dem netten Herrn, den sie am vorherigen Abend an der Hotelbar kennen gelernt hatte. Er hatte ganz schön mit ihr geflirtet! Sie musste jedoch zugeben, dass sie nicht ganz abgeneigt war. Der Herr war nämlich sehr charmant gewesen und hatte zum Abschied gesagt, dass er sie gerne wiedersehen würde. Dies hier war sicher eine kleine Aufmerksamkeit von ihm, um in ihrem Gedächtnis zu bleiben.

Lächelnd öffnete Margret die Tür nun ganz und ließ den jungen Room Boy herein. Dieser schob ei-

nen Wagen ins Zimmer, welchen er am Tisch abstellte. Hinter ihm schloss Margret die Tür wieder, da sie davon ausging, dass der junge Mann das Mitgebrachte gleich anrichten würde, und sie mochte es nicht, wenn fremde Gäste in ihr Zimmer sehen konnten. Schon gar nicht, wenn sie nur in einen Morgenmantel gekleidet war.

Sowie sie sich umdrehte, stand jedoch ein zweiter, etwas älterer Mann neben dem ersten. Im Gegensatz zu dem korrekt uniformierten jungen Mann war dieser in Jeans und Flanellhemd gekleidet. Seine Haare wirkten ein wenig störrisch und seine Kleidung so, als trüge er sie schon weitaus länger als nur einen Tag. Erschrocken sog Margret die Luft ein.

»Was zum –«, setzte sie an, doch der jüngere Mann unterbrach sie.

»Es tut mir leid, dass wir Sie belästigen müssen, aber Sie müssen uns helfen!« In seiner Stimme lag ein Flehen, in seinen Augen Verzweiflung.

»Aber ich kenne Sie doch gar nicht!«

»Das stimmt, aber ... Sie könnten Leben retten!« Es ertönten laute, schnelle Schritte auf dem Flur und Türknallen. Die Männer schauten erschrocken auf die Tür hinter Margret. »Die da draußen wollen uns töten! Können Sie uns verstecken?«

»Bitte!«, setzte der Ältere im Flanellhemd flehend hinzu.

»Aber —« Margret befand sich im Zwiespalt. Diese Männer schienen es ernst zu meinen und tatsächlich Hilfe zu benötigen. Doch würde sie sich selbst nicht auch in Gefahr begeben, würde sie ihnen helfen? Wollte sie das wirklich riskieren? Für zwei Fremde?

Hin- und hergerissen stand sie vor ihnen, während die Schritte im Flur näher kamen und Rufe von tiefen Männerstimmen ertönten.

»Schnell!«, sagte sie nun entschlossen. »Einer von Ihnen kann in den Kleiderschrank, der andere ...« Suchend blickte sie sich um. »Dort!« Sie deutete auf den schweren, dunkelroten Vorhang am Fenster. Mit dankenden Blicken nickten ihr die Männer zu und versteckten sich. Keine Minute zu spät, denn prompt in diesem Moment pochte es an der Tür ihrer Suite. Margret schluckte und bemühte sich um Contenance. Sie atmete tief ein, ehe sie schließlich die Tür öffnete und zwei großen, stämmigen Männern in dunklen Anzügen entgegenblickte, die Pistolen im Anschlag hielten.

»Ma'am.« Einer der Männer mit einer Glatze nickte ihr zu.

»Wie kann ich Ihnen helfen?« Sie bemühte sich, möglichst unschuldig und verwirrt zu wirken.

»Wir suchen zwei Männer«, antwortete der Zweite, der im Gegensatz zu dem Glatzköpfigen volles,

dunkles Haar hatte, das sich auf seinem Kopf nur so kräuselte. »Sie halten sich gerade in diesem Hotel auf, darum müssen wir Ihr Zimmer durchsuchen.« Noch ehe Margret reagieren konnte, bahnten die Männer sich einen Weg an ihr vorbei in die Suite.

»Ich muss doch bitten, ich habe nicht –«

»Ma'am, wir haben einen Durchsuchungsbefehl. Diese Männer sind schwer bewaffnet und höchst gefährlich.«

Gefährlich? Margrets Augen wurden groß und sie grübelte, welche dieser Männer logen. Wem sollte sie Glauben schenken? Half sie gerade möglicherweise den Falschen?

Die Männer in Anzügen durchsuchten jeden Winkel ihrer Suite auf leisen Sohlen, die Pistolen erhoben.

Wer sprach die Wahrheit? Wer brauchte wirklich Hilfe? Ängstlich schlang sie die Arme um ihren Körper. Wo war sie hier nur hineingeraten? Gerade noch hatte sie friedlich und ahnungslos etwas Fernsehen schauen wollen und nun stand sie zwischen zwei ihr unbekannten Fronten und musste sich für die richtige entscheiden. Eine Entscheidung, die möglicherweise über Leben und Tod richten würde.

»Wenn Sie etwas gesehen haben, dann verraten Sie es uns.« Der Lockenkopf war zurückgekehrt und schaute Margret ernst an. »Sollten Sie diese Männer bewusst versteckt halten, machen Sie sich strafbar.«

»W-was haben sie denn getan?«, erkundigte sie sich unsicher.

Die Pistole noch immer im Anschlag antwortete er: »Sie schleichen sich als Zimmerservice verkleidet in Hotelzimmer und rauben deren Bewohner aus. Und wenn diese anwesend sein sollten«, der Mann fuhr sich ausdruckslos mit dem Finger über die Kehle, »bye, bye.«

Margrets Kinnlade klappte unwillkürlich nach unten. Als sie dies bemerkte, schloss sie ihren Mund wieder und versuchte, sich zu sammeln. Sie hatte soeben zwei Diebe und Mörder in ihr Zimmer gelassen? Natürlich musste sie diese verraten, sonst würde sie das nächste Opfer sein, sobald die Männer im Anzug das Zimmer wieder verließen, ohne die beiden falschen Hotelmitarbeiter aufgespürt zu haben. Und sie würden sie doch nicht anlügen, oder? Sie wirkten so seriös in ihren Anzügen, wie sie die Zimmer ihrer Suite durchsuchten. Doch die beiden vom angeblichen Room Service hatten so aufrecht gewirkt. Der flehende Ton, die Verzweiflung in ihren Augen. Als würden sie ebenfalls auf Leben und Tod verfolgt.

»Ma'am?« Die tiefe Stimme des Gelockten holte sie zurück. »Haben Sie die beiden nun gesehen oder nicht?«

Margret rang mit sich, doch schließlich hob sich ihr Arm beinahe wie von alleine und deutete zuerst

auf den Kleiderschrank, dann auf den dunkelroten Vorhang.

Dankend – so nahm Margret an – nickte der Lockenkopf ihr zu und blickte zur Tür, in der soeben sein Kollege wieder erschienen war. Mit dem Kopf deutete er diesem die Verstecke an und nach einer kurzen, stummen Absprache traten sie leise auf den Vorhang und den Kleiderschrank zu. Margret biss die Zähne fest aufeinander und wich zurück. Wie automatisch hielt sie die Luft an, als sich die Hände der Agenten – waren es Agenten? – der Schranktür und dem Vorhang näherten. Als hätten sie gemeinsam stumm bis drei gezählt, zogen sie zugleich beides auf und mit einem Mal schossen die zwei Gesuchten an ihnen vorbei in Richtung Tür.

»Stehen geblieben, ihr Bastarde!«, brüllte der Lockenkopf und setzte ihnen hinterher. Der Glatzkopf tat es ihm nach, wobei er Margret unwirsch zur Seite stieß. Sie brüllten, trampelten und kurz darauf fielen Schüsse. Jemand schrie und als Margret in den Flur blickte, lagen die zwei Geflüchteten auf dem Boden. Blut quoll aus den Schusswunden an ihren Köpfen. Das alles war so furchtbar schnell passiert, dass die Informationen einen Moment brauchten, bevor sie in ihr Gehirn vordrangen.

Der Glatzköpfige beugte sich hinunter und überzeugte sich vom Tod der Männer.

Wo waren eigentlich die anderen Hotelgäste? Mussten sie nicht aufgewacht sein von dem Lärm? Sicher traute sich niemand hinaus. Margret atmete tief ein und aus, während der Lockenkopf auf sie zukam und zufrieden grinste.

»Danke, Püppchen. Du hast uns soeben geholfen, zwei unserer drei letzten Zeugen auszuschalten.«

Der Glatzkopf lachte und kam nun ebenfalls zurück zur Suite gelaufen.

»Zeugen?« Margret war völlig von der Rolle.

»Und jetzt bist nur noch du übrig.« Rabiat packte der Lockenkopf sie am Arm und zwang sie im Zimmer auf einen Stuhl, wo er sie mit der Kordel des dunkelroten Vorhangs festband. Sie zappelte und wand sich, doch gegen diesen Schrank von Mann hatte sie keinerlei Chance. Während sie festgebunden wurde, durchsuchte der Glatzkopf ruppig ihre Schränke und sammelte alles ein, was wertvoll aussah. Da ging Margret ein Licht auf: Nicht die toten Männer im Flur waren die Diebe und Mörder gewesen, sondern die Männer, die sie für Agenten gehalten hatte.

»Und jetzt, Püppchen, sag *bye, bye*.«

Der Lockige entsicherte seine Pistole und noch ehe Margret einen klaren Gedanken fassen konnte, ertönte ein ohrenbetäubender Knall.

Erschrocken fuhr Margret hoch und blickte sich in

der Suite um. Alles war ordentlich und hinter dem dicken Vorhang blitzten die ersten milchigen Sonnenstrahlen durch dick fallende Schneeflocken hindurch. Im Fernsehen lief die Wiederholung eines Krimis, in dem gerade wild herumgeballert wurde. Ein Blick auf die Uhr verriet ihr, dass es bereits halb neun war. Margret merkte, dass sie nur geträumt haben musste, und lachte erleichtert auf.

Ein Traum. Alles bloß ein Traum! Gott sei Dank.

Seufzend schaltete sie den Fernseher aus und stand auf, um sich schnell für das Frühstück und den anschließenden Termin fertig zu machen.

Verrückt. Sicher hatte ihr Unterbewusstsein irgendwie den Krimi mitverarbeitet.

Zufrieden und erleichtert, dass sie lebendig und alles wie immer war, fuhr sie mit dem Fahrstuhl ins Erdgeschoss. Lächelnd betrat sie den Frühstücksraum und stutzte, als ihr zwei Männer in dunklen Anzügen entgegenkamen. Einer hatte eine Glatze, einer dunkles, lockiges Haar.

»Morgen, Püppchen«, grinste der Lockenkopf und beide zogen dunkle Sonnenbrillen auf, als sie den Raum verließen.

Sandra Bollenbacher

MARINA

Heute sagte mir Isabelle, dass sie die kleinen Orangen mit den Kernen eigentlich lieber mag als die, die ich gekauft habe. Ich hätte fast losgeheult. Nicht wegen der Orangen, sondern wegen der Erinnerungen, die mit Isabelles Gemecker aufkamen. Ich habe es ihr nie gesagt, aber ich war vor ihr schon einmal verheiratet.

Meine erste Frau, Marina, verschwand fünf Jahre nach unserer Hochzeit. Sie hat auch immer über die Orangen gemeckert. Bei ihr waren es jedoch nicht nur die Orangen: Es begann mit den Bananen (sie waren zu lang) und den Kartoffeln (konnte ich keine dickeren finden?) und selbst die Äpfel entsprachen nicht ihren Erwartungen, obwohl ich besonders darauf geachtet hatte, genau die zu kaufen, die sie immer gekauft hatte. Normalerweise war sie es gewesen, die die Einkäufe erledigt hatte, doch zu jener Zeit war nichts mehr so, wie es einmal gewesen war. Alles hatte sich geändert.

Begonnen hatte es Weihnachten 2006.

Heilig Abend war an einem Samstag gewesen und am Dienstag darauf stellte sie mir die sonderbarste Frage: »Kannst du meinen kleinen Finger sehen?«

Natürlich habe ich erst einmal gelacht, aber die Verzweiflung in ihrer Stimme ließ mich verstummen.

»Geht es dir gut, Liebling?«

»Nein, ich glaube, mir geht es überhaupt nicht gut«, war ihre ruhige, doch bestimmte Antwort. »Schau dir den kleinen Finger meiner linken Hand an, ja? Kannst du ihn sehen?«

Ich war versucht, den Raum zu verlassen, um nicht einer ihrer Spinnereien nachzugeben, denn diese hatte meine Frau zu dieser Zeit öfter, nachdem sie das Baby verloren hatte.

»Eddie, bitte, kannst du meinen Finger sehen?«

Ich sah kurz auf ihre Hand. »Ja, Liebling, ich kann deinen Finger sehen«, sagte ich mit ruhiger Stimme, während ich in ihre besorgten Augen blickte.

Sie biss sich auf die Unterlippe und starrte auf ihre Hand.

»Liebes, ich denke auch, dass es dir nicht gut geht. Willst du dich nicht für den Rest des Tages hinlegen?« Ich fühlte ihre Stirn und dachte, dass sie erhöhte Temperatur haben könnte.

»Ja. Ja, ich lege mich etwas hin«, murmelte sie und verließ, sich geräuschlos wie ein Geist bewegend, den Raum.

41

Ich kann nicht sagen, dass ich mir damals große Sorgen gemacht hatte. Ich nahm an, dass der Stress der Feiertage schuld war. Wir hatten unsere beider Familien zum Weihnachtsessen eingeladen und Marina hatte viel Arbeit gehabt. Wir freuten uns immer, unsere Familien zu sehen, doch noch mehr hatten wir uns gefreut, als sie wieder abgereist waren.

Da ich noch zwei Wochen Urlaub hatte, dachte ich, dass ein Kurztrip über Silvester ihr gut tun würde; sie könnte alles hinter sich lassen, das sie belastete. Am folgenden Freitag packten wir unsere Koffer. Ich fuhr mit ihr zur Küste: Sie hatte immer das Meer geliebt, besonders im Winter, wenn die Wellen wütend gegen die Felsen krachten. Drei Jahre zuvor hatten wir hier ein kleines Haus gekauft, nur für uns beide. Es war entzückend. Es bestand aus einem Wohnzimmer mit Kochecke, zwei Schlafzimmern im Obergeschoss und einem Bad. Die kühle, frische Luft, die Ruhe, die wilde Natur – ich dachte, Marina würde es hier bald besser gehen.

Ich lag falsch. Ihr ging es immer schlechter. Es war nicht so, als hätte ich ihre Veränderung nicht bemerkt, ich nahm sie nur anders wahr. Während sie immer von ihrem Finger sprach – bald war es die ganze Hand –, achtete ich nur auf ihre psychische Gesundheit. Ich wusste ja, dass sie monatelang instabil sein würde, das hatte der Arzt mir gesagt.

Dennoch lag ihre Fehlgeburt nun schon ein Jahr zurück und es ging ihr nicht besser, sondern schlechter. Ich fing an, daran zu zweifeln, ob der Ausflug eine gute Idee gewesen war. Vielleicht war es ihre gewohnte Umgebung, das Alltagsleben, das sie brauchte?

»Möchtest du wieder arbeiten gehen, wenn wir zurück sind?«, fragte ich sie am Neujahrsmorgen, während wir im Bett lagen und sie ihre Hand anstarrte.

»Wie denn, bitte?«, war ihre ungehaltene Antwort. »Wie kann ich denn bitte mit so einer Hand arbeiten?«

Ich seufzte und verließ das Bett, um Frühstück zu machen.

Wollte sie einen Spaziergang machen? Nein.

Wollte sie Scrabble spielen? Nein.

Wollte sie mir beim Kochen des Abendessens helfen? Ganz sicher nicht. Nicht mit dieser Hand!

Der nächste Tag war nicht wirklich besser. Als ich sie jedoch bat, sich für die Heimfahrt fertig zu machen, tat sie es nicht. Sie sagte, ihr ginge es nicht gut, und ich rief einen Arzt an, der kam, um sie zu untersuchen. Da er nur der Arzt des nächstgelegenen Dorfs war, wusste er nicht so recht, wie er mit ihrem Fall umgehen sollte, und verordnete ihr Bettruhe. Also blieben wir. Ich konnte ohne Probleme von hier aus arbeiten, da ich meinen Laptop mitgebracht hatte.

»Erinnerst du dich an jenen Abend, als Fritz zur Autowaschanlage fuhr und nicht wieder zurückkam?«, fragte Marina plötzlich an einem verschneiten Nachmittag. Ich ließ beinahe die Pfanne mit den Würstchen fallen, was meine Frau genervt aufstöhnen ließ: Das war etwas, das sie während der letzten Tage viel öfter tat als zuvor.

»Natürlich erinnere ich mich«, sagte ich leise. Ich hatte ihren Bruder sehr gerne gemocht, auch wenn er etwas merkwürdig gewesen war. »Wie kommst du jetzt darauf?«

»Er meinte damals, nur eine Woche vor seinem Verschwinden, dass etwas mit seinem rechten Fuß nicht stimmen wü–«

»Kannst du bitte damit aufhören? Mit deiner Hand ist alles in Ordnung!«, platzte ich wütend heraus.

»Du schaust sie dir ja nicht einmal richtig an!«, erwiderte sie genauso laut.

»Ich muss sie nicht richtig anschauen, um zu sehen, dass alles in Ordnung ist.«

Ich versuchte mich zu beruhigen. Ich wusste, dass ich ungerecht war und dass es nicht ihre Schuld war, doch sie machte mich verrückt damit.

»Liebling, bitte.« Die Ruhe meiner Stimme überzeugte nicht einmal mich selbst. »Ich würde gerne

Dr. Resch kommen lassen. Ich habe schon gestern mit ihm telefoniert und er würde herkommen ... Okay?«

Sie antwortete mit einem Schnauben und ich interpretierte es als ein Ja.

Dr. Resch kam und gab ihr Tabletten. Trotzdem wollte Marina nicht wieder nach Hause fahren. Da ich die Ruhe und Nähe zur Natur genoss und dachte, dass ich hier sogar besser arbeiten konnte als daheim, stimmte ich zu, noch etwas zu bleiben.

Der Januar verging recht ruhig. Dr. Resch – den ich sehr gut bezahlte – kam zweimal die Woche, um nach meiner Frau zu sehen, und bald schon hörte sie auf, über ihre merkwürdigen Finger oder Hände zu sprechen. Größtenteils blieb sie in einem der Schlafzimmer und verließ kaum noch das Haus. Ich dachte, ich hätte sie ein paarmal dabei erwischt, wie sie ihre Hand anstarrte, doch sobald sie mich sah, versteckte sie sie schnell unter der Decke.

Während das, was sie sagte, wieder normaler wurde, wurde ihr Verhalten unausstehlich.

Ich bat Elke darum, zu uns zu kommen und mir mit dem Haushalt zu helfen, denn obwohl das Haus klein war, war ich es doch nicht gewohnt, mich alleine darum zu kümmern. Elke ist meine Stiefschwester, aber jeder hält sie für meine Cousine. Seit Marina sie auf unserer Hochzeit zum ersten Mal gesehen hatte, dachte sie, dass Elke heimlich in mich verliebt war. Selbstverständlich konnte ihr Elke nie etwas recht machen. Sie putzte die Küche nicht gründlich genug; sie hing das falsche Vogelfutter auf die Terrasse, und selbst wie sie Kaffee kochte, verärgerte Marina. Nach wenigen Tagen hielt es Elke nicht länger aus und verließ uns wieder. Wollte Marina stattdessen eine Haushaltshilfe einstellen? Nein. Sie wollte keinen Fremden im Haus und außerdem könnten wir es uns eh nicht leisten, sagte sie.

Doch es war nicht nur ihre Laune, die konstant schlechter wurde, sie gewöhnte sich auch einige schlechte Verhaltensweisen an: Sie streute Salz in meinen Kaffee, wenn ich gerade nicht hinsah, sie schnitt Löcher in die Zeitungen, und eines Morgens warf sie alle Spiegel aus dem Fenster. Als es März wurde, war es nicht mehr möglich, sich mit ihr zu unterhalten. Entweder hört sie nicht zu oder sie schnitt mir das Wort ab, um über einfach alles zu meckern.

Wie die Orangen.

Ostern kam und sie verließ kaum noch das Bett. Ich war unterdessen ins andere Schlafzimmer umgezogen, da mein Atmen sie nachts nicht schlafen ließ.

Ich weiß nicht, was sie den ganzen Tag da drin gemacht hat. Sie bat mich weder um Bücher noch schaltete sie den Fernseher ein. Wenn ich raten soll-

te, würde ich sagen, dass sie entweder ihre Hand anstarrte oder sich überlegte, was sie noch nerven könnte, sodass sie mich sofort anschreien konnte, sobald ich das Zimmer betrat.

Das Zimmer betrat ich immer seltener.

Ich wusste, es war nicht ihre Schuld. Ich wusste, dass ich ungerecht war, doch ich hielt es einfach nicht mehr aus. Ich hielt *sie* einfach nicht mehr aus. Allein der Klang ihrer Stimme ließ meine Haare zu Berge stehen und ich musste sehr mit mir ringen, mich nicht einfach ins Auto zu setzen und nicht zurückzukommen.

Dr. Resch sagte, dass sie mich brauchte.

Dr. Resch sagte auch, dass wir ein neues Medikament ausprobieren sollten, und das taten wir.

Zuerst dachte ich wirklich, dass es helfen würde. Marina wurde sehr viel umgänglicher und im Juni zog ich zurück in unser gemeinsames Schlafzimmer. Sie wollte allerdings nicht, dass ich sie berührte, und das Bett verließ sie nur einmal am Tag, morgens um acht, wenn ich unten war, um das Frühstück zu machen.

Einmal dachte ich, dass Marina sich erkältet hatte. Hatte sie die vergangenen Wochen tagsüber noch aufrecht im Bett gesessen, so lag sie nun, die Decke bis zum Kinn hochgezogen, und zitterte leicht. Sie sprach jetzt nur noch sehr wenig. In die Decke gewi-

ckelt lag sie den ganzen Tag im Bett und starrte an die Decke. Als ich Dr. Resch rief, ließ sie ihn jedoch nicht an sich heran, sondern schrie und spuckte nach ihm. Mir war das so peinlich, dass ich ihn nie wieder anrief. Noch nicht einmal im Juli, als sie mich bat, ihr eine Wollmütze zu bringen. Als ich sie ihr auf den Kopf setzte, dachte ich, dass ihr Haar sehr dünn und wenig geworden war, aber ich sagte ihr nichts davon. Monatelang nur im Bett zu liegen, war nicht gerade gesund, das wusste ich.

Manchmal bewegten sich stumm ihre Lippen. Manchmal fragte sie mich nach Fritz und warum niemand etwas gemerkt hatte. Oder sie meinte, dass es nun Sinn machte, dass man ihn nie gefunden hatte. Ich glaube, die neuen Tabletten halfen ihr überhaupt nicht. Sie stellten Marina nur ruhig.

»Ich fahre jetzt zum Supermarkt«, sagte ich ihr an einem schönen Nachmittag im August und streichelte ihre Wange, deren Haut beinahe transparent wirkte durch den Mangel von Sonnenlicht. Ich bekam keine Antwort, doch das war nichts Ungewöhnliches. Rückblickend denke ich, dass ich etwas Merkwürdiges an der Bettdecke bemerkt hatte, doch ich konnte beim besten Willen nicht sagen, was es war.

Zwei Stunden später war ich wieder zurück und meine Frau war fort.

Das Bett war leer, nur die Wollmütze lag auf dem Kissen. Ich rannte runter, rief ihren Namen, suchte im Haus, im Garten, auf den Straßen, an der Küste – überall. Das Gleiche tat die Polizei dann tagelang, zu Land und zu Wasser.

Wir haben sie nie gefunden.

Eine Weile bildete ich mir ein, ihre schwache Stimme nach mir rufen zu hören. Ich konnte nicht mehr zurück in ihr Zimmer gehen, zu lebendig war das Bild, wie sie da im Bett lag, vor meinem inneren Auge.

Im September verkaufte ich das Haus. Ich bin nie zu unserem alten Zuhause in der Stadt zurückgekehrt, sondern habe es ebenfalls verkauft und bin ins Landesinnere gezogen. Hier lebe ich nun mit meiner zweiten Frau, Isabelle.

Ich versuche sehr, nicht an Marina zu denken, doch immer, wenn Isabelle grundlos wütend wird, werden die schmerzhaften Erinnerungen wach.

Und manchmal ... manchmal denke ich, dass vielleicht wirklich etwas nicht gestimmt hatte mit ihrer Hand. Es ist so, als ob man etwas sieht, aber gleichzeitig doch nicht sieht. Vielleicht war es das, was sie hat verschwinden lassen.

5

Lisa Darling

PHASE

Ich wollte es ihm schon die ganze Zeit sagen. Immer wieder. Ich nahm es mir oft vor. Einfach, weil ich die Schnauze voll hatte und nie wusste, wie ich ihm gewisse Reaktionen von mir erklären sollte. Zum Beispiel, wenn ich irgendwann am Abend in Tränen ausbrach, nur weil er mich den ganzen Tag ignoriert hatte. Oder warum ich irgendwann so abweisend wurde zwischendurch, wenn wir zu dritt mit noch einem Mädchen umherliefen und ich die zwei dann immer nur kühl distanzierte. Oder weshalb ich manchmal einfach stumm wurde, ihn anzickte und keine Lust mehr hatte, mich mit ihm zu unterhalten. In Wahrheit war das immer, weil ich dann rasend vor Eifersucht war. Die anderen Mädchen bekamen so viel Aufmerksamkeit von ihm. In meinen Augen zumindest. Ich konnte nichts dafür. Ich war so. Ich versuchte jedes Mal, es zu unterdrücken, aber es klappte einfach nie. Die Eifersucht war da. Weil er mir was bedeutete. Vor einer Weile noch hatte ich mir immer eingeredet, dass ich bloß Angst

hatte, ihn als Kumpel zu verlieren, wenn er irgendwann eine Freundin hatte. Das war in der Tat immer noch so. Aber zu der Zeit redete ich mir ein, dass das der einzige Grund für meine Reaktionen war. Jetzt wusste ich es besser. Und wie gesagt, ich wollte es ihm ständig sagen, weil ich es irgendwo in mir eigentlich schon längst wusste. Aber ich hatte dann immer die Hoffnung oder auch die Idee, dass es ja einfach nur so eine Phase von mir sein könnte, in der ich ihn eben gerade mal lieber mochte als sonst. Das musste ja nicht gleich Liebe sein! Das ging sicher wieder weg! Also ließ ich es jedes Mal bleiben und schwieg weiter und heulte viele Nächte zu Hause durch. Nicht, dass sich das ändern würde, wenn ich es ihm sagte. Er empfand nicht das gleiche für mich. Das wusste ich. Das hatte ich von anderen erfahren und wusste es auch einfach durch sein Verhalten. Weil ich ihn kannte. Warum also Gefühle entblößen, wenn sie vielleicht nicht einmal echt waren?

Außerdem kam zusätzlich noch die Angst hinzu, dass er sich mir gegenüber dann anders verhalten könnte. Vielleicht wäre er distanzierter oder würde sogar eine Weile gar nicht mehr mit mir sprechen, weil er mir keine Hoffnungen machen wollte!? Das war nämlich meine Art, auf so etwas zu reagieren. Ob ich es wollte oder nicht. Dieses Verhalten bei mir geschah einfach jedes Mal aufs Neue von ganz allein.

Irgendwann jedoch, vor gar nicht so langer Zeit, gab ich auf und stellte letzten Endes doch fest, dass so eine »Phase« nicht ein Jahr oder länger anhalten konnte, sondern dass da wirklich etwas sein musste. Und so gestand ich es mir ein. Kniff jedoch trotzdem jedes Mal, wenn ich drüber nachdachte, es ihm zu sagen. Vielleicht ahnte er es auch schon? Schließlich waren meine Reaktionen und Ausbrüche manchmal wirklich seltsam. Und ich wollte ständig bei ihm sein und war es auch, insofern es mir möglich war. Und dass ich ihn zumindest sehr gern mochte, war ihm sicher bewusst. Und mir war es auch bewusst, dass es ihm vermutlich bewusst war. Außerdem hakte er in letzter Zeit immer öfter nach, wenn ich mal wieder meine zehn Minuten hatte, in denen ich zickig wurde und ihn grundlos anblaffte. Okay, für mich gab es einen Grund, so sinnlos er auch war. Aber er wusste davon ja nichts. Dennoch hatte ich das Gefühl, er wollte etwas aus mir herauskitzeln. Ein Geständnis.

Irgendwann war es dann so weit, dass er danach ziemlich sauer auf mich war. Und es tat mir leid. Ich wollte nicht, dass er sauer auf mich war. Schon gar nicht wegen so einer Minilappalie. Ich vergrub mich mal wieder in meinem Kissen und heulte. Ich wollte mich entschuldigen, doch wusste nicht, wie. Er wollte wissen, warum ich denn so reagierte, und ich wusste keine Erklärung außer der einen.

Letztendlich entschloss ich mich dazu – mal wieder: Ich wollte es ihm sagen. Aber wie? Per E-Mail oder WhatsApp war mir zu unpersönlich. Also setzte ich mich an meinen Schreibtisch und schrieb einen – leider ebenso unpersönlichen – Brief. Ich war so feige. Und ich hatte Angst. Ich wollte bei ihm vorbeifahren und ihm den Brief in die Hand drücken, damit es wenigstens eine kleine persönliche Note bekam. Ich würde es sicher eh nicht tun, da war ich mir sicher. Aber mein Unterbewusstsein ließ mich zittern. Kaum dass ich den Brief fertig und noch einmal gelesen hatte, zitterte ich am ganzen Leib. Und es hörte nicht auf, während ich mir Jacke und Schuhe anzog, den Autoschlüssel griff und den Brief einsteckte. Sogar beim Autofahren zitterte ich weiter und der Weg zu ihm war noch nie so lang gewesen. Zumindest nicht mit dem Auto. Ich schaltete das Radio ein. Es lief »Gewinner« von Clueso. Als ich am Vorabend schon einmal darüber nachdachte, es ihm zu sagen, ging ich gerade ins Bad, wo meine Mutter vergessen hatte, das Radio auszuschalten. Da lief das gleiche Lied.

Vor seinem Haus angekommen und ausgestiegen zitterte ich noch mehr und das nicht wegen des Schnees, der zu fallen begonnen hatte. Ich musste das in den Griff kriegen! So ging das nicht. Ich öffnete die Gartentür und atmete tief durch. Ich steuerte seine Haustür an und versuchte, das Zittern unter Kontrolle zu bekommen. Ich klopfte an sein Fenster und stellte erst dann fest, dass die Haustür offen stand. Egal. So musste ich wenigstens nicht noch reingehen, sondern er kam an die Tür. Das erleichterte mir das Gehen. Er kam raus und ich konnte ihm kaum in die Augen sehen. Das Zittern hatte ich einigermaßen im Griff. Zumindest körperlich. Ich drückte ihm den Brief in die Hand und er fragte, warum ich hier sei und ob zu Fuß. Ich fasste meine Antworten kurz, da nun meine Stimme bebte und er das auf keinen Fall mitbekommen sollte, und war auch bei den letzten Worten schon wieder um die Ecke verschwunden. Ich musste weg. Ich musste ganz schnell weg!

Ich wusste, dass es nicht passieren würde, aber insgeheim hoffte ich doch, dass er mir folgen würde. Also drehte ich mich zwei Mal heimlich um. Aber ich behielt recht. Leider ...

Die Gartentür wieder geschlossen und das Auto geöffnet, klingelte mein Handy. Ich setzte mich ins Auto und zog es mit zittrigen Händen hervor. Auf dem Display stand sein Name. Ich starrte es an. Ging ich ran? Ging ich nicht ran? Meine Stimme bebte. Ich wusste nicht, was ich sagen sollte, falls ich überhaupt ein Wort herausbekommen würde. Und außerdem hatte ich das Gefühl, dass er eh nur

fragen wollte, ob ich ihn verarsche. Das konnte ich mir sparen. Ich steckte das Handy also klingelnd wieder ein und startete den Motor. Ich fuhr los und drehte das Radio auf, während das Handy sich ausklingelte. Es lief immer noch Clueso. Ich hab' mal ein Buch gelesen, in dem ging es um einen Mann, der entführt wurde. Er und sein Geiselnehmer fuhren quer durchs Land mit dem Auto und immer lief die passende Musik zur passenden Situation im Radio. Er glaubte nicht an Gott. Aber er glaubte trotzdem, dass Gott ein DJ sein musste. Daran musste ich in diesem Moment denken. Vor allem, als danach »Don't speak« von No Doubt lief. Zufall? Schicksal? Ich schätze, ich glaube nicht ans Schicksal ...

Als das Lied endete, fuhr ich unsere Auffahrt rauf und stieg aus dem Auto. Ich zitterte immer noch. Aber nur leicht. Ich wusste, dass er mir in WhatsApp geschrieben haben musste, schließlich hatte ich gerade all meinen Mut zusammengenommen, um ihm etwas zu sagen, was mich schon sehr lange bedrückte. Und ich war nicht ans Telefon gegangen.

Als ich mein Zimmer erreichte, versuchte ich so ruhig wie möglich zu sein. Ich zog mich langsam wieder um, ging noch einmal auf Toilette und las erst alle anderen Nachrichten, die ich in der Zwischenzeit bekommen hatte. Doch irgendwann musste ich ja lesen, was er geschrieben hatte. Und ich wollte es auch.

Ich atmete also nochmal tief durch und tippte schließlich auf seinen Namen. Er hatte nur einen einzigen Satz geschrieben:

»Na endlich sprichst du es mal aus.«

6

Sandra Bollenbacher

DIE PUZZLEBANDE
(TEIL 1)

Langsam lösten sich die schwarzen Wolken auf, die sich in der Nacht über den Mond geschoben und ihre schwere Last in einem kräftigen Regenschauer abgeworfen hatten, und bald würden von den grauen Schleiern, die jetzt über den dunklen Himmel wehten, nur noch ein paar weiße Wolkenfetzen zu sehen sein. Einige große Kolkraben pickten im feuchten Gras nach den dicken Regenwürmern und Insekten, die aus ihren unterirdischen Labyrinthen, Höhlen und Löchern gekrochen waren, und auf einem Dach zwitscherte sogar schon eine Amsel, die sich ebenfalls über das ungewöhnlich milde Dezemberwetter an diesem frühen Morgen zu freuen schien.

Katrin kam eine noch menschenleere Straße des verschlafenen Vorstädtchens hinunter gejoggt. Ihre Turnschuhe quietschten leise auf dem nassen Asphalt und sie wäre beinahe auf einer Plastikverpackung, die jemand achtlos fortgeschmissen hatte, ausgerutscht. Auf den letzten Metern übermannte

sie jedes Mal die Müdigkeit und ihre Achtsamkeit ließ nach. So auch an diesem Morgen, denn fast wäre sie dem Nachbarn Schulze in die Arme gelaufen, der seinen Hund Benno Gassi führte, wäre der alte Rüde nicht laut bellend einem verstörten Raben hinterher um die Ecke einer hohen Hecke gefetzt. Erschrocken sprang Katrin über das niedrige Mäuerchen eines vorbildlich gepflegten Vorgartens und kauerte mit bis zum Hals klopfendem Herzen auf allen Vieren hinter einem Busch, bis Herr Schulze und Benno außer Sicht- und Hörweite waren. Ein kurzer Blick auf die Armbanduhr verriet ihr, dass sie viel zu spät dran war. In zehn Minuten würde der Wecker ihrer Eltern klingeln und spätestens um sieben Uhr würde ihre Mutter an ihre Tür klopfen, um auch Katrin zu wecken.

Die letzten zweihundert Meter legte sie im Eiltempo zurück und hechtete über das alte Gartentürchen, das sich bei feuchtem Wetter so stark verzog, dass es nur mit viel Kraft und unter ohrenbetäubendem Quietschen zu öffnen war. Auf Zehenspitzen folgte sie dem kurzen Weg zum Haus und hüpfte dann von einem großen Sandstein zum nächsten über das leere Beet, das unter ihrem Fenster lag, um keine verräterischen Fußabdrücke in der nassen Erde zu hinterlassen. Vorsichtig stieß sie das Fenster auf und zog sich hoch. Beinahe wäre sie wieder nach unten gestürzt, als ihre linke Hand auf dem glitschigen Fenstersims ausrutschte und sie sich an der rauen Hauswand den Daumen aufkratzte, doch sie biss die Zähne zusammen und hievte sich mit einem leisen Stöhnen ins dunkle Zimmer. Eine Minute gönnte sie sich, in der sie bewegungslos bäuchlings auf dem weichen Teppich lag und lauschte. Durch das geöffnete Fenster drang hier und da das Startgeräusch eines Automotors, der Wind raschelte sanft in den Zweigen der großen Tanne, die im Garten der Nachbarn stand, doch im Haus selbst war es beruhigend still.

Am liebsten wäre Katrin direkt hier auf dem Boden in ihren verschwitzten und dreckigen Klamotten eingeschlafen. Gähnend stand sie auf, kickte die nassen Turnschuhe in eine Ecke, schälte sich aus den schwarzen Leggings und dem schwarzen Sweatshirt, den Socken und dem BH, verstaute alles in einer Plastiktüte, die sie unter dem Bett versteckte, zog sich das T-Shirt über den Kopf, das einmal ihrem Vater gehört hatte und die Tourdaten seiner Lieblings-Heavy-Metal-Band in mittlerweile kaum mehr leserlichen, verblassten Buchstaben verkündete, und krabbelte ins Bett. Am Anfang war sie nach diesen nächtlichen Ausflügen immer mit wild umherrasenden Gedanken dagelegen, doch mittlerweile fiel sie direkt ins Reich der Träume, sobald ihr Kopf das Kissen berührte.

Der Weckruf ihrer Mutter kam wie immer viel zu früh. Katrin blinzelte in das graue Morgenlicht und hätte sich die Decke über den Kopf gezogen, um noch ein paar Minuten weiter zu schlummern, wenn nicht dabei ein stechender Schmerz in ihren Daumen geschossen wäre, welcher sie endgültig aus dem Schlaf riss. Mit müden Augen, die durch dünne Schlitze zwischen dicken Lidern hindurch lugten, begutachtete sie die Wunde: Sie hatte sich zwar nur etwas Haut abgeschürft, doch die noch frische Kruste hatte sie sich soeben wieder aufgerissen. Gähnend krabbelte sie aus dem Bett und tapste ins Bad, wo sie zuerst ihren Daumen mit einem großen Pflaster verarztete und dann eine kurze Dusche nahm. Das Haarewaschen mit Pflaster am pochenden Daumen war besonders umständlich.

»Ach herrje, wie siehst du denn aus?«, begrüßte ihre Mutter sie eine halbe Stunde später in der Küche, wo sie gerade die Brote für Katrins kleinen Bruder schmierte. »Hast du nicht gut geschlafen? Du siehst aus, als hättest du die halbe Nacht geweint!«

Katrin verdrehte die Augen und winkte ab. »Alles in Ordnung. Bin nur noch etwas müde.«

Sie schmierte sich zwei Brötchen – eins für die Schule, eins aß sie direkt im Stehen. Sie hatte Angst, dass sie wieder einschlafen würde, würde sie sich an den Tisch setzen.

Katrins Mutter musterte sie noch einmal misstrauisch, ging jedoch nicht weiter auf das Thema ein. Stattdessen fragte sie: »Willst du lieber Hühnchen oder Fisch zum Mittagessen?«

»Mir egal«, gähnte Katrin und warf einen flüchtigen Blick auf die Uhr am Küchenradio, das leise einen Hit aus den 90ern vor sich hin dudelte.

»Mist, ich muss los!« Plötzlich war sie hellwach. Schnell verstaute sie ihre Brotbox mit einer Flasche Wasser im Rucksack, klemmte sich das andere Brötchen zwischen die Zähne, schlüpfte in Mantel und Stiefel und rannte zur Tür hinaus. Die Bushaltestelle war nur wenige Meter entfernt und sie erwischte den Bus gerade noch so.

Katrins erste Stunde war Sozialkunde und fürchterlich langweilig. Die meisten Schüler hingen schlaff in ihren Stühlen und nur wenige machten sich lustlos ein paar Notizen. Katrin schielte zu Anita hinüber, die mit der Wange auf ihrem Arm auf dem Tisch lag und die Augen fest geschlossen hatte. Timo, der schräg vor Katrin saß, hatte das Kinn auf seine Faust gestützt, kritzelte unmotiviert auf seinem Block herum und gähnte immer wieder herzhaft. Plötzlich, als hätte er Katrins Blick auf seinem Rücken gespürt, drehte er sich um und grinste sie müde an. Katrin erwiderte das Grinsen und sah schnell wieder weg.

»Okay, ich hab' nicht viel Zeit, muss noch die Erd-kundehausaufgaben abschreiben«, erklärte Freddy hektisch, als sie sich in der ersten großen Pause im Pavillon hinter den brachliegenden Schulgärten tra-fen. Katrin rutschte um den runden Tisch ein wenig näher an Timo heran, um für Freddy auf der Bank Platz zu machen. Freddy verkündete den aktuellen Punktestand und lobte Jochen und Katrin für ihre tolle Zusammenarbeit.

»Wo ist Tina?«, unterbrach er sich plötzlich selbst.

»Weiß nicht, sie war die ersten zwei Stunden schon nicht da und antwortet nicht auf meine Text-nachricht«, sagte Anita und warf Katrin einen ängstlichen Blick zu. »Ich hab' sie gestern Nacht noch bis zur Brücke begleitet, danach mussten wir in verschiedene Richtungen.« Kurz schwiegen sie alle, und Katrin wusste, dass durch die Köpfe der anderen vier die gleichen Gedanken rasten wie durch ihren: Hoffentlich war Tina nichts passiert! Und hoffentlich hatte sie sie nicht verraten ...

»Ich werde nach der Schule mal bei ihr vorbei-schauen«, sagte Jochen schließlich und Katrin ver-kniff sich nur mit aller Mühe ein Schmunzeln. Dass Jochen Hals über Kopf in Tina verschossen war, wusste zwar nur sie, weil er es ihr letzte Nacht ver-raten hatte, doch da Katrin es bereits zuvor vermu-tet hatte, war sie sich sicher, dass die anderen – zu-

mindest Anita und Freddy – ebenfalls nicht ahnungslos waren. Was Timo betraf, so hatte Katrin
allerdings nicht den Hauch von einem Plan, was in
dessen Kopf so alles vorging.

»Alles klar. Ich würde sagen, wir verteilen trotzdem jetzt die Rollen. Du kannst ihr ja dann den Umschlag vorbeibringen, Jochen«, sagte Freddy und
angelte einen kleinen, abgegriffenen Holzwürfel aus
der Jackentasche. Katrins Herz begann sofort aufgeregt schneller zu schlagen.

Anita durfte als Erste würfeln. Eine Drei. Jochen
hatte eine Zwei und Timo ebenfalls. Katrin nahm
den Würfel in die linke Hand, um mit der rechten unter dem Tisch kräftig den heilen Daumen zu drücken.

Gerade, gerade, gerade!

Eine Vier! Mit einem coolen Grinsen schlug sie mit
Jochen und Timo ein, während sie in ihrem Kopf
Party feierte. Endlich war sie wieder einmal mit
Timo in einem Team!

»Gut, dann also ihr drei gegen Anita, Tina und
mich.« Freddy nickte Anita in seiner gewohnt ge-
schäftsmäßigen Art zu und holte dann sechs weiße
Umschläge aus seinem Rucksack. Anita bekam einen mit einem O darauf, Katrin, Timo und Jochen
die Umschläge mit einem X. Jochen steckte außerdem noch einen O-Umschlag für Tina ein. Dass er
den Umschlag nicht öffnen und heimlich lesen wür-

de, verstand sich von selbst, und Katrin wusste, dass Jochen der Letzte war, der in irgendeiner Form betrügen würde. Er benutzte ja nicht einmal Spicker oder schrieb beim Nachbarn ab!

»Ja! Und dann kam die Polizei mit ganz viel Blaulicht und Tatütata«, erzählte ein kleiner Junge aufgeregt seinem Freund im Sitz vor Katrin auf der Heimfahrt im Bus. »Das war bestimmt wieder die Puzzlebande, sagt mein Papa! Nachher heißt es wieder in den Nachrichten, dass nichts gestohlen, dafür aber ein mysteriöses Puzzleteil gefunden wurde, wirst sehen!«

»Die sind doch total dumm«, murmelte der andere Junge gelangweilt. »Wieso klauen die nichts, wenn sie schon wo einbrechen? Ich würd' da längst irgendwo im Ausland sitzen und fröhlich meinen riesigen Haufen Geldscheine zählen.«

»Du bist so ein dummer Affe«, entgegnete sein Freund genervt. »Ein gewöhnlicher Einbrecher sein, das kann jeder. Die *Puzzlebande*« – der andere Junge lachte verächtlich – »ist viel cooler.«

Den Rest des Streits der beiden Kinder bekam Katrin nicht mehr mit, da sie aussteigen musste.

Erst nach dem Mittagessen, als sie alleine in ihrem Zimmer war, um Hausaufgaben zu machen, hatte

Katrin Gelegenheit, den Umschlag zu öffnen. Wie jedes Mal befanden sich darin eine Rollenbeschreibung mit Anweisungen, ein Lage- und Gebäudeplan und ein kurzer Einkaufszettel. Das nächste Spiel sollte in zehn Tagen in der Nacht von Freitag auf Samstag stattfinden und Katrin war erleichtert darüber, diesmal am nächsten Tag ausschlafen zu können. Sie sah sich ganz genau den Plan des Gebäudes an, in das sie einsteigen sollten (dieses Mal war es das alte Rathaus), verglich ihn mit den Anweisungen und den Dingen, die sie besorgen sollte, und sofort begann sich in ihrem Kopf eine Strategie zu formen. Doch ihre Augen wurden immer schwerer und sie beschloss, ein Nachmittagsnickerchen zu machen, sonst würde das mit den Hausaufgaben auch nichts mehr werden. Also faltete sie die Blätter wieder zusammen und schob sie zurück in den Umschlag. Erst dabei bemerkte sie, dass sich noch etwas darin befand. Sie zog die Papiere wieder heraus und drehte den Umschlag um. Ein kleines schwarzweißes Puzzlestück fiel heraus und kullerte über den Boden. Katrins Herz machte einen Sprung. Sie war nicht nur mit Timo in einem Team, sondern auch noch – zum ersten Mal! – die Person, die das eigene Puzzleteil gegen das des O-Teams, das irgendwo im alten Rathaus versteckt war, austauschen musste.

Insgesamt gab es zweimal neun Puzzleteile – neun für Team X, neun für Team O. Gespielt wurde immer in tagsüber frei zugänglichen Gebäuden wie Schulen, Bibliotheken, Ämtern oder Kirchen. Bis zu dem Datum, für das das Spiel angesetzt war, durften beide Teams den Ort des Geschehens nach Lust und Laune auskundschaften. Am Tag selbst durfte dann nur noch Team O hinein, um sein Puzzleteil zu verstecken. Da so ein kleines Puzzleteil, etwa münzgroß, natürlich sehr einfach zu verstecken war – man musste es schließlich nur hinter einen Schrank rutschen lassen – gab es dafür gewisse Bedingungen. Eine war, dass es gut sichtbar sein musste und das Versteck zusätzlich bestimmte Vorgaben erfüllen musste, die jede Runde neu definiert wurden, wie etwa die Vorgabe, dass man es nur im Erdgeschoss oder in der Nähe eines Wasserhahns verstecken durfte. Team X, das ebenfalls über die Eigenschaften des Verstecks Bescheid wusste, wurde um Mitternacht aktiv. Es musste unbemerkt in das Gebäude gelangen, das Puzzleteil des anderen Teams finden und durch das eigene ersetzen. Dafür hatten sie, je nach Schwierigkeit des Austragungsorts, zwischen fünfzehn Minuten und einer Stunde Zeit, bis das andere Team die Polizei verständigte und einen Einbruch meldete. Konnte Team X bis dahin nicht die Puzzleteile austauschen, tat es gut daran, aufzugeben und sich aus dem Staub zu machen, schließlich sollte niemand von ihnen geschnappt werden. Das Puzzleteil selbst sollte allerdings von der Polizei gefunden werden – noch ein Grund dafür, es nicht zu gut zu verstecken. Das Spiel war vorbei, wenn entweder alle neun X-Teile oder alle neun O-Teile bei der Polizei lagen, sodass diese eins der Puzzles vollenden konnte. Was dann geschehen würde, das wusste nur der Puzzlemaster, und wer das war, das wusste wahrscheinlich nur Freddy, der zu Anfang des Schuljahres mit der Idee zu ihnen gekommen war.

Katrin warf auf dem Weg ins Bett einen Blick auf die Punkteübersicht. Wer im Gewinnerteam war, bekam einen Punkt. Jochen führte mit zehn Punkten, dicht gefolgt von Freddy mit neun und Katrin mit acht Punkten. Timo bildete das Schlusslicht mit fünf Punkten. Die Polizei hatte bereits acht O-Teile und sieben X-Teile. Würde das O-Team also diese Runde für sich entscheiden, würde das O-Puzzle vervollständigt werden und das Spiel wäre vorbei. Würde Team X gewinnen, gäbe es noch eine letzte, alles entscheidende Runde. Sie konnte Jochen also nicht mehr einholen, doch mit Freddy gleichzuziehen, das war noch drin. Platz zwei wäre ja schon sehr cool.

Noch viel cooler war allerdings, dass sie die nächsten zehn Tage Timo wahrscheinlich ziemlich oft se-

hen würde, um Freitagnacht mit ihm und Jochen zu planen. Diesen Gedanken im Kopf und ein glückliches Lächeln auf den Lippen kuschelte sich Katrin ins Bett und schlief, bis sie am späten Nachmittag vom Klingeln ihres Handys geweckt wurde.

Fortsetzung folgt ...

7

Sandra Bollenbacher

DiE PUZZLEBANDE
(TEiL 2)

Katrin fuhr erschrocken hoch, als das Klingeln ihres Handys sie so unsanft aus dem Schlaf riss. Grummelnd, genervt von sich selbst, dass sie es nicht einfach lautlos gestellt hatte, angelte sie nach dem Gerät, das auf dem Nachttisch lag. Sie hatte eine Nachricht von Jochen. Katrin gähnte, rieb sich die Augen und las:

> Ich war eben bei Tina. Sie ist gestern auf dem Weg zurück in ihr Zimmer auf der dunklen Treppe gefallen und hat sich das rechte Bein gebrochen. Ihre Eltern haben sie sofort ins Krankenhaus gefahren, waren aber natürlich stocksauer und haben sie darüber ausgefragt, wo sie war. Sie meinte, dass sie uns nicht verraten hat, dass ihre Eltern jetzt aber denken, sie hätte einen heimlichen Freund. Ich glaube, ihre Eltern vermuten, dass wir zusammen sind. Zumindest hat ihre Mutter so komisch gegrinst, als sie mir die Tür aufgemacht hat.

Na, von mir aus ;) Jedenfalls wird Tina natürlich nicht mehr mitmachen können. Ich setze dann auch aus, damit es fair bleibt. Außerdem muss ich mich als ihr »Freund« natürlich um sie kümmern ;)))) Sagst du bitte den andern Bescheid? Danke und viel Spaß!!!

»Oh nein«, murmelte Katrin und tippte schnell eine Antwort an Jochen, dann eine Nachricht an die anderen und »Gute Besserung« an Tina.

Als ihr bewusst wurde, dass sie die nächsten Tage und vor allem Freitagnacht mit Timo alleine sein würde, machte ihr Herz einen aufgeregten Hüpfer. Natürlich tat ihr Tina leid und sie fand es schade, dass Jochen nicht dabei sein konnte, doch ganz heimlich freute sie sich darüber, Timo für sich zu haben.

Doch am nächsten Tag in der Schule verkündete Timo ihr, dass er frühestens am Tag vor dem Einbruch Zeit dafür haben würde, die Location auszukundschaften. Das würde ja auch allemal reichen. Katrin war zu gleichen Teilen enttäuscht und genervt. Einerseits frustrierte es sie, dass Timo offensichtlich kein Interesse daran hatte, mit ihr alleine Zeit zu verbringen, zum anderen dachte er wohl, dass es schließlich eh egal sei, wer diese Runde gewann – er war so oder so Letzter. Diese Einstellung fand sie richtig scheiße. Es ging schließlich nicht ums

Gewinnen oder Verlieren, sondern um den Nervenkitzel, ums Zusammenarbeiten und ums Abenteuer!

»Dann geh' ich eben alleine hin«, beschloss sie kurzerhand auf dem Weg zur Bushaltestelle nach Schulschluss und bog stattdessen rechts ab in die Hauptstraße, die hoch zur Innenstadt führte.

In der Nacht waren die Temperaturen endlich unter 0 °C gesunken und die bereits tief stehende Sonne ließ den Frost auf den braunen Blättern am Wegrand glitzern. Vor ihr ging eine Gruppe Mädels, die trotz der Kälte Sneakers und knöchelfreie Hosen sowie offene Jeansjacken über engen Shirts trugen, und Katrin fragte sich, ob Timo vielleicht eher Lust hätte, etwas mit ihr zu unternehmen, wenn sie *so* aussähe. An der nächsten Ampel überholte sie die Mädchen, welche plötzlich lauthals loslachten, doch was sie sagten, konnte Katrin nicht verstehen. Ob sie wohl über sie lachten?

Die Haare ihres Ponys klebten unter der Mütze auf ihrer Stirn, als sie eine Viertelstunde später endlich das alte Rathaus erreichte. Auf dem Platz davor spielten ein paar Kinder Fußball und rannten im Kreis in dem großen, leeren Springbrunnen, während die Eltern mit Thermosflaschen auf den Bänken saßen und die Kleinen im Auge behielten.

Katrin stieß die schweren alten Türen auf und trat in das angenehm warme Innere des unter Denkmal-

schutz stehenden Gebäudes. Jahrzehntelang hatte es als Rathaus der Stadt gedient, doch vor einigen Jahren war, nur eine Querstraße weiter, ein neues, hochmodernes Rathaus errichtet worden. Ein paar wenige Ämter waren im alten Haus geblieben, der Rest diente heute jedoch als Museum für die teils wertvollen, teils kuriosen Eigentümer der Fürstenfamilie, die einstmals hier geherrscht und das Gebäude als Wohn- und Regierungssitz errichtet hatte.

Katrin war bisher nur ein einziges Mal hier gewesen, vor fast zwei Jahren, um ihren Personalausweis machen zu lassen. Um nicht auffällig ratlos in der Eingangshalle herumzustehen und hilfsbereite Menschen auf sich aufmerksam zu machen, ging Katrin zielstrebig die breite Marmortreppe nach oben in den ersten Stock. Hier sollten irgendwo die Puzzleteile versteckt werden. *Auf dem Fenstersims eines Zimmers mit gerader Zimmernummer im blauen Flur des Westflügels.* Diese Angabe war zwar außergewöhnlich präzise, als Katrin jedoch den langen Flur mit dem blauen Teppich und den endlos vielen Türen auf beiden Seiten sah, wusste sie, dass es dennoch sehr lange dauern konnte, das Puzzleteil des anderen Teams zu finden. Wahrscheinlich würden sie es nicht direkt in eines der ersten Zimmer legen, sondern eher in eines der Büros ganz hinten. Außer sie dachten sich natürlich, dass das andere Team sich das denken und von hinten mit dem Suchen anfangen würde. Doch wenn sie sich dachten, dass *sie* sich dachten, dass ... Nein, es war unmöglich zu sagen, welches die beste Strategie war. Vorne anfangen, hinten anfangen, von der Mitte, alternieren ... Katrin ging langsam den Flur entlang und versuchte, auf wichtige Details zu achten, als direkt vor ihr eine Tür aufgerissen wurde und ein großer Mann mit rundem Gesicht und ebenso rundem Bauch herauskam. Beinahe wäre Katrin in ihn hineingelaufen.

»Entschuldigung«, murmelte sie.

»Wollen Sie zu mir?«, fragte der Mann sichtlich genervt.

»Äh, nein.« Katrin fand es immer merkwürdig, gesiezt zu werden, auch wenn sie im Frühling 18 wurde und sich wahrscheinlich so langsam daran gewöhnen musste.

»Wo wollen Sie denn hin?«

Was geht Sie das an?

»Ich suche die Toilette.« Etwas Besseres fiel ihr nicht ein. Hätte sie ein Amt genannt, hätte der Typ sie vielleicht hingebracht – und dann? Doch womöglich war es für Privatpersonen verboten, sich auf dieser Etage aufzuhalten, und wenn der Mann genauso gerne Spionagefilme sah wie sie, dann würde er auf den Standardspruch mit der Toilettensuche sicher nicht hereinfallen!

»Die Klos hier oben sind nur für Angestellte. Gehen Sie unten im Museumsflügel.« Er deutete mit dem Daumen über seine Schulter und Katrin hastete mit einem kurzen »Danke« an ihm vorbei zum anderen Ende des Flurs, wo eine schmale und vergleichsweise schlichte Treppe wieder hinunter ins Erdgeschoss führte.

»Elf«, flüsterte sie zu sich selbst, als sie hastig die Stufen heruntersprang. Das letzte Zimmer des Flurs hatte die Nummer 23 gehabt, also gab es elf Räume mit geraden Zimmernummern. Falls die Türen nicht verriegelt waren, würden sie zu zweit sicher nicht mehr als fünf Minuten brauchen, um das Puzzleteil zu finden. Falls doch …

» … den Zug nicht verpassen.«

Katrin blieb vor Schreck wie angewurzelt stehen. War das nicht Timos Stimme? Leise schlich sie die letzten Stufen herunter und drückte sich an die Wand, um vorsichtig um die Ecke zu lugen. Warum sie sich vor Timo versteckte, wusste sie selbst nicht genau, doch viel wichtiger war die Frage, weshalb Timo gelogen hatte und nun doch hier war. Und mit wem!

»Keine Sorge, ich werde pünktlich losfahren.«

Das war definitiv eine weibliche Stimme. Allerdings …

Katrin zog schnell den Kopf zurück, als die beiden näher kamen. Sie hatte nur einen kurzen Blick auf

Timo erhaschen können. Alles, was sie von seiner Begleitung sehen konnte, war ein rosafarbener Mantel und eine weiße Mütze. Wie eine Barbie. Das war mit Sicherheit eine dieser eingebildeten reichen Tussen, die angeblich adelige Vorfahren hatten und sich benahmen, als tränken sie jeden Sonntag mit der Königin von England Tee.

Die Schritte näherten sich der Treppe und Katrin sah sich in einem Anflug von Panik um. Kein Versteck in Sichtweite. Sie könnte die Treppe wieder hinauflaufen, doch dann würde Timo sie auf jeden Fall bemerken und wissen, dass sie ihn heimlich beobachtet hatte. Aber vielleicht würde er ja auch gar nicht zur Treppe schauen. Und falls doch, dann käme sie einfach ganz cool hinunter und würde *ihn* fragen, was *er* hier machte, wo er doch angeblich keine Zeit hatte. Ha! Dennoch verharrte sie regungslos und ein Stoßgebet in den Himmel schickend, als Timo und seine Begleitung die Treppe erreichten.

Doch Katrin hatte Glück. Keiner der beiden schaute in ihre Richtung.

»Ach und vergiss den Fotoapparat nicht!«

»Nein, Oma, bestimmt nicht.«

Oma! Katrin hätte beinahe laut losgelacht. Das, was sie für eine weiße Mütze gehalten hatte, waren in Wirklichkeit Haare – die Frau, mit der Timo sich nun eine Vitrine mit alten Globen und Atlanten an-

sah, musste mindestens 70 Jahre alt sein! Timo hatte keine Zeit, weil er diese mit seiner Großmutter verbrachte. Wahrscheinlich war sie zu Besuch und er schlug zwei Fliegen mit einer Klappe, indem er mit ihr das Museum besuchte, um gleichzeitig das Gebäude auszukundschaften! Wie gerissen! Wie klug! Timo war einfach cool.

Katrin wartete noch, bis Timo und seine Oma gegangen waren, dann verließ auch sie das alte Rathaus, um sich draußen ein wenig umzusehen. Irgendwie mussten sie schließlich auch nachts in das Gebäude gelangen können.

Am Donnerstag nach Schulschluss war es dann endlich so weit. Katrin hatte schon damit gerechnet, dass Timo ihr absagen würde – immerhin war er ja schon dort gewesen, auch wenn er nicht wusste, dass sie es wusste –, doch als die Klingel das Ende der Englischstunde verkündete und sie aus dem Klassenzimmer hinaus in den Flur trat, wartete er bereits auf sie.

»Wir können mit meinem Auto hochfahren, ich muss nur kurz vorher wo vorbei. Okay?«

Katrin bemühte sich, nicht zu sehr zu strahlen, und nickte lässig: »Klar, kein Ding.«

Timos Auto! Sie hatte gar nicht gewusst, dass er

schon ein eigenes Auto besaß. Sie wusste zwar, dass er schon achtzehn war, in den letzten Sommerferien aus Berlin hergezogen war und Ananas auf der Pizza hasste, doch viel mehr auch nicht.

Sein roter VW Golf parkte unter einem der großen Ahornbäume, die den Parkplatz vom Schulhof abgrenzten. Es war ein alter Wagen und Timo musste zuerst einsteigen und ihr die Beifahrertür von innen öffnen. Im Wageninneren roch es süßlich und herb, nach Turnschuhen und Männerdeo. Am Rückspiegel baumelte ein kleiner Plüschanhänger in Form eines Fliegenpilzes. Wahrscheinlich sollte dieser ihm beim Fahren Glück bringen, mutmaßte Katrin. Sicher das Geschenk seiner Mutter oder Schwester. Oder Oma. Oder Freundin?

Timo ließ den Motor an und fuhr, die rechte Hand an Katrins Kopfstütze, rückwärts aus der Parklücke. Total souverän, ohne Abwürgen des Motors, ohne langsames Vortasten, als hätte er das schon hundertmal gemacht. *Hat er ja wahrscheinlich auch,* sagte Katrin sich. Als er die Hand zurückzog, streiften seine Fingerspitzen Katrins Haare und ein wohliges, warmes Kribbeln lief ihren Nacken hinunter. An der Ausfahrt des Parkplatzes fuhren sie an Anita vorbei und Katrin winkte ihr grinsend. Sie kam sich so unglaublich cool vor, neben diesem tollen Typen in seinem Auto zu fahren. War das da hinten nicht die doofe

Jennifer? Hoffentlich sah sie sie! Haters gonna hate!

»Und, wie war dein Tag heute?«, fragte Timo, als er auf die Straße bog, um sogleich an der ersten roten Ampel anhalten zu müssen.

Katrin zupfte ein wenig am Gurt, der ihr etwas zu eng auf der Brust lag und das Atmen erschwerte.

»Joa wie immer. Die Kehler hat uns mal wieder einen Vokabeltest schreiben lassen, dabei hatte sie am Dienstag gesagt, dass wir heute nur einen Film gucken werden. Voll der Scheiß. Zum Glück waren die meisten Wörter einfache und teils auch alte Vokabeln, aber hallo? Torben hat sich erst geweigert und total protestiert, aber die Kehler hat nur fies gegrinst und gemeint, dass sie ja überhaupt nicht gelogen hat, dass wir ja *danach* 'nen Film gucken werden. So assi.«

Katrin verstummte beschämt nach diesem Redeschwall. Als ob Timo sich dafür interessieren würde! Was laberte sie denn da bitte schön? Aber ihr fiel auch absolut nichts anderes ein.

Doch Timo lachte schnaubend und schüttelte den Kopf. »Ich bin so froh, die nicht zu haben. Tust mir echt leid. Was über die so hört ...«

»Du bist im LK vom Schreiber, oder?«

Timo nickte.

»Der ist voll korrekt. Nur Jennifer scheint er nicht abzukönnen. Aber wer kann das schon?«

Katrin lachte erleichtert. Timo mochte Jennifer auch nicht! Dabei standen doch *alle* Kerle auf Jennifer. Ha! HA!!!

Und dann schwiegen sie wieder. Katrin überlegte fieberhaft, über was sie reden könnte, um die Stille nicht zu unangenehm werden zu lassen, doch außer Jennifer fiel ihr kein gemeinsames Thema ein und egal wie wenig sie sie mochte, sie wollte die kostbare Zeit mit Timo nicht damit verbringen, über ein anderes Mädchen zu reden – und schon gar nicht zu lästern. Jungs mochten keine Lästermäuler und sie war auch keins. Außer manchmal, aber das war ja schließlich normal.

Gerade, als ihr etwas einfiel, das sie Timo fragen konnte, schaltete dieser das Radio an. Wahrscheinlich war ihm das Schweigen auch unangenehm – oder war er nur höflich gewesen und wollte sich eigentlich gar nicht mit ihr unterhalten? War das, was sie gesagt hatte, so langweilig gewesen, dass er lieber Musik hören wollte, als ihr zuzuhören?

»Boah, *The Intersphere* sind so geil!« Timo drehte das Radio lauter und tippte den Beat mit den Fingern auf dem Lenkrad.

Katrin strahlte über beide Ohren. »Das ist meine Lieblingsband!«

»So geil. Die kommen im Februar in die Stadthalle. Haste Bock?«

»Oh mein Gott, ja!«

»Cool.«

OhmeinGottohmeinGottohmeinGott.

Katrin lehnte mit dem Kopf gegen das Fenster, ließ die Stadt an sich vorbeisausen und war der glücklichste Mensch der Welt.

Noch bevor der Song zu Ende war, fuhr Timo vor einem großen Wohnblock in eine Parklücke.

»Bin gleich wieder da.«

Er ließ ihr das Radio laufen und Katrin sah ihm nach, wie er rasch hinüber zum Haus ging und auf eine der vielen Klingeln drückte. Wenige Sekunden später verschwand er durch die Tür. Blitzschnell zog Katrin ihr Handy hervor und schrieb Anita eine Nachricht. Während sie auf eine Antwort wartete, beobachtete sie einen Mann, der auf einer Leiter stehend Laub aus einer Regenrinne fischte. Ihr Magen knurrte leise, denn seit dem Frühstück hatte sie nichts mehr gegessen. Hoffentlich hatte ihre Mutter etwas gekocht, wenn sie heimkam! Und hoffentlich würde ihr Magen nicht knurren, wenn Timo wieder da war. Wie peinlich!

Nach einem raschen Blick zum Haus sah sie sich ein wenig in Timos Auto um. Im Fach hinter dem Schaltknüppel lagen ein paar Münzen und einzelne, unbenutzte Taschentücher sowie eine Packung Kaugummis. Im Fach an der Beifahrertür steckten meh-

rere eingeschweißte Paare Essstäbchen und die Bau-
anleitung für ein Zelt. Dann drehte sie sich um und
sah auf den Rücksitz. Hinter dem Fahrersitz lagen
Turnschuhe und auf dem Sitz hinter ihr, sie musste
sich ganz schön verrenken, um es genau zu sehen,
ein paar Schulbü–

Erschrocken fuhr sie herum und zerrte sich dabei
fast den Hals, als die Fahrertür aufgezogen wurde.
Timo kippte seinen Sitz nach vorne und hievte eine
große, schwarze Sporttasche auf den Rücksitz. Es
schepperte kurz – wahrscheinlich hatte er Hanteln
da drin.

»Sorry, hat etwas länger gedauert«, sagte Timo,
als er sich wieder hinter das Lenkrad setzte.

»Macht nichts.« Katrin hoffte inständig, dass er
jetzt nicht dachte, sie hätte rumspioniert. Zum Glück
hatte er sie nicht dabei ertappt, wie sie im Hand-
schuhfach wühlte oder so.

Nach nur wenigen Minuten waren sie in der Innenstadt und Timo hielt auf dem Parkplatz hinter
dem alten Rathaus. Zusammen gingen sie einmal
um das Gebäude herum und beratschlagten sich
leise wispernd über die besten Einstiegsmöglich-
keiten, dann schlug Timo vor, dass sie sich aufteil-
ten: Katrin sollte innen alles unter die Lupe nehmen
und er würde hier draußen ein paar Dinge ausprobieren. Katrin passte das ja mal so gar nicht, doch

jetzt damit herauszurücken, dass sie sich bereits alles angeschaut hatte, wäre Quatsch. Er würde sie nur fragen, weshalb sie dann überhaupt hier war. Nein, nein. Also ergab sie sich ihrem Schicksal und betrat abermals das alte Gebäude. Sie traute sich allerdings nicht, wieder nach oben in den ersten Stock zu gehen und dort womöglich zum zweiten Mal dem mürrischen Beamten in die Arme zu laufen. Stattdessen betrat sie den Museumsflügel und schlenderte, immer wieder auf die Uhr schauend, von einem Schaukasten zum nächsten. Porzellan, Porzellan und noch mehr Porzellan. Hier und da ein paar alte Münzen, Bücher, altmodische Geräte zum Backen, Bügeln, Fotografieren, Schreiben und Handwerken, und sogar Schmuck. Neben einem Ring mit rotem Stein und einem hübschen Amulett lag eine glitzernde Tiara, die Katrin in ihren Bann zog. Weißsilbernes Metall war in dünne Fäden gezogen, die zusammengeflochten den Reif bildeten, aus welchem unzählige feine Spitzen in unterschiedlichen Längen und mit funkelnden grünen und türkisfarbenen Edelsteinen besetzt nach oben wuchsen. Genau so stellte sich Katrin die Krone einer Elfenprinzessin vor. Wunderschön.

Auf der Rückfahrt besprachen sie den Plan im Detail und Katrin blieb noch kurz im Auto sitzen, bis sie alles abgehakt und geplant hatten. Später lag sie

voll kribbelnder Vorfreude im Bett und konnte lange nicht einschlafen. Nachts mit Timo alleine auf geheimer Mission, das war so aufregend! Vielleicht würden sie sich irgendwo verstecken müssen, in einem kleinen, engen Kämmerchen. Vielleicht würden sie sich so sehr freuen nach der erfolgreichen Tat, dass sie noch etwas zusammen unternahmen, zusammen den Sonnenaufgang anguckten oder so etwas. Mit einem Lächeln auf den Lippen sank Katrin schließlich weit nach Mitternacht ins Land der Träume.

Fortsetzung folgt ...

8

sandra Bollenbacher

DiE PUZZLEBANDE
(TEiL 3)

Der Freitag zog sich hin wie kaum ein anderer Tag. Während des Unterrichts war Katrin wenigstens abgelenkt und beschäftigt, doch nach dem Mittagessen zu Hause rutschte sie unruhig auf ihrem Stuhl herum, machte sogar schon ihre Hausaufgaben, spielte mit ihrem kleinen Bruder und schaute den ersten *Avengers*-Film. Trotzdem dauert es noch eine gefühlte Ewigkeit, bis sie sich endlich um kurz nach 23 Uhr aus dem Haus stahl, das Fahrrad aus dem Schuppen holte und losfuhr. Es wehte ein kräftiger, kalter Wind, der auf ihrem Gesicht brannte und nach Schnee roch.

Timo wartete bereits. Flüsternd begrüßten sie sich und machten sich sogleich ans Werk. Sie wussten, dass sie nicht viel Zeit haben würden, bevor das andere Team die Polizei verständigte. Wie so oft sah Katrin sich neugierig um, doch sie konnte weder Anita noch Freddy irgendwo entdecken. Ob sie wohl irgendwo in der Nähe waren, das Handy bereit, und alles beobachteten?

Sie hatten sich ein Toilettenfenster auf der Rückseite des Gebäudes im Untergeschoss ausgeguckt. Es war am Tag zuvor offen gestanden und Timo hatte die Verriegelung so präpariert, dass sie nicht mehr richtig schloss. Katrin tauschte ihre flauschigen grauen Wollhandschuhe gegen dünne, schwarze Sporthandschuhe und nacheinander kletterten sie durch das Fenster ins Gebäude.

Katrin bekam jedes Mal eine Gänsehaut bei dem Gedanken, dass sich niemand außer ihr – und ihren Freunden, in diesem Fall Timo – im Gebäude befand. Alles war still, nichts regte sich, die Lichter aus, absolute Leere. Oft stellte sie es sich in diesen Momenten vor, wie es wäre, wenn sie die letzten Menschen auf der Erde wären. Wenn dies Normalität wäre und kein einmaliges Abenteuer. In all den Häusern, in die sie in den letzten Monaten eingestiegen war, wuselte tagsüber das menschliche Leben. Es war ganz so, als wären sie am Tag nur eine Hülle, um die vielen Menschen festzuhalten, und erst in der Nacht konnten sie ihre eigene Persönlichkeit entfalten. Erst ohne die vielen Besucher und deren Parfum und Schweiß konnte man das Gebäude riechen, den Putz, die Pflanzen, erst ohne das Wirrwarr an Stimmen und Schritten die leisen Geräusche des Gebäudes hören, das Gluckern in den Wasserrohren, das Knarren einer Holzdiele. Jetzt hier alleine in diesem Haus zu sein, das war etwas unglaublich Privates. Katrin fühlte sich so, als wäre das Gebäude sich ihrer Anwesenheit bewusst. Sie war nicht mehr eine von Hunderten, die die Gänge rauf und runter liefen. Das Gebäude wusste ganz genau, wo sie sich aufhielt, spürte jeden ihrer Tritte.

Katrin holte ihre Taschenlampe aus dem Rucksack und trat auf leisen Sohlen hinaus aus der Toilette in den Gang. Kein Mucks war zu hören, nur ihr eigener Atem und ganz leise Timos Bewegungen hinter ihr. Lautlos wie eine Katze schlich Katrin den Gang entlang und die Stufen empor ins Erdgeschoss. Sie kamen genau dort im Museumsflügel raus, wo sich Katrin ein paar Tage zuvor vor Timo und seiner Großmutter versteckt hatte. An den Wänden brannte eine schwache Notbeleuchtung und einige der Ausstellungsstücke waren ebenfalls beleuchtet. Stumm zeigte Katrin die Treppe hinauf, Timo nickte und in Windeseile huschten sie die Stufen hoch, hinaus aus dem verräterischen Licht, hinein in die sichere Dunkelheit des Flurs auf der ersten Etage.

»Nur die geraden Zimmernummern«, erinnerte Katrin Timo flüsternd. »Du fängst hier an, ich auf der anderen Seite. Wenn wir das Puzzleteil bis um fünf Minuten vor Mitternacht nicht gefunden haben, hauen wir ab.«

Timo nickte. Das Licht der Taschenlampe verwandelte sein Gesicht in eine Landschaft aus Schatten und

hell leuchtenden Flächen. »Tschakka!«, flüsterte er.

»Tschakka!«, grinste Katrin. Sie drückte ihre Faust gegen Timos und rannte ans andere Ende des langen Gangs. Das leise Knirschen einer sich öffnenden Tür hallte durch die Stille, doch der Schein ihrer Taschenlampe reichte nicht aus, um Timo ins Zimmer gehen zu sehen.

Bitte sei nicht verschlossen!

Bingo! Die Tür zu Nummer 2 ließ sich problemlos öffnen. Das kalte Licht einer Straßenlaterne schien durch das breite Fenster ins Büro und ließ die vielen Blätter auf den beiden Schreibtischen geisterhaft weiß leuchten. Katrin drückte sich an einem Schreibtischstuhl vorbei zum Fenstersims. Leer. Absolut leer.

Die Tür von Nummer 4 war verschlossen. Katrin klemmte sich die Taschenlampe unters Kinn und zog ein schmales Etui aus dem Rucksack. Sie kam sich immer wie eine der drei Schwestern aus dem Anime »Ein Supertrio« vor – *Katzenauge* –, wenn sie dieses Einbrecherwerkzeug benutzte. Doch im Gegensatz zu Katzenauge stahl sie ja nichts. Mit einem leisen Klick öffnete sich die Tür unter ihren flinken Fingern, doch auch auf diesem Fensterbrett gab es kein Puzzleteil zu finden, obwohl Katrin sogar die Pflanzen aus ihren Übertöpfen hob, um darin nachzuschauen. Gerade als sie wieder gehen wollte, hörte sie schwere Schritte auf dem Flur, die schnell näherkamen. Ohne nachzudenken sprang Katrin hinter den Schreibtisch und duckte sich. Sie hörte, wie die Schritte nur wenige Meter entfernt zum Stillstand kamen und die Tür des Büros aufgestoßen wurde. Ihr Herzschlag dröhnte in ihren Ohren und ihre Hände zitterten.

»Katrin? Bist du hier?«, raunte Timos Stimme durch den Raum.

»Ja, bin hier.« Umständlich krabbelte sie aus ihrem Versteck hervor und grinste ihn verlegen an. Natürlich war es Timo.

Sonst ist ja niemand hier! Wie peinlich!

Doch Timo schien weder ihre Schamesröte noch generell den Umstand, dass sie sich vor ihm versteckt hatte, zu bemerken. Er war ganz blass im Gesicht – oder ließ das künstliche Licht der Laterne es nur so wirken? – und sah sie mit zusammengepressten Lippen an.

»Hast du's gefunden?«, fragte sie ihn, auch wenn sie sich sicher war, dass er dann anders geschaut hätte. Irgendetwas stimmte nicht.

»Nein. Hör mal, mir ist irgendwie schlecht. Ich glaub, ich muss kotzen. Ich such' mir ein Klo. Wenn ich bis Mitternacht nicht wieder bei dir bin, hau ab, ja?«

»Timo! Ich ...«

»Versprich's mir! Sonst nehm' ich dich nicht mit zum Konzert!« Sein Lächeln sah erzwungen aus.

Katrin nickte stumm und Timo rannte davon. Einen Augenblick lang stand sie reglos da. Sollte sie ihm nach? Schauen, ob es ihm gut ging? Nein, umgekehrt würde sie es auch nicht wollen, dass Timo ihr beim Brechen zusah. Und so schlimm sah er ja gar nicht aus. Stattdessen sollte sie sich lieber beeilen, wenn sie jetzt den Großteil der Büros alleine durchsuchen musste!

Doch auch Raum 6 war verschlossen und der Fenstersims puzzleteillos.

Katrin sah auf die Uhr. Sie hatte kaum noch Zeit. Wenn jedes der anderen Zimmer abgeschlossen war, würde sie es nicht einmal bis zur Hälfte schaffen! Sie musste sich etwas anderes ausdenken. Dann fiel ihr der lange Balkon ein, der auf dieser Etage um das gesamte Gebäude herumlief. Sie öffnete kurzerhand das Fenster und kletterte hinaus. Das, was von draußen wie ein Balkon ausgesehen hatte, war in Wahrheit viel weniger als das: eine schmale, steinerne Brüstung, die mit Pflanzenkübeln vollgestellt war. Sie kam sich vor wie Lara Croft, als sie sich zwischen den kahlen, spitzen Zweigen hindurchschlängelte, als wären sie giftige Speere, bis sie das Fenster von Zimmer 8 erreichte. Immerhin verdeckte das Gestrüpp sie recht gut, sodass sie wenig Angst hatte, von der Straße aus entdeckt zu werden. Dennoch traute sie sich nicht, die

Taschenlampe einzuschalten und in die Räume hinein auf das Fensterbrett zu leuchten. Stattdessen drückte sie ihre Stirn dagegen.

Nichts.

Weiter.

Nichts.

Weiter.

Einmal fuhr unter ihr ein Auto vorbei und Katrin kauerte sich zwischen die Pflanzenkübel, bis die roten Rücklichter um die Ecke gebogen waren.

Nichts, nichts, nichts. Auf keinem der Fensterbretter war ein Puzzleteil zu sehen. Sie hatte schon fast die Hoffnung aufgegeben, als sie fast am Ende der Hauswand, auf dem Sims des vorletzten Fensters endlich, endlich etwas Schwarzweißes erblickte. Na toll, hätte Timo nur noch eine weitere Tür aufgemacht, bevor er kotzen gegangen war, dann wären sie jetzt schon längst auf dem Nachhauseweg! Stattdessen ...

Katrin erstarrte. Das Herz rutschte ihr in die Hose. Die schrille Sirene der Polizei hallte von nicht allzu weit entfernt durch die Straßen. 0:02 Uhr sagte ihre Digitaluhr.

»Verdammt!«

Würde sie es schaffen, zurück zum geöffneten Fenster zu klettern, die Treppen hinunterzurennen und durch das Kellerfenster zu fliehen?

Nein.

Plötzlich packte sie inmitten dieses panischen Moments trotziger Ehrgeiz: Wenn sie schon geschnappt werden würde, dann wollte sie wenigstens die letzte Runde gewinnen! Sie ging einen Schritt zur Seite, hob einen kleinen Blumentopf in die Luft und zerschlug damit das Fenster. Das Klirren des Glases schrie grell durch die Nacht und Katrin war sich sicher, dass in wenigen Sekunden in den Häusern rings herum die Fenster aufgerissen würden und man aus allen Richtungen mit dem Finger auf sie zeigen würde.

Die Sirenen wurden immer lauter.

Eilig griff sie durch die Glassplitter, fischte das Puzzleteil heraus, steckte es in ihre linke Hosentasche, zog das andere Puzzleteil aus der rechten hervor und warf es ins Zimmer auf den Schreibtisch.

Nur wenige Meter entfernt konnte sie das Blaulicht zwischen den Häusern hindurch blinken sehen.

Vielleicht schaffte sie es ja doch noch?

Am Ende des schmalen Balkons stand ein großer Baum, nicht zu weit vom Gebäude entfernt. Katrin war gut im Klettern. Ein Versuch war es allemal wert! Vorsichtig stieg sie auf die steinerne Brüstung. Ihr Herz pochte so wild, als wollte es aus ihrem Mund hinaushüpfen und sich selbst in Sicherheit bringen, ungeachtet dessen, was mit dem Rest von

Katrin geschah. Der Wind hatte zugenommen, lockte einzelne Haarsträhnen aus ihrem Dutt und drückte ihren Körper immer wieder zurück, als wollte er sie davon abhalten, zu springen.

Doch Katrin sprang.

Ihre Finger krallten sich in die raue Borke, ihre Füße suchten Halt auf einem Ast, rutschten aus, fanden ihn wieder. Einige Sekunden hing sie da, die Arme um den dicken, kalten Stamm wie ein Affenbaby an seiner Mutter, bis die Welt aufgehört hatte, sich zu drehen, und ihre Atemzüge ruhig genug waren.

Vorsichtig, als hätte sie alle Zeit der Welt, tastete sie sich ihren Weg von einem Ast zum nächsten nach unten. Die letzten eineinhalb Meter musste sie sich fallen lassen und landete in der Hocke.

Im gleichen Moment legte ein ohrenbetäubender Lärm los. Katrin dachte zuerst, es wären die Sirenen der Polizeiautos, aber dann begriff sie, dass es aus dem Inneren des Gebäudes kam. Eine Alarmanlage?

Doch sie hatte keine Zeit, um sich darüber Gedanken zu machen. Sie nahm die Beine in die Hand – oder vielmehr die Schlaufen ihres Rucksacks – und rannte los. Nur weg, weg vom alten Rathaus, weg von der Polizei, nach Hause. So weit kam sie jedoch nicht. Nur wenige Dutzend Meter die Straße hinunter blieb sie mit dem Fuß am Bordstein hängen und fiel. Eilig blickte sie sich um, aber die Straße lag menschenleer vor ihr. An ihrem Ende jedoch leuchtete das alte Rathaus im Blaulicht der Polizei. Der Alarm schrillte immer noch und um sie herum ging das Licht hinter einigen Fenstern an. Mehr krabbelnd als laufend flüchtete sie sich in eine dunkle Einfahrt.

Und dann sah sie ihn.

Nicht allzu weit entfernt rannte er quer über einen leeren Parkplatz, eine große Tasche unter dem Arm. *Timo.* Es musste einfach Timo sein. Er hatte es geschafft! Katrin hätte am liebsten laut losgelacht. Sie hatten es beide geschafft, vor dem Eintreffen der Polizei zu verschwinden, *und* sie hatte die Puzzleteile austauschen können. Jetzt musste sie nur noch ungesehen zu ihrem Rad zurückfinden und nach Hause fahren.

Die Sonne war bereits aufgegangen, als Katrin endlich – todmüde, aber das Adrenalin noch immer in ihren Adern pumpend – daheim ankam. Da Abenteuer hungrig machten (und weil ihr kein besseres Alibi einfiel), hatte sie beim Bäcker in ihrem Wohnviertel noch eine Tüte Brötchen gekauft. Ihre Mutter starrte sie ganz entsetzt an, als sie Katrin mit den Brötchen so früh an einem Samstagmorgen in die Küche treten sah, hinterfragte es jedoch genauso wenig wie die Tatsache, dass Katrin eine halbe Stunde später (zurück) in ihr Bett kroch. »Teenager«, hörte Katrin ihre Mutter murmeln, bevor sie die Tür schloss und sich mit einem erschöpften Seufzer aufs Bett fallen ließ.

Obwohl sie das Wochenende über mit Textnachrichten der anderen nur so bombardiert wurde, antwortete sie nur kurz und nichtssagend. Sie wollte ihnen am Montag in der Schule mit Timo zusammen alles ganz genau erzählen.

Montagmorgen im Schulbus war der neueste Einbruch der Puzzlebande Hauptgesprächsthema:

»Ha, siehst du? Ich hab's dir ja gesagt! Das sind ganz normale Diebe!«, erklärte einer der Jungs selbstzufrieden seinem Freund. »Diesmal haben sie alles mitgehen lassen, was von Wert war. Das halbe Museum haben sie ausgeraubt! Und ich wette mit dir, dass sie auch bei all den anderen Einbrüchen was mitgenommen haben, nur hat es da bisher keiner gemerkt oder man wollte es vertuschen!«

Katrin fiel fast das Buch aus der Hand.

»Bitte was?« Fassungslos starrte sie die beiden Kinder an. Plötzlich war ihr kotzübel. *Was zur Hölle ...?*

Anita, Freddy und Jochen – sogar Tina mit ihrem Gipsfuß und Krücken – warteten bereits auf sie an der Haltestelle, die Gesichter käseweiß.

Timo sahen sie nie wieder.

9

Lisa Darling

HERR MAKKARONI

Wie jeden Abend, selbst im tiefsten Winter, saß Karl Markonie in schlichter Kleidung und grauer Wolldecke über den Knien traurig auf der hölzernen Veranda seines Hauses. Eine rote Fliege an seinem Hals stellte einen Kontrast zu seinem sonstigen Erscheinungsbild dar. Beinahe schon machte es ihn schick. Sein trüber Blick glitt über die Passanten auf dem Fußweg vor seinem Grundstück. Das Haus, in dem er lebte, war alt. So alt wie er. 85 Jahre. Als seine Eltern wussten, dass sie ihn erwarteten, hatten sie dieses kleine Haus gebaut – für ihre kleine Familie. Karl war dort aufgewachsen, und obwohl er eine Zeit lang nicht mehr dort gelebt hatte, da ihn sein Studium und seine Zeit danach fortgetrieben hatten, kehrte er doch dorthin zurück, nachdem seine Eltern verstorben waren. Mitgenommen hatte er seine wunderschöne, herzliche Frau Irmgard. Oder Irmi, wie er sie stets liebevoll genannt hatte.

Doch seit mittlerweile einem Jahr lebte Karl ganz alleine in diesem Haus. Das Einzige, was ihm von

seiner geliebten Irmi geblieben war, waren Bilder, Erinnerungen und die rote Fliege, die sie ihm zu ihrer letzten gemeinsamen Weihnacht geschenkt hatte.

Das Haus, in dem er lebte, war ihm nie sonderlich groß vorgekommen. Vier Zimmer, Küche, Bad, Veranda. Doch seit er alleine seine Zeit darin fristete, erschien ihm das Haus viel zu groß. Viel zu leer. Viel zu einsam. Und viel zu traurig. Es schien genauso zu leiden wie er. »ZU VERKAUFEN« prangte in großen Lettern auf einem Schild, das seit einiger Zeit im Garten stand, gut leserlich für alle sichtbar. Doch bisher hatte niemand Interesse angemeldet. Das Haus war einfach zu alt, und obwohl Karl nie über seine Verhältnisse gelebt und immer fleißig gespart hatte, reichte es nicht für eine komplette Sanierung des Hauses. Eigentlich hatte er ins Altersheim gehen wollen, doch es war einfach kein Platz mehr für einen noch so fitten Mann wie ihn. Andere Senioren brauchten diese raren Plätze viel dringender. Und da Irmi keine Kinder hatte bekommen können, kam es, dass er seit einem Jahr nun ganz alleine war. Er hatte sie alle überlebt: seine Frau, seine Freunde, seine kleine Schwester.

Wie jeden Abend um exakt sechs Uhr kam die kleine Nachbarstochter mit ihrer Mutter an Karls Haus vorbei und winkte ihm lächelnd zu. Sie war ein aufgewecktes, freundliches kleines Mädchen. Seit sie vor wenigen Wochen eingezogen waren, grüßte sie ihn jedes Mal fröhlich. Auch seine Mutter nickte ihm stets freundlich zu. Das war sein Highlight des Tages: das kleine, brünette Mädchen und seine Mutter. Die einzigen Menschen, die ihn wahrzunehmen schienen. Mal ganz abgesehen vom Schornsteinfeger, den Zeugen Jehovas und dem Hund der Müllers zwei Häuser weiter.

Heute jedoch war etwas anders. Das Mädchen und seine Mutter, die sonst weiterliefen, blieben vor seinem Gartentor stehen und blickten ihn an. Die Mutter setzte an, etwas zu sagen, doch ihre Tochter war schneller. Geschwind hob sie das kleine Ärmchen und wedelte stark damit, während sie rief: »Ich hab' dir etwas mitgebracht!«

Etwas mitgebracht? Nanu? Karl fuhr ungläubig herum, um zu sehen, ob sie nicht doch mit einer anderen Person sprach. Doch da war niemand und das Mädchen lachte: »Haha, du bist ja witzig. Ich rede mit dir, nicht mit dem Haus!«

Karl erhob sich aus seinem Schaukelstuhl, bemühte sich die zwei Stufen zum Garten hinunter und kam mit vor Spannung leuchtenden Augen durch den Schnee zum Gartenzaun gestapft.

In seiner kleinen Hand hielt das Mädchen einen selbstgebastelten Weihnachtsmann aus Papier.

»Für mich?«, fragte er noch immer etwas ungläu-

big und die Kleine nickte eifrig. Ihre Mutter lächelte.

»Entschuldigen Sie, Herr ...«

»Markonie. Karl Markonie«, stellte er sich schnell vor und reichte der Dame seine Hand. Sie tat es ihm gleich und erwiderte den Gruß.

»Rita Wollstein und das hier ist Mathilda.«

»Wir haben im Kindergarten gebastelt!«, rief Mathilda und drückte ihm den Weihnachtsmann in die Hand, der ein Gesicht mit einem schiefen Lächeln hatte. Die Augen waren unterschiedlich groß und das kleine Mädchen hatte ihm eine knallrote Fliege gemalt. Es war der schönste Weihnachtsmann, den Karl je gesehen hatte. Er strahlte Mathilda und Rita gerührt an.

»Ich hoffe, wir stören Sie nicht, aber sie wollte ihn Ihnen unbedingt schenken.« Rita lachte verlegen.

»Es ist das Schönste, das mir je ein Kind geschenkt hat!«, lächelte Karl glücklich und nickte dem Mädchen zu. Und es war die Wahrheit. Nie hatte ihm ein Kind ein schöneres Geschenk gemacht. »Vielen Dank! Er wird einen Ehrenplatz an meinem Fenster bekommen.«

Und so geschah es. Nachdem die beiden sich verabschiedet hatten, ging Karl zurück in sein Haus und befestigte den Weihnachtsmann am Küchenfenster, das zur Straße zeigte, damit alle Welt ihn sehen konnte.

Der Weihnachtsmann jedoch sollte nicht der einzige Grund bleiben, weshalb Mathilda und Rita immer wieder an seinem Gartenzaun stehenblieben. Immer öfter hielten sie nun an, weil Mathilda ihm etwas schenken wollte.

»Herr Makkaroni, Herr Makkaroni, ich habe etwas für dich gebastelt!«, rief sie dann fröhlich. Seinem Herzen wurde es jedes Mal ganz warm, wenn sie zu ihm kam, und sein Haus wurde von Tag zu Tag immer bunter. Es kam irgendwann sogar vor, dass sie zu einer anderen Uhrzeit als sechs Uhr auftauchte.

Am zweiten Advent hatte Mathilda Plätzchen mit ihrer Mutter gebacken, die sie ihm unbedingt bringen wollte. Und so kam es, dass Karl sie erstmals in sein Haus einlud. Es war ein schöner Abend. Lustig, quirlig und abwechslungsreich.

»Wer ist das?«, fragte Mathilda an diesem Abend und deutete auf ein Foto, auf dem Karl und Irmi an ihrem Hochzeitstag zu sehen waren.

»Das ist meine Frau, Irmi.«

»Sie ist wuuuunderschön!«, seufzte Mathilda und schlug verzückt die kleinen Hände ineinander. »Und wo ist sie jetzt?«

»Mathilda«, mahnte ihre Mutter, da sie es ahnte, doch Karl winkte lächelnd ab.

»Schon gut. Sie ist jetzt im Himmel und wartet dort auf mich.«

Einmal die Woche kamen Mathilda und Rita ihn jetzt besuchen und Karl lernte sogar ihren Papa Robin kennen. Es war eine zauberhafte kleine Familie, einer freundlicher als der andere. Sie brachten wieder Licht in sein Herz, vor allem aber die kleine Mathilda, die irgendwann sogar alleine zu Besuch kam. Sie wurde älter und berichtete ihm in ihrem ersten Schuljahr stets davon, was sie alles gelernt hatte. Sie schrieb seinen Namen – Herr Makkaroni – und ihren Namen, bastelte Freundschaftsarmbänder in einer AG und rechnete ihm stolz kleine Matheaufgaben vor.

Eines Tages brachte sie ein Bild in einem Rahmen vorbei. Es war wieder kurz vor Weihnachten.

»Das habe ich für dich gemalt. Zu Weihnachten«, erklärte sie stolz und überreichte es ihm. Es zeigte ein kleines Mädchen mit brünetten Zöpfen und einen alten Mann mit einer roten Fliege. »Das sind du und ich«, erklärte sie und deutete dabei auf die jeweiligen Figuren.

»Das hast du aber hübsch gemalt. Ich danke dir vielmals!«, freute Karl sich und schenkte ihr eine Umarmung.

Mathilda kicherte und sah den alten Karl an. »Damit du mich nicht vergisst, wenn du irgendwann zu deiner Irmi gehst.«

Mit feuchten Augen lächelte Karl das kleine, quirlige Mädchen an, bevor dieses ihm erneut um den

Hals fiel. Das Bild erhielt einen Ehrenplatz neben seinem Hochzeitsfoto.

Der Winter verging und Karl hatte mittlerweile die 87 geknackt. Doch er spürte, wie ihn die Kraft langsam verließ. Stets war er fit gewesen, hatte sich selbst um sich kümmern können, auch wenn er seine Einkäufe hatte liefern lassen müssen. Doch nun wurde es langsam schwieriger für ihn, sich überhaupt bis auf die Veranda zu begeben oder sogar die Tür zu öffnen, wenn es klingelte. So baten Rita und Robin eines Tages nach dem Schlüssel, um nach ihm sehen zu können. Tagtäglich sahen sie nach ihm, brachten ihm die Post, kochten ihm Essen, gingen einkaufen. Und Mathilda las ihm vor. Jeden Tag aus ihren Lieblingsbüchern. Von fabelhaften Märchengestalten, gewitzten Kindern und mutigen Superhelden.

»Mathilda, ich danke dir«, sprach Karl eines Tages zu dem Mädchen, nachdem sie das Buch zugeklappt hatte.

»Wofür denn, Herr Makkaroni?«, fragte sie in ihrer kindlichen Neugier. Karl lächelte.

»Dafür, dass du meine fabelhafte Märchengestalt bist, die Zauber in mein Leben gebracht hat. Das gewitzte Kind, das mich täglich zum Lächeln bringt. Dass du meine mutige Superheldin bist, die in mein Leben trat, als ich sie gebraucht habe.«

Mathilda lachte und nahm seine alte, runzlige Hand in ihre kleine zarte. »Ach Herr Makkaroni, ich bin doch einfach nur ein Mädchen.«

»Ein ganz besonderes«, lächelte Karl. Seine Stimme war schwach, die Augen aufzuhalten fiel ihm schwer. »Vergiss das nie.«

Mathilda sprang auf, lief ins Wohnzimmer und kam kurz darauf mit dem Hochzeitsbild und ihrem Weihnachtsgeschenk zurück, welche sie neben sein Bett stellte. »Nur, wenn du mich nicht vergisst!«, sagte sie ernst.

»Niemals.«

Am nächsten Tag kam Mathilda gemeinsam mit Rita vorbei. Sie waren wieder einkaufen gewesen und wollten Karls Haus ein wenig für das nächste Weihnachtsfest dekorieren. Dafür hatte Mathilda extra fleißig gebastelt. Während Rita den Kühlschrank einräumte, hüpfte Mathilda in das Zimmer des alten Mannes. Er schlief noch, dabei war es schon später Nachmittag. Oder schlief er schon wieder?

»Hallo!«, rief sie fröhlich, setzte sich auf den Stuhl neben seinem Bett und begann, von ihrem Schultag zu berichten. Sie hatten jetzt Schreibschrift gelernt und außerdem hatte sie heute ihr neues Lieblingsbuch mitgebracht. Ein Buch von einem Jungen, der niemals erwachsen werden wollte. Doch Karl wachte nicht auf. Schließlich rutschte das kleine Mädchen mit den Zöpfen von ihrem Stuhl und tippte den alten Mann an. »Herr Makkaroni?«, fragte sie, während sie ihn besorgt musterte. Sie war ganz still, doch konnte ihn nicht einmal atmen hören. Einen stummen Schrei auf den Lippen stand sie stocksteif da, während ihr die Tränen kam. Dann, als wäre sie aus ihrer Trance erwacht, rannte sie laut rufend in die Küche.

»Mama, Mama, komm schnell! Herr Makkaroni ist zu Irmi gegangen!«

10

Sandra Bollenbacher

SCHATZSUCHE

Ich arbeite oben im Casino als Türsteher. Das Casino hat die Form einer Pyramide, dem Luxor in Los Angeles nachempfunden, es ist nur um einiges kleiner. Ich glaube, so unter uns gesagt, dass dem Besitzer entweder nicht ganz klar ist, wo die echten Pyramiden stehen, oder dass es ihm schlichtweg egal ist, denn der ganze Kram drum herum ist vielmehr Wilder Westen. Ich trage einen Sheriffstern an der Weste und überall stehen Kakteen herum. Wobei es die in Ägypten wahrscheinlich auch gibt. Keine Ahnung. Ach und dann immer diese Gladiatorenkämpfe, so richtig mit Lendenschurz und Helmen mit langen Hörnern und so. Aber das ist ja dann wiederum eher Römisches Reich. Im Prinzip passt dort eins nicht zum andern, doch den Leuten ist's egal. Die kommen, um Spaß zu haben. Na ja, die meisten sind eher Stammkunden. Sie wissen schon. Aber lieber bei uns als illegal im Hinterzimmer, was? Hehehe. Nein, das ist nicht lustig. Ich muss aber auch sagen, dass in all den Jahren – vierzehn Jahre

sind's im Februar! – dass in all den Jahren, die ich dort arbeite, noch nie etwas vorgefallen ist. Ist halt hier keine Großstadt. Die Leute, die bei uns spielen, sind alle anständig. Also, die meisten. Bernd! Bernd hat mal einen erwischt. Aber das war nur ein Handtaschendieb. Das Kriminellste, was ich je hatte, und das kommt schon ab und zu mal vor, sind Jugendliche, die neugierig sind und an den Spielautomaten spielen wollen. Aber da lass' ich mir immer den Ausweis zeigen, bei den jungen Leuten. Und dann schick' ich sie wieder heim, wenn sie keinen haben. Gefälschte Ausweise? Hahaha, nee, gibt's denn so was in Deutschland? Das gibt's doch nur in Amerika. Also, nein. Nein. Die Ausweise, die ich in meinen vierzehn Jahren dort gesehen habe, sahen alle echt aus. Sonst hätte ich die ja nicht reingelassen! Niemals! Aber ich glaube wirklich nicht, dass ... Ein Wasser bitte. Danke. Ich arbeite meistens die Nachtschicht. Von 20.30 Uhr bis 3.30 Uhr. Aber Mittwochnacht, das war der dreiundzwanzigste, da haben wir schon um Mitternacht dicht gemacht wegen Weihnachten. Da ist unser Boss echt anständig. Wie gesagt, das Casino liegt auf halber Höhe zwischen Altstadt und, äh, Bergspitze, wenn man's so nennen will. Ich parke meistens unten im Parkhaus, nicht oben auf dem Parkplatz hinterm Casino, und nutze den Weg zwischen Parkhaus und Casino, um mich ein bisschen an der frischen Luft zu bewegen. Auch im Winter, auch wenn's regnet. Außer ich bin spät dran. Ich bin also kurz nach Mitternacht, vielleicht so um viertel eins, losmarschiert. Es war so eine schöne, milde Nacht, da bin ich nicht direkt den Weg runter, sondern hab noch eine Runde durch den Schlosspark gedreht. Sehr schön dort nachts. Sehr schön. Man sieht auch genug, wenn der Mond voll ist. Fast so hell wie am Tag ist's dann. Man kann sogar die Goldfische im Teich sehen, wenn's Wasser sauber genug ist. Weil's noch so früh war, also verhältnismäßig früh für mich jedenfalls, war ich nicht ganz alleine. Da waren noch ein paar junge Leute im Park unterwegs, meistens Pärchen, die Händchen haltend im Mondschein spazieren gehen. Sehr romantisch. Vor allem ums Schloss herum. Ich wollte die alle ja auch gar nicht stören und bin daher extra den unteren Pfad entlang, also, da unten, wo früher mal der Wassergraben war, wissen Sie? Da ist es recht dunkel, selbst bei Vollmond, da die Mauern so eng und hoch stehen. Aber ich hab' immer eine Taschenlampe bei mir für den Heimweg. Ist ja nicht immer Vollmond, hehe. Ich bin also extra dort unten lang, um die Turteltäubchen nicht zu stören. Manchmal werde ich für einen Polizisten gehalten, wahrscheinlich wegen der Uniform und dem Sheriffstern, hahaha, dann haben sie Angst vor mir und das will

ich ja nicht, ihnen da den Abend verderben. Darum bin ich also unten lang. Etwa auf halber Strecke, wenn man fast genau unterhalb des großen Turms steht, da gibt es eine etwas versteckte Steintreppe, die in die Burgmauer hineinführt. Da ist dann so ein Tunnel. Keine Ahnung wofür – vielleicht haben da früher die Ritter drin gehockt und Wache geschoben? Als ich dort vorbeilief, sah ich was Rotes. Erst dachte ich, ich hätte es mir nur eingebildet, war ja wirklich dunkel dort unten, aber dann sah ich wieder etwas Knallrotes da aus dem Tunnel in der Mauer blitzen. Ich muss gestehen, ich bin bei solchen Dingen sehr neugierig. Ein Überbleibsel aus meiner Kindheit wahrscheinlich. Meine Brüder und ich, wir haben oft Schatzsuche gespielt. Ein geheimnisvoller roter Fetzen im alten Burggemäuer, na ja, Sie verstehen schon. Ich bin also die Treppe hochgestiegen – da gibt's zum Glück ein Geländer zum Festhalten, die Treppe ist nämlich ganz schön schmal und steil – und hab' in den Tunnel geleuchtet. Das Mädel hat so laut geschrien, als sie mich sah, dass ich die Taschenlampe hab' fallen lassen. Bin natürlich sofort weg und hab' die beiden in Ruhe gelassen. Na ja, so genau hab' ich die ja nicht ... das ging alles so schnell ... lassen Sie mich mal überlegen ... Also das Mädel hatte definitiv ein rotes Kleid an, das oben runtergeschoben war und unten hochgeschoben, also eher wie ein breiter Gürtel um ihren Bauch lag, und der BH, so ein schwarzer mit durchsichtigen Trägern, glaub' ich, der war auch ... also ihre Brüste lagen frei und ihr Höschen baumelte um ihre Knöchel. Und der Typ war kräftig dabei. Ich glaube, sie war blond, aber kann auch ein helles Braun gewesen sein, keine Ahnung. Nee, ihr Gesicht hab' ich nicht ... seins auch nicht. Keine Ahnung, was er anhatte. Ich hab' da wirklich nicht so genau hingeschaut! Wie gesagt, sie hat geschrien und ich hab' gemacht, dass ich fortkam. War mir ja total unangenehm! Da beschlagen einem ja die Brillengläser, wenn Sie verstehen, hehe. Ich bin dann so schnell wie möglich nach Hause zu meiner Frau. Nee, also, ich weiß nicht. Kann schon sein, dass mir noch jemand begegnet ist, aber ich hab' da nicht so drauf geachtet. Ich wollte nur schnell ... Na ja, so um ein Uhr rum, würd' ich sagen. Ja, ziemlich genau eins muss es gewesen sein, denn meine Frau sagte: »Du weckst mich um ein Uhr nachts auf für Sex? Sind wir Teenager oder was?«, hehehe. Nein, sie war nicht böse. Im Gegenteil. Hat sogar diesen roten Body angezogen, den ich ihr zum Hochzeitstag geschenkt ... Puh, ich denk mal so gegen zwei. Zwei oder halb drei. War jedenfalls noch dunkel draußen. Meine Frau steht immer um halb sieben auf, egal ob Feiertag oder nicht. Ich hab' noch bis um neun gedöst. Bernd hat dann an-

gerufen und mir davon erzählt. Hat erzählt, dass alles voller Blaulicht und Polizei war, als er durch den Park ist. Hab's dann in den Nachrichten gesehen. Als sie sagten, dass das Mädel ein rotes Kleid trug, nun ja, mir war natürlich sofort klar, dass ich mich bei Ihnen melden muss. Ich hab' zwar nicht viel gesehen, war ja so dunkel und ging so schnell … Meinen Sie, dass es der Kerl war, der bei ihr war? Oder ein anderer? Ja. Ja, verstehe. Hehe, kein Problem. Meine Frau wird mir im Leben nicht glauben, wenn ich ihr erzähle, dass die Polizei heute meine Fingerabdrücke genommen hat!

11

Lisa Darling

ABENTEUER IM GRÜNEN WALD

Als ich blinzelnd die Augen aufschlage, liege ich im Wald. Um mich herum leuchten Tannen, Fichten, Birken und andere Bäume, deren Namen ich nicht mehr kenne, in einem intensiven Grün. Beinahe so, als hätte jemand das Licht der Blätter entfacht. Mein Schädel brummt und ich versuche, mich zu orientieren, besser gesagt zu erinnern. In welchem Wald genau bin ich und wie bin ich hierhergekommen? Ich stütze mich in der weichen, trockenen Erde mit den Händen ab und rapple mich auf. Das Grün der Bäume flackert vor mir und beinahe bilde ich mir ein, dass zwischen den Blättern ein Gesicht hindurchscheint. Ich höre sogar ein Kichern, das mir ziemlich bekannt vorkommt und so klingt, als würde ein Mann eine Frau imitieren wollen. Habe ich das nicht erst vor Kurzem gehört? Wieder kichert es und die hohe Stimme schallt durch den Wald. Ich sehe mich um, doch ich bin vollkommen allein. Wenn doch bloß mein Schädel nicht so brummen würde. Und Wasser wäre auch nicht schlecht.

Schlurfend setze ich mich in Bewegung und taumle durch den Wald, stolpere über Wurzeln und Zweige und remple hier und da einen Busch oder einen Baumstamm an. Ich kann mich an nichts erinnern, aber es muss eine verdammt heftige Nacht gewesen sein, die ich da hinter mir habe. Wie spät ist es überhaupt?

Von weiter weg ertönt erneut das Kichern und dann ein Wiehern. Ein Pferd? Hier gibt es freilaufende Pferde? Oder ist gerade ein Reiter unterwegs? Vielleicht kann der mich ja mitnehmen. Ich drehe mich stolpernd herum und verheddere mich kurz in einer Wurzel, kann einen Sturz aber gerade noch verhindern. Wie magisch strahlt die Sonne durch die Blätter hindurch und erzeugt dieses unnatürliche Grün. Und als ich blinzle, sehe ich die Silhouette eines großen, weißen Pferdes. Wahnsinn. Ich bin kein Pferdefan, aber dieses sieht schon ziemlich beeindruckend aus. Als es stampfend mit den Vorderhufen auf der weichen Erde aufsetzt, zwinkert es mir keck grinsend zu. Moment! Es grinst und zwinkert? Ich blinzle noch einmal. Da wiederholt das Pferd seine Aktion. Ich reibe mir die Augen und als ich wieder hinsehe, tut es das schon wieder! Und außerdem stelle ich fest – nein. Nein, nein, das kann nicht sein. Irre lache ich auf. »Ein Einhorn?«, pruste ich vor Lachen und bereue es sogleich, denn mein

Schädel brummt nur noch mehr. Das Kichern ertönt erneut und in selbiger Tonlage hallen mit einem Mal Worte durch den Wald.

»Manche nennen mich so, andere nennen mich aber auch die grüne Fee. Hihi.«

Ich muss einen ziemlichen Trip fahren, denn so wahnhafte Fantasien habe nicht einmal ich. Das Pferd – pardon, Einhorn – tritt endlich aus dem Lichtkegel und kommt langsam auf mich zu. Es ... lächelt. Außerdem stelle ich fest, dass es nicht weiß ist, sondern grünlich schimmert und seine Mähne in alle Regenbogenfarben gefärbt ist. Wie kitschig. Kann mich bitte, bitte einer aus diesem Alptraum holen?

»Du bist ziemlich unfreundlich, sag wenigstens hallo!« Der empörte, hohe Ton eines Mannes, der wie eine Frau zu klingen versucht, will nicht so ganz zu seinem Lächeln passen und etwas überrumpelt stottere ich: »Äh ... ha-hallo!«

»Wie toll!«, freut es sich und wirft seine Vorderhufe wiehernd in die Luft. Aus Angst, es könnte mich gleich zertrampeln, weiche in ein Stück zurück, was dem Einhorn erneut ein Kichern entlockt. Zumindest weiß ich jetzt, woher dieses mysteriöse Kichern kam. »Willkommen in meinem grünen Wald, junger Schmied!«

»Ich kenne nur eine grüne Fee«, sage ich schließ-

lich wieder etwas gefasster und ziehe aus dem Nichts eine Flasche mit einer giftgrün leuchtenden Flüssigkeit hervor. Keine Ahnung, wo die bis eben gesteckt hat und woher ich wusste, dass sie jetzt da sein würde, aber sie ist es. Das Einhorn kichert erneut und mit einem *Plopp* verschwindet die Flasche aus meiner Hand. Eine Erinnerung durchzuckt mich, wie ich gestern mit meinen Kollegen zum Feierabend in der Dorftaverne gesessen und dieses giftgrüne Zeug beinahe inhaliert habe. Das erklärt meinen Schädel und vielleicht auch irgendwie, weshalb ich im Nirgendwo gelandet bin und von einem kichernden Einhorn träume, das sich selbst *die grüne Fee* nennt.

»Oh ich nenne mich nicht so, ich *bin* die grüne Fee. Hihi«, erklärt das Einhorn.

Schockiert starre ich es an.

»Kannst du ... kannst du etwa ...« Mir fehlen die Worte und so deute ich lediglich mit meinem Zeigefinger auf meinen Kopf. Kichernd nickt das Einhorn, wobei seine Regenbogenmähne im Wind weht. Weshalb auch immer, denn ich selbst verspüre keinen einzigen Windhauch und auch die unnatürlich grün leuchtenden Blätter der Bäume regen sich keinen Millimeter.

»Das kommt von mir«, erklärt das Einhorn.

»Äh, was?« Verdutzt starre ich es an.

»Der Wind, das ist meine magische Aura.«

Ich fühle mich auf den Arm genommen. *Nie wieder Absinth*, schwöre ich mir. Zumindest nicht in diesen Massen.

»Das sagen sie alle und dann verfallen sie mir doch wieder, hihi.«

Genervt sehe ich zu dem grün schimmernden Einhorn auf. »Lass das.«

»Was denn? Hihi.«

»Meine Gedanken zu lesen.«

»Aber das macht Spaß. Hihi.«

»Und das Hihi kannst du auch lassen. Das nervt.«

»Hihi.«

Mit finsterem Blick kneife ich meine Augen zusammen und starre es böse an. Es starrt grinsend zurück. »Hihihihihihihihihihihi«, beginnt es in Dauerschleife und ich stöhne genervt auf. So in etwa muss es sich anfühlen, wenn man Kinder hat. Oder eine Frau. Genervt presse ich meine Handflächen auf die Ohren, doch das künstliche Gekichere des Einhorns dringt durch meinen Kopf. Ich drehe mich um, um die grüne Fee einfach stehen zu lassen und meinen Weg zurück ins Dorf zu finden, doch dabei lande ich taumelnd in der Wurzel, in der ich eben schon stecken geblieben bin, und lege mich dieses Mal der Länge nach hin. Jetzt kichert das Einhorn noch wilder. Genervt und schnaubend bleibe ich

liegen. Jetzt tut nicht nur mein Kopf weh, sondern auch mein Fuß. Und die Hände. Trotz der weichen Erde sind sie aufgeschürft, da sich unter der Erde spitze Steinchen befinden. Am besten mache ich einfach die Augen zu und versuche, meinen Rausch auszuschlafen, und wenn ich aufwache, liege ich irgendwo unter dem Tresen in der Taverne. Vielleicht sogar im Bett meiner Hütte. Meinetwegen auch am Waldrand. Hauptsache weg von hier.

»Hihi«, meldet sich das Einhorn wieder zu Wort. »Versuch das ruhig, aber es wird nicht klappen. Du kommst hier erst heraus, wenn ich das will. Hihi.«

Ich öffne ein Auge und drehe den Kopf so, dass ich zu dem bunten Tier hinauf schielen kann.

»Was soll das denn heißen?«

»Dass du hier erst herauskommst, wenn ich –«

»Wenn du das willst, *hihi*, ja, danke. Das hab' ich verstanden. Aber warum redest du so einen Stuss?«

»Weil es wahr ist.«

»Aha.« Ich glaube, dass es mich veralbert.

»Mache ich nicht.« Sein Lächeln verschwindet von den Lippen – heißt das so bei Einhörnern?

»Ja, heißt es.«

Erneut verdrehe ich genervt mein geöffnetes Auge und öffne nun auch das andere. So lässt es sich besser rollen.

»Dann sag mir, wie ich hier rauskomme!«

»Indem du mich dazu bringst, es zu wollen.« Sein Lächeln ist zurückgekehrt und erinnert mich an den grenzdebilen Sheriff im Dorf. »Hihi.«

»Und wie mache ich das?« Muss man diesem Einhorn denn wirklich alles aus der Nase ziehen?

»Muss man nicht, aber du kannst mich gerne mal an den Nüstern kratzen. Es juckt so unheimlich.«

Meine Augenbrauen gehen auf Wanderschaft, während ich versuche herauszufinden, welche Aussagen das Einhorn ernst meint und welche nicht. Es tritt näher auf mich zu, senkt den Kopf zu mir hinab – wobei es mich beinahe mit seinem Horn aufspießt – und blickt mich an.

»Jetzt kratz!«, befiehlt es mit ernstem Blick. Aus Angst, dass es mich gleich wirklich noch aufspießt, strecke ich meine Hand aus, um seine Nüstern zu kratzen. Die wallende, bunte Mähne wippt in einem Wind, der mir noch immer fremd ist, und der Duft von Absinth weht zu mir hinüber, als es zufrieden seufzt. Hat es etwa auch gesoffen? Würde mich gar nicht mal wundern.

»Ich bin nüchtern«, verkündet es zufrieden seufzend. »Und jetzt kratz noch etwas doller und etwas weiter links – oh, ohhh ja, oh ja! Genau da, doller, ja! Ohh, das ist perfekt!«

Etwas Glitschiges tropft auf meinen Unterarm hinab und als ich es sehe, erkenne ich eine zähe, in Regenbo-

genfarben schimmernde Flüssigkeit. Angewidert ziehe ich meine Hand zurück und stolpere rückwärts erneut über die Wurzel, dieses Mal ohne zu fallen.

»Nasenbluten. Hihi«, erklärt es mir grinsend. »Kriege ich immer, wenn mir jemand die Nüstern kratzt.« Es ist widerlich. Und vollkommen verrückt! Bitte lass mich endlich aufwachen!

»Es gibt nichts aufzuwachen, junger Schmied. Hihi. Du lebst in der Realität.« Wieder schnaube ich ungläubig. Woher es meinen Beruf kennt, frage ich lieber gar nicht erst nach. »Die grüne Fee weiß eben alles. Und jetzt mach mich glücklich.«

»Bitte ... wie?«

»Wenn du hier so dringend weg willst –«

»Das hat dir wohl nicht gereicht?«

»Das war lediglich eine Wiedergutmachung dafür, dass du so schlecht von mir denkst.«

»Aha.«

»Ich suche etwas. Wenn du mir hilfst, es zu finden, lasse ich dich gehen.«

Ich kann es einfach nicht ganz ernst nehmen, mit seiner irrwitzigen Stimme, der bunten, wallenden Mähne zur Windstille und seinem grünen Schimmer.

»Und was genau suchst du?«

»Das weiß ich nicht.«

»Klingt mir nach einem schwierigen Unterfangen oder besser gesagt: unmöglich«, brummle ich.

»Hihi«, macht es nur und ich seufze.

»Du weißt also absolut gar nichts? Ob es was Essbares ist, ein Gegenstand, eine Person ...?«

Es schüttelt den Kopf und seine bunte Mähne schwingt noch mehr durch die Luft, fast so, als wäre es schwerelos.

»Na klasse«, murmle ich.

»Hihi.«

Eine Weile lang stehen wir nur da und sehen uns an. Besser gesagt: Ich starre es griesgrämig an und es grinst erwartungsvoll zurück.

»Okay. Ich helfe dir«, gebe ich schließlich nach und das Einhorn bricht in wildes Wiehern aus. Ich nehme an, es freut sich.

»Und wie ich mich freue, junger Schmied. Versprichst du es mir?«

»Hm.«

»Okay, dann spring auf meinen Rücken und wir werden hinfort galoppieren!«

Widerwillig steige ich auf den Rücken des Einhorns. Ich war nie ein sonderlich großer Pferdenarr oder Reiter, habe es größtenteils gemieden. Deshalb lassen meine Reitkünste auch etwas zu wünschen übrig – vor allem ohne Sattel – und ich klammere mich wie ein blutiger Anfänger am Hals und in der bunten Mähne fest. Gerade noch rechtzeitig, denn kaum habe ich meinen Griff geschlossen, stürmt es auch schon los. Über Wurzeln, Steine und Büsche, durch die grün leuchtenden Bäume hindurch und wie durch ein Wunder falle ich nicht hinunter. An einem Höhleneingang bleibt es abrupt stehen, sodass ich von der grünen Fee rutsche und seitlich an ihr hinab hänge, da mein Griff noch immer fest ist. Ich lasse los und plumpse die restlichen Zentimeter zu Boden.

»Finden wir hier, was du suchst?«, frage ich und reibe meinen noch immer brummenden Schädel.

»Ich weiß nicht.« Es zuckt mit den Schultern – ist das anatomisch überhaupt möglich? – und grinst mich an. »Hihi.« Selbstsicher stapft es in den Höhleneingang. Unsicher starre ich ihm hinterher. Das wäre meine Chance, einfach umzukehren und mein Dorf aufzusuchen. Schließlich sagt niemand, dass ich diesem Einhorn Glauben schenken muss.

»Tu es lieber, hihi«, schallt es aus der Höhle hinaus. »Du hast es versprochen. Versprochen ist versprochen und wird auch nicht gebrochen, hihi.« Über diese Floskel verdrehe ich die Augen. Mir doch egal, ob ich es breche. Das ist ein Einhorn! Einhörner gibt es nicht und was es nicht gibt, dem kann man kein ernsthaftes Versprechen geben.

Kaum habe ich das gedacht, dringt ein grünes Leuchten aus der Höhle zu mir heraus und eine tiefe, gruselige Stimme brummt: »Versprochen ist versprochen und wird auch nicht gebrochen, hihi!«

»Okay, okay. Ich komme ja schon!« Schnell eile ich hinein. Das Leuchten verglüht und einige Schritte später stehe ich vor dem grinsenden Einhorn. Seine Mähne und sein Schweif leuchten etwas, genauso wie sein Fell, was uns beide hier drinnen ein bisschen was sehen lässt.

»Ich sehe nicht wegen meiner leuchtenden Aura«, klugscheißt es. »Ich hab' magische Augen und kann im Dunkeln sehen. Hihi.«

»Nett«, antworte ich trocken und folge dem Einhorn tiefer hinein. Es wird immer dunkler und enger und vor allem steiler. Hin und wieder ertönt ein schallendes Tropfen von irgendwo oder das Einhorn kichert. Meine Schritte werden langsam sicherer, nicht mehr so taumelnd. Allerdings fühle ich mich noch immer elendig. Nach gefühlt einer halben Stunde, die wir hier drin schon in die Tiefe hinein stapfen, wird es auf einmal strahlend hell in der Höhle und als ich mich nach der Ursache umsehe, bleibt mein Blick am Horn der grünen Fee hängen. Es leuchtet schrill und penetrant in sämtlichen Farben und das Einhorn bleibt stehen. Was ist denn nun bitte wieder los?

»Ich glaube, hier sind wir falsch«, sagt es.

»Wie bitte?«

»Ich glaube, wir sind –«

»Falsch, ja, aber warum? Wie kommst du drauf?«

Es schielt auf sein blinkendes Horn hinauf, das wieder erlischt. »Instinkt.«

»Ach! Wie nett von deinem Instinkt, dass er uns das jetzt schon mitteilt!« Meine Stimme trieft vor Sarkasmus.

»Ja, nicht wahr? Hihi. Und er sagt mir, dass wir zur alten Weisen müssen.«

Wir kehren also um und laufen eine Ewigkeit zurück, bis wir wieder im Wald stehen. Die alte Weise. Jetzt kommen auch noch Hexen ins Spiel. Ich bin begeistert. Nicht.

»Und jetzt?«

»Schwing auf, junger Schmied.«

Ich tue, wie mir geheißen, und klammere mich – auf dem Rücken des Einhorns angekommen – wieder an seinem Hals und der Mähne fest. Erneut galoppieren wir durch den Wald und ich habe Mühe, mich oben zu halten. Rings um uns herum ziehen Bäume, Sträucher, Steine und noch mehr vorbei, doch nie ein einziges Lebewesen. Das leuchtende Grün der Blätter verfolgt uns, wo immer es uns hintreibt. Als Nächstes bleibt das Einhorn vor einer riesigen Trauerweide stehen, die nicht so recht zum Rest des Waldes passen möchte, aber wie selbstverständlich hier ihre Wurzeln geschlagen hat. Das muss die alte Weise sein, also doch keine Hexe. Und es würde mich nicht einmal wundern, wenn der Baum gleich anfängt zu sprechen. Die hängenden Blätter leuchten – wenn möglich – noch stärker als der Rest und wiegen, wie die Mähne des Einhorns, sanft in der Windstille hin und her. Da die grüne Fee dieses Mal etwas sanfter gebremst hat, schaffe ich es in einer halbwegs würdigen Haltung auf den Boden zurück.

»Lass mich raten«, setze ich an. »Du hast keine Ahnung, ob wir hier richtig sind?«

»Hihi.« Mehr sagt es nicht und verschwindet durch den Blättervorhang hindurch unter die Weide. Das deute ich als Zustimmung. Seufzend folge ich dem merkwürdigen Tier.

»Nur weil wir unterschiedlich sind, bin ich nicht gleich merkwürdig«, verkündet es mir, als ich ankomme, doch ich kann dazu nichts weiter sagen, weil ich etwas baff bin. Hier sieht es ganz und gar nicht aus wie erwartet! Statt eines dicken Stammes und leuchtend grüner Blätter finde ich mich in einer Art Gruft wieder. Alles ist düster und aus dem Vorhang der Trauerweide blitzen hier und dort Lichter hervor, als steckten Edelsteine darin. Es ist geräumig, viel größer als der Anblick von außen vermuten lässt. Überall liegen kleine bärtige Zwerge – oder Gnome – herum und schnarchen, starren die Wand an oder schauen gelangweilt drein. In der Mitte, wo

sich der Stamm der Weide befinden müsste, ist ein Thron aus Holz deponiert, auf dem der kleinste aller Gnome – oder Zwerge – liegt und mit offenem Mund schnarcht. Bisher scheint niemand mitbekommen zu haben, dass wir hier sind.

»Gnome«, flüstert mir das Einhorn zu. »Zwerg hören sie gar nicht gerne. Außerdem sind es Frauen, bärtige Frauen. Hihi. Sie sind sehr ignorant und gelangweilt. So sehr, dass sie alles erst verzögert wahrnehmen.« Ich nicke verstehend und sehe auf, als eine der Gnominnen aufschreckt und »Wer da?« ruft. Ihre Stimme ist sehr tief, dennoch eindeutig weiblich. Das Einhorn verneigt sich und bohrt sein Horn dabei beinahe in die Erde. Dann schreckt die Gnomin erneut zusammen und sieht mich an, als hätte sie mich eben erst erblickt.

»Was sehen meine müden Augen, ein Mensch?«

Das Einhorn tritt mich mit dem Hinterhuf, sodass auch ich zu Boden gehe, wenn auch eher unfreiwillig. Auch die anderen Gnominnen bewegen sich nun langsam und schauen müde und gelangweilt zu uns herüber.

»Sprecht«, sagt die winzige Gnomin auf dem Thron abwinkend, die nun endlich erwacht zu sein scheint. Ihre Stimme ist glockenhell und ihr Ton klingt übertrieben gönnerhaft.

»Ich suche etwas«, erklärt das Einhorn und bleibt

weiterhin geknickst. Ich mache es ihm nach. Sicher ist sicher. Es dauert eine Weile, bis die Gnomin auf dem Thron – ob sie die alte Weise ist? – wieder etwas sagt. Diese Gnome sind wirklich langsam in ihrer Wahrnehmung!

»Ihr findet es im Absinthulkan.« Absinthulwas? Ich reiße meine Augen auf und will aufblicken, doch das Einhorn tritt mich wieder in die Seite. Das werden definitiv blaue Flecken! »Folgt der weißen Katze. Sie erwartet euch bereits.« Die alte Weise gähnt und alle anderen Gnomweibchen tun es ihr nach. Dann winkt sie uns ohne ein weiteres Wort hinfort.

Die grüne Fee neben mir erhebt sich endlich wieder und verlässt die funkelnde Gruft rückwärts. Wieder einmal tue ich es ihr gleich. Vor dem Vorhang der Trauerweide angekommen renne ich aus Versehen direkt in das Einhorn hinein.

»Hihi«, sagt es daraufhin und als ich mich entschuldigend umdrehe, steht dort eine weiße Katze vor uns.

»Miau, miau, miau«, meint sie erklärend. Verständnislos starre ich sie an.

»Du bist sehr unhöflich, junger Schmied«, erklärt das Einhorn tadelnd. »Grüß zurück!«

»Ähm ... hallo?« Die weiße Katze nickt mir zufrieden zu, das Einhorn lächelt wieder.

»Miau, miau miau miau. Miau.«

»In Ordnung«, lächelt das Einhorn und folgt der Katze, die stolz den Schwanz erhoben hat und weiter in den grünen Wald hineinläuft. »Hihi.«

»Miau, miau?«

Ungläubig starre ich die Katze an. Sie hat es tatsächlich geschafft, es nach einer Frage klingen zu lassen.

»Es war ja auch eine, hihi«, kichert das Einhorn. »An dich.«

»An ... mich?«

Es nickt. »Antworte, das ist sonst unhöflich!«

»Ich hab' kein Wort verstanden.«

»Miau!«, sagt die Katze pikiert.

»Es fragt, ob du von mir genascht hast«, übersetzt das Einhorn.

»Was?«

»Von der grünen Feehee«, sagt das Einhorn, als wäre diese Assoziation vollkommen verständlich.

»Ähm ... vermutlich, ja.«

»Miau«, seufzt die Katze.

»Hihi«, sagt das Einhorn. Dann bleiben wir stehen. Vor uns steht ein vermoderter Holzkarren.

»Miau, miau«, erklärt die Katze und das Einhorn setzt sich hinein. Jawohl, es *setzt* sich in einen alten, vermoderten Holzkarren. »Miau, miau!« Auffordernd blickt mich die weiße Katze an.

»Du sollst auch rein, hihi«, erklärt das Einhorn und kichert so, als würde es sich darüber lustig machen, dass ich nichts verstehe. Seufzend steige ich mit hinein und setze mich zwischen die Vorderhufe des Einhorns. Der einzige Platz, wo ich noch hinpasse, denn die grüne Fee nimmt den restlichen Platz für sich ein.

»Miau.«

»Augen zu, hihi«, übersetzt das Einhorn. »Wir reisen jetzt zum Absinthulkan!«

Es klingt sehr motiviert. Ich bin mir nicht so sicher, ob das angebracht ist.

Hoffentlich finden wir bald das blöde Etwas, das das Einhorn sucht. Der Karren, in dem wir sitzen, fängt an zu rütteln und zu holpern und ich befürchte, dass er jeden Moment auseinanderbricht, so morsch wie er ist. Vorsichtig wage ich es, ein Auge zu öffnen, um notfalls abspringen zu können, da stelle ich fest, dass wir noch immer am gleichen Fleck sind und die weiße Katze wie verrückt am Karren rüttelt. Was zur Hölle?

Ein Huf landet in meinem Kreuz.

»Augen zu, hihi!« Genervt schließe ich die Augen wieder und kann mir nicht mal die schmerzende Stelle reiben, weil das Einhorn zu dick ist. Wieder landet ein Huf in meinem Rücken, gefolgt von einem »Hihi.«

Als der Wagen aufhört zu rütteln, spüre ich, wie das Einhorn wieder aussteigt. Scheint so, als wären

wir da. Ich lache mich innerlich selbst aus. *Da*. Natürlich, als wären wir tatsächlich gefahren. Das ist doch lächer– Oh. Die Umgebung um uns herum hat sich vollständig verändert und die Katze ist weg. Wir stehen am Rande eines großen Kraters. Hinter uns erstreckt sich der leuchtend grüne Wald in der Tiefe. Vor uns eine kochende, giftgrüne Masse, die immer wieder riesige Tropfen in die Luft spuckt und brodelt.

»Der Absinthulkaaan!«, ruft das Einhorn freudig aus und wiehert. »Wir sind da, hihi! Ich habe gefunden, was ich suchte.«

Ich hake nicht weiter nach und sage stattdessen: »Großartig, dann kannst du mich ja jetzt gehen lassen.«

»Natürlich. Wie ausgemacht.« Es grinst mich wieder grenzdebil an und streckt seinen linken Vorderhuf aus. »Mach's gut. Hihi.« Dann stupst es mich an und ich taumle.

»Hey, was soll das?«

»Ich lasse dich gehen.«

»Du bringst mich um!«, brülle ich erbost, während ich noch immer mit den Armen rudere, um mein Gleichgewicht zu halten.

»Hihi«, sagt es nur und stößt nochmal nach. Es ist zu spät, ich verliere den Kampf um mein Gleichgewicht und stürzte in die giftgrüne, zähflüssige Mas-

se, die unendliche Hitze versprüht. Ich schreie und versuche, mich auf die brennenden Schmerzen gefasst zu machen, die mich jeden Moment erwarten müssten, doch sie kommen nicht. Stattdessen falle ich und falle und falle und falle ... Um mich herum leuchtet alles giftgrün und alles riecht nach Absinth.

Irgendwann schlage ich meine Augen wieder auf. Ich liege auf etwas Hartem. Ein Holzstamm, dessen abgeknickte Äste mir unangenehm in den Rücken piksen. Neben mir liegt eine beinahe leere Flasche Absinth, deren Inhalt unnatürlich grün leuchtet. Ächzend und stöhnend erhebe ich mich. Vor mir liegt das Dorf – mein Dorf – und auch die Taverne, in die ich gestern eingekehrt bin. Erleichterung durchfließt mich, bis ein stechender Schmerz meine Euphorie wieder dämpft. Mein Rücken tut weh, genauso wie meine Seite, und mein Kopf brummt. Als ich mein Hemd anhebe, entdecke ich blaue Flecken an der Stelle, an der das Einhorn mich getreten hat. Normalerweise, wenn ich aus einem Traum erwache, weiß ich in dem Moment ganz genau, dass es nur ein Traum war. Dieses Gefühl überkommt mich dieses Mal jedoch nicht und die blauen Flecken auf meiner Haut sagen ebenfalls etwas anderes. Ganz zu schweigen von dem Schmerz in meinem Kreuz. Ich hebe die Absinthflasche auf und drehe mich zum Wald herum. Die Bäume stehen dicht an dicht und weiter hinten leuchten die Bäume so unnatürlich grün, als hätte jemand das Licht der Blätter entfacht. Brummig kippe ich den Rest Flüssigkeit aus der Flasche und ich bilde mir ein, ein Zischen zu vernehmen, als das flüssige Grün den Boden berührt.

»Nie wieder Absinth«, murmle ich in meinen Bart und als ich den Weg zu meiner Hütte antrete, vernehme ich ein leises Kichern hinter mir aus dem Wald. Wie von einem Mann, der versucht, die Stimme einer Frau zu imitieren.

Lust auf eine extra Dosis kicherndes Einhorn?
Gib dir das Hörspiel zur Kurzgeschichte!
https://youtu.be/Xg5lqM70Olo

12

sandra Bollenbacher

DAS BLAUE BAND

Es war ein langer und erbarmungsloser Winter gewesen. Der kälteste Winter in den letzten fünfzig Jahren, hatten sie in den Nachrichten gesagt. Im Januar hatten sogar die Schulen und Kindergärten für ein paar Wochen schließen müssen. Karin und Melanie hatte das nichts ausgemacht, ganz im Gegenteil. Die verlängerten Winterferien hatten sie mit großer Freude begrüßt, und auch schienen ihnen die klirrenden Temperaturen weniger auszumachen als den Erwachsenen. Andrea hatte oft am Fenster gestanden und ihren beiden kleinen Töchtern – Karin war achteinhalb und Melanie gerade sechs Jahre alt geworden – beim Toben im Schnee zugeschaut, die Bäckchen und Näschen rot, die Augen strahlend und immer am Lachen.

Einmal war Melanie auf der vereisten Terrasse ausgerutscht und hingefallen. Auch wenn die dicken Klamotten, die sie wie ein kleines, rundes Michelin-Männchen aussehen ließen, sie nicht nur vor der beißenden Kälte, sondern auch vor dem Sturz

schützten, hatte Melanie vor Schreck zu weinen begonnen. Andrea war sofort nach unten geeilt, doch ihre Mutter kniete bereits bei dem heulenden Kind. Nach einigen Küssen und warmen Worten war alles wieder okay. Das Mädchen hatte sich von dem Sturz erholt und rannte schon wieder, die kleinen Ärmchen in den plüschigen Ärmeln der Daunenjacke leicht vom Körper abstehend, ihrer großen Schwester hinterher. Andrea liebte es, wie gut sich ihre Töchter verstanden und wie friedlich und fröhlich sie immer zusammen spielten. Natürlich kam es wie bei allen Geschwistern immer mal wieder zu Rumgezanke, doch meistens war der Streit schneller wieder vorbei, als man gucken konnte.

Müde vom ausgelassenen Spielen im Garten krabbelten die Mädchen meist ohne Widerworte direkt nach dem Abendessen ins Bett. Karin und Melanie teilten sich ein Kinderzimmer unter dem Dach; Karin schlief auf dem oberen Etagenbett, Melanie unten. Andrea saß abends oft lange im Zimmer und wachte über den Schlaf der beiden. Wenn die Mädchen noch nicht sehr müde waren, setzte sich ihr Vater, Erich, auf Melanies Bett, die beiden Kinder kuschelten sich an ihn und er las ihnen ein Märchen oder ein Kapitel aus einem ihrer vielen Bücher vor. Da ging es um sanftmütige Riesen, hinterlistige Zwerge, kluge Schildkröten und mutige Schafe. Be-

sonders gefiel den beiden jedoch die Geschichte von Eddy, dem Detektiv, der spannende Abenteuer erlebte, bei denen die Kinder miträtseln konnten. Sie hatten sogar eine kleine Lupe, um geheimnisvolle Fingerabdrücke zu untersuchen, und eine Pappbrille mit farbigen Gläsern aus Plastik, mit der sie versteckte Hinweise und Geheimbotschaften entdecken konnten. Andrea platzte beinahe vor Stolz, wenn ihre Mädchen, besonders Karin, die eben schon etwas älter war, die Fälle im Handumdrehen löste, oftmals noch bevor ihr Vater sie zu Ende gelesen hatte.

Ende März fing es dann endlich an zu tauen. Sofort kämpften sich die ersten Blümchen durch die harte Erde, die Bäume und Büsche trieben aus und die Vögel zwitscherten aus vollen Kehlen fröhlich im warmen Licht der Frühlingssonne. Andrea stand in der Küche, sah ihrer Mutter beim Schmieren der Schulbrote zu und ertappte sich dabei, wie sie den Fuß zur Radiomusik wippte. Eigentlich mochte sie diese Art von Pop- und Schlagermusik nicht, die ihre Mutter gerne hörte – Andrea selbst bevorzugte Classic Rock – doch mit der Zeit hatte sie sich an die fröhlichen Melodien und leichtherzigen Texte gewöhnt. Außerdem verband sie diese Musik eng mit ihrer Mutter, die sie von Herzen liebte. Jetzt, wo sie eingezogen war, um sich um die Enkelkinder zu kümmern, mehr denn je.

Meistens verbrachte Andrea die Zeit, die die Mädchen in der Schule und im Kindergarten waren, damit, durch das Kinderzimmer zu streifen, die vielen Zeichnungen der Kleinen anzuschauen, einen Blick auf die offen herumliegenden Schulhefte zu werfen oder ihrer Mutter bei der Hausarbeit Gesellschaft zu leisten. Dennoch sah sie fast jede halbe Stunde auf die Uhr und sehnte sich nach der Rückkehr ihrer beiden Lieblinge. Um halb zwölf ging ihre Mutter dann los, um zuerst Melanie aus dem Kindergarten und dann Karin von der Schule abzuholen. Mittwochs, wenn Karins Unterricht bis halb eins dauerte, gingen Melanie und ihre Oma noch einkaufen oder kurz in den kleinen Zoo, der ganz in der Nähe der Grundschule lag. Melanie freute sich besonders über die vielen Tierbabys im Frühling, doch ihr Lieblingstier war Bruno, der alte, runzelige Elefant mit den gütigen braunen Augen. Früher war Andrea jeden Monat mit den Mädchen in den Zoo gegangen, hatte ihnen alles, was sie über die Tiere wusste, erzählt. An Melanies viertem Geburtstag hatte sie es sogar geschafft, den Wärter dazu zu überreden, Bruno so nahe ans Gitter zu führen, dass Melanie seinen Rüssel streicheln konnte. Das Tier hatte die Berührung geduldig über sich ergehen lassen und Melanie hatte die kommenden Wochen von nichts anderem mehr gesprochen.

Endlich drehte sich der Schlüssel im Schloss, Oma Bertha stieß die Tür auf und die beiden Mädchen kamen ins Haus gerannt.

»Oma, dürfen Mellie und ich in den Garten?«

»Erst wird gegessen, dann dürft ihr spielen gehen. Wascht euch die Hände, ich muss die Suppe nur noch einmal schnell aufwärmen.«

»Bööööh, Suuuuuuuuppe.« Karin verzog das Gesicht und Melanie tat es ihr sofort gleich. Was Karin nicht mochte, mochte Melanie auch nicht.

»Ja, Suppe. Und dazu Dampfnudeln!«

Andrea grinste in sich hinein. Sie wusste, wie gern ihre Kinder Omas Dampfnudeln mochten, und sogleich brachen die beiden in Freudenschreie aus. »DAMPFNUDELN!«

Zehn Minuten später saßen alle am Tisch und aßen. Selbst die zuvor so verhasste Suppe wurde mit großem Appetit ausgelöffelt. Karin bemühte sich, einen Bissen von der leckeren Kruste der Dampfnudel bis zum Ende übrig zu lassen, damit es das Letzte war, das sie aß. Das hatte sie von Andrea. Liebevoll legte sie ihrer großen Tochter die Hand aufs Haar.

»Was habt ihr heute in der Schule gemacht?«, fragte Bertha.

»Nichts. Mathe. Deutsch. Alles wie immer. Oh, wir haben ein Gedicht gelernt!«

»Na, dann lass mal hören!«

Karin überlegte einen Moment, dann räusperte sie sich feierlich und fing an:

»Frühling lässt sein blaues Band wieder flattern durch die ... Lüfte. Süße, wohlge– wohlge– «

»Wohlbekannte«, half ihr Oma Bertha aus.

»Wohlbekannte Düfte streifen feierlich durchs Land. Veilchen kommen schon. Wollen bald kommen. Ääääh.«

»Horch!«, half Bertha ihr wieder und schmunzelte.

»Was?« Karin runzelte die Stirn.

»Horch, von fern ein leiser Harfenton!«

»Ah, genau. Harfenton. FRÜHLING, JA DU BIST'S! DICH HAB' ICH GENOMMEN!«, schloss Karin stolz.

»Was für ein blaues Band hat der Frühling?«, fragte Melanie, die ihre Dampfnudel in einen Krümelberg verwandelt hatte und die Brösel nun mit der Zunge von der Tischdecke klaubte. »Ein Haarband?«

»Damit sind der blaue Himmel und die warme Frühlingsluft gemeint, Liebling«, erklärte Oma Bertha, doch der Blick durchs Fenster auf den strahlend blauen Frühlingshimmel brachte die beiden Mädchen direkt wieder auf andere Gedanken:

»Dürfen wir jetzt raus?«

»Ja, sicher.«

Und schwupp hatten sie wieder Jacken und Schuhe angezogen und flitzten hinaus in den Garten.

Andrea stand lächelnd an der Terrassentür und

sah zu, wie die Mädchen über den Rasen fetzten, sich die verschiedenen Frühlingsblumen genau anguckten und Käfer über ihre Hände krabbeln ließen. Dann spielten sie eine Runde Schnick-Schnack-Schnuck und schließlich holten sie einen bunten Ball aus dem Gartenhäuschen und fingen an, ihn über die Wäscheleine, die Oma Bertha quer über die Terrasse gespannt hatte, hin und her zu werfen. Melanie war noch etwas ungeschickt darin. Oftmals verfehlte sie den Ball, griff ins Leere oder ließ ihn, wenn sie ihn doch einmal gefangen hatte, fallen. Verärgert darüber, dass sie noch nicht so gut fangen konnte wie ihre große Schwester, warf sie den Ball immer stärker, bis Karin ihn nicht mehr erwischte. In hohem Bogen flog der Ball über den Rasen und riss schließlich das Windspiel, das über der Tür des Gartenhäuschens hing, hinunter. Klirrend fiel es auf das feuchte Gras. Karin wirbelte mit weit aufgerissenen Augen herum, rannte hinüber, hob das kaputte Windspiel hoch und fing an zu weinen. Melanie war wenige Schritte später neben ihr und sah hilflos zu ihrer großen Schwester hoch.

»Tut mir leid«, sagte sie leise. »Nicht weinen, Kari!«

»Du hast es kaputt gemacht!« Wütend schubste Karin ihre kleine Schwester von sich, sodass diese auch zu weinen anfing und nach ihrer Oma rufend zurück ins Haus rannte.

Andrea zerbrach das Herz, die beiden so zu sehen. Wie gerne hätte sie ihre Kinder jetzt in die Arme genommen und getröstet!

Im nächsten Moment eilte Bertha, Melanie auf dem Arm, an Andrea vorbei hinaus in den Garten, um sich um Karin zu kümmern.

»Sie hat es kaputt gemacht!«, schluchzte diese verzweifelt und hielt ihrer Oma das zerbrochene Windspiel hin.

»Ist doch nur ein doofes Klimperdings«, maulte Melanie.

»Das hat Mama mir zum Geburtstag geschenkt! Immer, wenn es klimpert, dann heißt das, dass Mama für uns im Himmel singt! Jetzt können wir Mama nicht mehr singen hören!« Karin warf sich laut heulend in Berthas Arme und schluchzte und weinte, bis Bertha sie ins Haus trug. Melanie, die auch wieder weinte, wenn auch leise, ging langsam hinterher.

Bertha brachte die Kinder nach oben ins Schlafzimmer der Eltern und legte Karin auf Andreas Seite ins Ehebett, wo sie so lange beruhigend auf sie einsprach und ihren Kopf streichelte, bis Karin sich wieder beruhigt hatte. Melanie saß stumm auf Papas Kopfkissen, Andrea kniete hilflos neben dem Bett.

»Der Papa wird das Windspiel reparieren, keine Sorge«, sagte Oma Bertha jetzt. »Aber eigentlich braucht

ihr das Windspiel doch gar nicht, um der Mama nah zu sein. Die Mama ist doch jetzt ein Engel! Und Engel können auf unterschiedlichste Weise auf der Erde wirken. Erinnerst du dich an die schönen Schneekristalle am Fenster an Weihnachten? Oder die schönen Blumen im Garten? Oder wie warm die Sonne vorgestern plötzlich geschienen hat, als wir aus dem kalten Supermarkt kamen? Oder wie schön die Amseln am Sonntag beim Spaziergang gesungen haben? All das – alles, worüber ihr euch freut, das ist eure Mama, die euch damit eine Freude machen will und euch zeigt, wie sehr sie euch liebt.«

»Hat Mama auch das Bonbon, das ich gestern zwischen den Sofakissen gefunden habe, dort versteckt?«, fragte Melanie staunend.

»Das kann durchaus sein«, versicherte ihr Bertha lächelnd.

»Und«, Karin bekam nach dem Weinen immer Schluckauf und hickste nach jedem zweiten oder dritten Wort, »das Kätzchen – *hicks* –, das letztes Wochenende – *hicks* – durch das offene Fenster – *hicks* – ins Haus kam, hat das – *hicks* – auch Mama geschickt, damit es – *hicks* – mit uns spielt?«

»Da bin ich mir ziemlich sicher. Eure Mama hat Katzen immer sehr gemocht.«

»Cool. Danke, Mama«, sagte Melanie und lächelte an die Zimmerdecke.

»Danke, Mama«, sagte Karin und trocknete ihr tränennasses Gesicht mit dem Kopfkissen, auf dem Andrea vor zwei Jahren das letzte Mal geschlafen hatte.

»Danke, Mama«, sagte auch Andrea leise und legte ihre schwerelose Hand auf Berthas Arm.

»So. Und jetzt mach' ich euch einen schönen warmen Schokopudding, habt ihr Lust?«, fragte Oma Bertha und die beiden Mädchen nickten begeistert.

»SCHOKOPUDDING!«

13

Lisa Darling

DiE PiANiSTiN
(TEiL 1)

E s war schon dunkel. Die Nacht war schon vor einigen Stunden hereingebrochen. Der Mond schien hell hinter den dunklen Wolken. Doch er war nicht zu sehen, ebenso wenig wie die Sterne. Dicke Schneeflocken fielen vom Himmel, schmolzen jedoch beinahe sofort und ließen die Straßen glitzern.

In einem kleinen Örtchen an der Ostküste Schottlands war alles dunkel. Nicht einmal Scheinwerfer erhellten mehr die Gassen, lediglich vereinzelte schwache Straßenlaternen. In der Stille des herabfallenden Schnees könnte man meinen, dieser Ort wäre unbewohnt. Nicht einmal das leiseste Geräusch war zu hören, als ein großer, dunkelhaariger Mann mit verwehter Frisur an einer unbeleuchteten Straßenecke auftauchte.

Er klopfte sich ein wenig Schnee von der Schulter, fluchte leise murmelnd vor sich hin und streifte seine Kapuze über den Kopf. Nachdem er sich kurz umgeblickt hatte, begann er schnellen Schrittes, die Gasse entlang Richtung Hauptstraße zu laufen. Dort be-

schleunigte er seinen Gang, lief die Straße hinab bis zur nächsten dunklen Gasse und bog ein. Links neben ihm standen Mülltonnen. Er lief vorbei und verzog das Gesicht. Es roch nach Abfall, feuchter Luft, Schneematsch und ... Menschen!

Er gelangte ans Ende der Gasse, blickte sich noch einmal um und verschwand ohne weitere Geräusche hinter einer kleinen Tür, die unauffällig die Hauswand zierte. Als er die Tür hinter sich schloss, gab sie ein lautes Knarzen von sich.

Dann wandte er sich um und starrte in den dunklen Raum. Er sah nichts. Rein gar nichts. Die Dunkelheit schlug ihm ins Gesicht wie eine Faust. Doch er zuckte nicht. Er stand einfach nur da. Er gab sich nicht die Mühe, nach einem Lichtschalter zu suchen. Er wusste, dass es sinnlos gewesen wäre. Er wusste, dass hier kein Licht mehr brannte. Schon seit Jahren nicht mehr. Nach einer Weile gewöhnten sich seine Augen an die Dunkelheit. Er tat ein paar zielstrebige Schritte, die viel entschlossener waren als ihr Verursacher. Mitten im Raum blieb er stehen und schaute sich um. Das Einzige, was er ausmachen konnte, waren Silhouetten. Rechts von ihm Silhouetten des alten, vermoderten Schreibtisches, der einsam vor sich hin vegetierte, des Stuhles, der mit einem fehlenden Bein am Boden lag, der schmalen Staffelei, auf der vergilbtes Zeichenpapier stand, daneben das

Tischchen mit Pinseln und Farben – seit Langem unbenutzt. Ein kleines Fenster – die Scheiben waren eingeschlagen, doch es zog nicht. Auch spendete es kein Licht. Es war säuberlich mit Brettern abgedeckt worden, genauso wie die Fenster links und rechts neben der Haustür.

Er blickte nach links. Die Silhouette einer kleinen, schmalen Couch. Weinrot war sie. Vor ihr ein kniehoher Couchtisch. Abgesehen von einer kaputten Vase war er leergeräumt. An der Wand lehnte ein hohes Bücherregal. Es war voll und unberührt. Lückenloser Staub zierte die Buchränder. Er konnte weder den Staub noch die Farben auf den Möbeln erkennen, aber er wusste es. Er sah es vor seinem inneren Auge. Genau wie damals, als er zuletzt hier gewesen war. Nichts hatte sich verändert.

Jetzt sah er schon besser. Zwar erkannte er nicht den Türrahmen, doch wusste er, wo sich die Tür befand. Ebenso zielstrebig wie zuvor trugen ihn seine Beine dorthin. Seine Hand legte sich wie von unsichtbaren Kräften gesteuert auf die Türklinke und drückte sie hinunter. Beinahe von selbst öffnete sich die Tür geräuschlos. Noch mehr Dunkelheit streckte sich ihm entgegen.

Er trat durch den Türrahmen hindurch. Nun befand er sich in der Küche. Wie erwartet fand er neben sich einen kleinen Kühlschrank vor. Er stand offen

und war leer. Schränkchen erstreckten sich rechts des Kühlschrankes die Wand entlang. Auf der anderen Seite, am anderen Ende des Raumes, stand ein Esstisch mit zwei Stühlen, als wären sie gerade erst verlassen worden. Er spürte die Wärme der Sitzflächen und doch waren sie kalt und staubig. Er setzte leise einen Fuß vor den anderen und schritt auf die Stühle zu. Mit seiner kalten, jedoch mittlerweile wieder trockenen Hand fuhr er über die Sitzfläche des linken Stuhles. Er rieb die Finger aneinander, um den Staub zu vertreiben. Dann blickte er seine Hand an.

Er schien in Gedanken zu sein. Nichts rührte sich in diesem Haus. Nichts war zu hören. Weder das Knarzen des alten Holzes noch das Ticken der Uhr, die wohl noch immer über dem Esstisch hing. Sie war schon lange stehen geblieben. Seit Jahren zeigte sie dieselbe Uhrzeit. 11:53. Auf die Sekunde genau.

Er starrte noch immer auf seine kalte, verstaubte Hand, als nun doch ein leises Geräusch das Haus erhellte. Es war kaum zu hören und doch dröhnte es in seinen Ohren, ob der Ruhe, die auf dem gesamten Haus lag. Er spitzte augenblicklich seine Ohren, doch er rührte sich nicht. Nicht einmal sein Blick ließ von der Hand ab. Sein Herz klopfte laut und schwer, doch er hörte es nicht, er spürte es nur. Erneut ertönte dieses Geräusch. Ganz leise und doch ganz deutlich.

Es war nicht mehr als ein Rascheln.

Ein ungebetener Gast? Oder doch nur eine Maus oder Ratte?

Er lauschte weiter. Das Geräusch erklang erneut. Nur minimal und doch lauter als zuvor. Es war näher gekommen. Sein Herz jedoch schlug genauso langsam wie zuvor und er wirkte genauso entspannt, wie er war. Sein Herz wurde nicht einmal den Bruchteil einer Sekunde schneller, als das Rascheln direkt hinter ihm war. Er zählt innerlich leise bis drei.

Eins. Er starrte weiterhin seine Hand an.

Zwei. Sein Herz pochte unbeirrt ohne Eile.

Drei. In Blitzesschnelle fuhr er herum. Noch viel schneller hatte er mit der nicht staubigen linken Hand sein Messer gezogen, vor sich gezielt und geworfen.

Ganz stumm sah er auf die Stelle, auf die er gezielt hatte, damit ihn vermeintliche andere unerwünschte Besucher nicht hörten. Doch kaum hatte er sich umgedreht, musste er feststellen, dass niemand hinter ihm gestanden hatte. Sein Herzschlag hatte das Tempo geändert, doch schlug es nicht erregter als zuvor.

Erneut ertönte das Rascheln und etwas rannte ihm über den Fuß. Eine Maus. Erzürnt trat er ihr auf den Schwanz. Ein leises, wimmerndes Quieken und

ein sanfter Widerstand, den die Maus mit ihrem Gezappel aufwies. Er sah sie an. Ausdruckslos.

Er war wütend. Wütend auf sich selbst. Sich von einer Maus auf den Arm nehmen zu lassen! Er bückte sich langsam und zog das Messer aus den Dielen. Er betrachtete die zappelnde Maus mit einem psychopathischen Grinsen und warf das Messer erneut. Diesmal auf die Maus. Ein letztes, qualvolles Quieken zerriss die Stille des Raums. Der Widerstand löste sich von Sekunde zu Sekunde, bis die Maus regungslos auf dem Boden lag. Er nahm seinen Fuß von ihrem rosa Schwanz und schnaubte verächtlich, aber leise.

Er stand noch einige Minuten stumm da und lauschte in die Stille hinein. Doch nichts. Kein Kratzen, kein Schaben, kein Rascheln. Er bückte sich erneut, zog das Messer aus dem toten Tier und wischte es mit einem weißen Stofftaschentuch aus seiner Hosentasche ab. Danach verließ er augenblicklich leisen Schrittes die Küche.

Er betrat den leeren Flur. Er war genauso einsam und verlassen wie das Wohnzimmer und nun auch die Küche. Ein alter Kleiderständer zierte die Leere. Ein staubiger Hut hing auf der Spitze. Im Vorbeigehen griff er nach dem Hut. Kurz vor Ende des Flures blieb er stehen. Er legte die zweite Hand um den Hut und hielt ihn vor sein Gesicht. Gekonnt pustete er den gröbsten Staub hinunter. Den Rest entfernte er mit dem Ärmel seines Mantels. Er schloss die Augen und setzte ihn auf. Er passte. Perfekt. Was auch sonst?

Er drehte sich um 45 Grad und öffnete die Augen. Vor ihm hing ein langer, schmaler Spiegel. Ebenfalls verstaubt. Eine Spinnwebe hing über dem Rahmen von rechts oben nach links unten. Er sah sich an.

Ein großer, schlanker Mann mit dunkelbraunem, beinahe schwarzem Haar schaute zurück. Schwarze, schwere Schuhe. Darauf der Saum einer schwarzen Hose, die ab der Wadengegend von einem langen, schwarzen Mantel verdeckt wurde. Der Mantel war offen. Ein schwarzes Hemd war zu sehen, welches zum Teil über dem Bund heraushing. Weiße Knöpfe formten den Weg seinen Oberkörper hinauf. Die letzten zwei Knöpfe waren offen und man konnte ein weinrotes Shirt darunter sehen. Genauso weinrot wie die Couch, die nebenan im dunklen Wohnzimmer stand. Den Hals bedeckte ein schmaler weißer Schal, dessen Enden links und rechts parallel bis auf Brusthöhe hinabhingen. Die linke Hand, um die sich ein verdreckter Verband schlang, lag in der Manteltasche. Die rechte, staubige Hand umfasste den Hutrand. Unter dem Mantelärmel lugten schwarz-weinrot gestreifte, fingerlose Handschuhe hervor, die sich um die Hand des Mannes schlangen. Der Hut wäre

ebenso schwarz gewesen wie der Mantel, wenn der Staub gänzlich verschwunden wäre.

Zwischen Hut und Schal hätte man sein Gesicht erkennen können, wäre es nicht von der Dunkelheit verschluckt worden, in das sein zauseliges, dunkles Haar nass hineinhing. Seine Augen waren kaum zu sehen. Doch der blau-grüne Schimmer in ihnen war unverkennbar und ließ sie unheimlich leuchten. Sanfte Fältchen zogen sich um seine Augen. Sie konnten vom Alter, jedoch genauso gut vom Stress gezeichnet worden sein. Sein Gesicht war blass. Genauso blass wie seine Nasenspitze und seine schmalen Lippen, unter denen sich in den letzten Tagen dunkle Bartstoppeln am Kinn angesiedelt hatten. Er ließ den Hut los und fuhr sich über die Stoppeln, die die Bezeichnung »Stoppeln« eigentlich kaum mehr verdienten. Wenn er wieder daheim war, würde er sich erst einmal rasieren müssen.

Ganz unerwartet trat abermals ein Geräusch an seine Ohren. Leise und dumpf. Diesmal war es kein Rascheln. Kein Geräusch, welches von einem Tier stammen könnte. Nein. Es musste ein Mensch sein. Ein Mensch. In diesem Haus. Sein Blick verfinsterte sich unmerklich. Er nahm die Hand von seinem unrasierten Kinn und griff langsam nach dem Messer, welches in seinem Hosenbund steckte, vom Mantel verborgen.

Sein Kopf drehte sich nach links. Dorthin, von wo das Geräusch kam. Es war Musik. Sanfte, traurige Töne drangen an seine Ohren. Lautlos, wie schon die ganze Zeit, trugen ihn seine Beine abermals bestimmend den Flur entlang. Es kam aus dem Musikzimmer. Das Musikzimmer, dort war er immer am liebsten gewesen. Er erreichte die Tür. Sie war geschlossen. Die linke Hand noch immer an seinem Hosenbund, zum Angriff bereit, zog er die rechte aus der Manteltasche und öffnete lautlos die Tür. Sie war genauso leise wie die Tür zum Flur. Sie war schon immer leise gewesen. Diese Tür vermochte keine störenden Geräusche von sich zu geben. Nicht im Musikzimmer.

Langsam öffnete er sie und trat ein. Vor ihm erstreckte sich ein großer Raum – wohl der größte in diesem Haus. Leer. Dunkel. Ein dunkelgrauer Teppich bedeckte den Boden. Und beinahe zentral, jedoch ein wenig nach rechts eingerückt, erstreckte sich der riesige Flügel. Der Flügel, dem er so oft gelauscht hatte. Jeden Tag.

Die Töne waren lauter geworden und nun klar zu vernehmen. Nichts war mehr dumpf, nun, da die Tür nicht mehr zwischen ihnen war. Die Töne wogen wie eine sanfte Brise um seine Ohren. Am liebsten hätte er sich in ihnen verloren, wenn sie hier nicht unerwünscht gewesen wären.

Die Tür schloss lautlos hinter ihm. Er stand stumm im Raum. Lauschte. Und doch war er vollkommen konzentriert. Er betastete den Flügel mit seinem Blick. Schwarz und glänzend – als würde er jeden Tag sorgsam gereinigt –, groß und beeindruckend war er. Und seine Töne und Melodien waren gigantisch. Klar und gestimmt. Hätte sich dieser Flügel nicht über die vielen Jahre hinweg verstimmen müssen?

Weiter betasteten ihn seine Augen auf der Suche nach dem Erzeuger dieser wundervollen Klänge. Und weiterhin lauschte er. Er kannte dieses Stück. Es war von Chopin. Oft waren seine Ohren den Tönen seines Preludes No. 4 gefolgt, welche er diesem Flügel so gerne entlockt hatte. Leise und langsam trat er näher. Die Töne wurden lauter. Bisher hatte er niemanden entdecken können. Diese Melodie konnte nicht von Geisterhand gespielt werden und doch erschien es ihm so. Kein Schopf, kein Ellenbogen, kein Kleidungsstück war zu entdecken.

Das Stück wurde energischer.

Er blickte zu Boden, unter den Flügel. Da! Da waren sie. Füße. Ein paar Füße in einem Paar weißer Schuhe. Der rechte tippte sachte im Takt auf den Boden. Er trat näher heran, bis die Füße vom Flügel verschluckt wurden. Die Töne beruhigten sich allmählich. Er sah einen grünen Kleidungsfetzen durch

163

die Luft fliegen. So schnell, wie er ihn erblickt hatte, war er wieder hinterm Flügel verschwunden. Das Stück setzte aus. Er hielt den Atem an und blieb stehen, um sich nicht zu verraten. Die letzten Noten erklangen und beendeten das Stück. Er rührte sich nicht. Seine Hand umfasste nun das Messer an seinem Bund.

Leise tat er einen weiteren Schritt. Er stand nun unmittelbar vor dem Flügel. Der Pianist vor ihm ebenso verborgen durch Flügel und Notenblätter wie er für ihn. Er wollte die Augen schließen. Doch er wagte es nicht.

Der Pianist setzte erneut an.

Nun schloss er doch seine Augen. Er legte seinen Kopf in den Nacken. Noch immer wollte er sich in den Klängen verlieren. Das hatte er oft getan. Und gerne. Aber nicht jetzt. Jetzt hatte er keine Zeit dafür.

Er hob seinen Kopf wieder. Wenige Sekunden später öffnete er auch wieder seine Augen. Abermals blitzte ein grüner Stofffetzen hinter dem Flügel hervor und war genauso schnell wieder dahinter verschwunden.

Er wollte einen Blick hinter den Flügel werfen. Sehen, wer unerlaubt in dieses Haus eingedrungen war. Wer es wagte, indirekt in seine Privatsphäre einzudringen. Wer es wagte, diesen – seinen – Flügel anzurühren. Wer es vollbrachte, ihm so wunderbare

Töne, so perfekt, graziös, original und doch einzigartig, zu entlocken. Wen er dafür umbringen sollte.

Er drehte sich um. Leisen Schrittes, so leise, wie er gewesen war, seitdem er in der dunklen, verschneiten Gasse aufgetaucht war, verließ er das Zimmer, die melancholischen Töne der Mondscheinsonate im Nacken. Lautlos fiel die Tür zum Musikzimmer hinter ihm ins Schloss. Und der Pianist spielte.

Ihre Finger glitten über die Tasten. Wie von selbst. Sie hatte ihre Augen geschlossen. Sie brauchte nicht hinsehen. Sie brauchte sich auch nicht zu konzentrieren. Es war, als wären all diese Melodien und Noten in ihr eingebrannt und sie brauchte lediglich die Hände auf die Tasten legen. Sie taten alles von allein. Die Notenblätter waren nur Attrappe. Sie spielte nicht, was sie ihr anboten. Sie hatte diese Noten nie gespielt. Es waren auch nicht ihre. Sie standen schon immer dort. Seit sie dieses Haus das erste Mal betreten hatte. Genauso, wie sie jede Nacht spielte, seit sie das erste Mal hier gewesen war und den Flügel entdeckt hatte. Sie gab sich vollkommen der Musik hin. Sie lauschte entspannt den Klängen unter ihren Fingern. Sie liebte sie. Genauso, wie sie diesen Flügel und dieses Haus liebte. Sie hatte nie Klavier spielen gelernt, doch dieses Klavier hatte es ihren Fingern gelehrt. Sie konnte auch keine Noten lesen. Das war auch der Grund, weshalb sie die Noten nie gespielt hatte. Sie spielte nach Gehör und aus dem Gedächtnis. All diese Melodien hatte sie irgendwann einmal gehört und in sich aufgesaugt. Nun leitete sie diese an ihre Finger weiter. Und sie spielten. Sie spielten für sie.

Sie bekam nicht mit, wie ein großer, erschöpft aussehender und doch anmutig wirkender Mann den Raum betrat. Sie konnte ihn weder hören noch sehen. Doch nach nur wenigen Schritten seinerseits spürte sie seine Anwesenheit. Sie ließ die Augen geschlossen und spielte weiter. Sie ließ sich nicht stören. Sie konnte ihre Finger nicht stören. Nicht, wenn sie spielten. Denn dann waren sie nicht ihr Eigen. Wenn sie über die Tasten glitten, hatten sie ihren eigenen Kopf, führten sie ein selbstständiges Leben. Sie spürte ihn nähertreten und ihre Finger spielten aggressiver. Ob der Nervosität wegen oder weil es das Stück von ihnen abverlangte, war ihr minder bewusst. Wahrscheinlich war es beides gewesen.

Als ihre Hände eine kurze Pause einlegten, spürte sie die Anwesenheit des Mannes ganz deutlich. Als stünde er hinter ihr. Als atmete er in ihren Nacken. Sie beendete das Stück und saß regungslos da. Die Augen noch immer geschlossen. Ihre Hände ruhten einen Moment lang in ihrem Schoß. Sie atmete leise

und regelmäßig. Irgendetwas Unheimliches ging von dem Mann aus. Sie öffnete ihre Lider und starrte auf die Notenblätter. Noch immer sah und hörte sie nichts von ihm. Auch nicht aus dem Augenwinkel. Sie wagte es nicht, ihren Kopf auch nur irgendwie zu bewegen. Und obwohl sie ihn nicht sah, wusste sie, dass es ein Mann war. Sie vernahm seine Aura: unheimlich, undurchdringlich, böse und doch anmutig, schön und ruhig.

Noch immer war sie entspannt und dennoch nervös. Würde er sie gleich ansehen? Würde er ihr etwas tun? Oder würde er wieder gehen? Tatenlos. Wortlos.

Ihre Hände erhoben sich erneut wie von selbst und legten sich auf die Tasten. Sie atmete tief, aber leise durch und schloss die Augen. Für den Bruchteil einer Sekunde hörte sie seinen Atem. Oder war es ihrer gewesen? Dann begannen ihre Finger zu spielen. Sie flogen über die weißen und schwarzen Tasten und entlockten ihnen wunderschöne Töne. Ihre Gedanken waren noch immer bei diesem Mann. Doch kaum hatte er den Raum wieder verlassen, fiel jegliche Nervosität von ihr ab und mit ihr der Gedanke an ihn. Nun gab es nur noch sie und den Flügel. Und das Haus.

Sie bekam nicht mit, wie er weiter, wie schon zuvor, das alte Haus erkundete und neu entdeckte. Wie er die morsche Treppe hinaufstieg und ein lei-

ses Knarren erzeugte. Die Treppe und die Haustür waren die einzigen Dinge in diesem Haus, die Geräusche von sich gaben. Nicht jedoch die Dielen im Flur, die Tür zum Flur und die Tür zum Musikzimmer. Doch das wusste sie nicht. Schließlich hatte sie das Knarren der Treppenstufen nicht gehört. Sie war auch nie oben gewesen. Ihre Beine hatten sie vor einem Jahr fast von allein hierhergetragen. Bis hierhin und keinen Schritt weiter. Sie war auch nicht neugierig. Warum also sollte sie dort hinaufgehen?

Noch immer flogen ihre Finger über die Tasten hinweg. Absolut ungesteuert.

Sie hörte rein gar nichts von seinem Treiben, wie er den oberen Flur entlangstreifte, nebenbei an seinem Hut spielend, ihr lauschend, bis er das Zimmer fand. Das vertrauteste von allen, abgesehen vom Musikzimmer. Er durchstöberte es. Suchte jeden Winkel ab. Er wusste noch haargenau, wo sich was befand, wo er was verstaut hatte. Doch genau das, was er suchte, konnte er nicht finden. Genau dessen Aufenthaltsort hatte er vergessen. So wie alles andere tat er jedoch auch dies vollkommen lautlos: suchen, durchstöbern, fluchen.

Ein breites, triumphierendes Grinsen machte sich auf seinem blassen, müden Gesicht breit, als er end-

lich fand, was er suchte. So lange hatte er gesucht und jetzt hatte er es endlich gefunden. Er steckte es in seine innere Manteltasche und ging zur Tür. Im Rahmen blieb er stehen. Seine Hand stützte er am linken Türrahmen ab. Irgendetwas war anders. Er blickte zu Boden. Schien nachzudenken. Etwas war anders als vor einigen Minuten.

Ja, er hatte das Zimmer auf den Kopf gestellt. Die wenigsten Sachen lagen dort, wo er sie vorgefunden hatte. Und er machte sich auch nicht die Mühe, das Chaos zu entfernen. Hierher würde eh keiner mehr kommen. Nicht einmal er.

Doch das war es nicht. Es war etwas anderes. Er nahm die Hand vom Rahmen und stellte sich aufrecht hin. Nachdem er wieder im Flur stand, zog er leise die Tür hinter sich zu. Er drehte den Schlüssel zweimal herum und nahm ihn heraus. Noch immer überlegend, was anders war, stand er da und suchte nach einem geeigneten Versteck für den Schlüssel. Schließlich verstaute er den rostig aussehenden Schlüssel in einer alten Vase. Er legte ihn vorsichtig hinein, um keine Geräusche zu erzeugen.

Natürlich! Er starrte an die Wand, die Hand noch immer in der Vase. Keine Geräusche. Nichts. Nur Totenstille. Wie zuvor, als er das Haus betreten hatte. Der Pianist hatte sein Spiel beendet. Oder machte er Pause? Etwas kitzelte ihn an der Hand. Eine dicke

Spinne war aus der Vase gekrochen und krabbelte seinen Arm hinauf. Er zog seine Hand aus der Vase und beobachtete die Spinne. Als sie seine Schulter erreicht hatte, schnipste er sie mit der verbundenen Hand hinunter. Bevor sie die Möglichkeit erhielt, hinfort zu krabbeln, stand sein Fuß schon auf ihr und zertrat sie mit einem leisen Schmatzen. Er grinste kurz, doch sein Grinsen hielt keine zwei Sekunden an.

Er rückte seinen Hut zurecht und ging zur Treppe. Wieder knarrte sie, als er sie hinunterlief. Das Knarren war nicht laut, doch schien es das Haus auszufüllen. Am Ende der Treppe erwartete ihn das Musikzimmer. Die Tür geschlossen. Hinter ihr eine unheimliche Stille. Es war eine sehr lange Pause. Oder der Pianist hatte tatsächlich aufgehört zu spielen. Doch wo war er hin?

Gegangen? Oder noch in diesem Raum?

Er schaute auf die Tür. Er dachte nicht nach. Er wusste, dass er nicht hineingehen und nachsehen würde. Er wusste nicht, ob der Fremde noch drin war oder nicht. Etwas in ihm wollte es wissen, doch eigentlich interessierte es ihn nicht.

Er hatte auch gar keine Zeit für so was. Er hatte schon genug von ihr verschwendet.

Ohne Umwege steuerte er die Flurtür an und schritt durchs Wohnzimmer hindurch zum Eingangsbe-

reich. Aus den Augenwinkeln konnte er nun sogar dunkel die Farben der Möbel erkennen. Das Weinrot der Couch, genauso weinrot wie sein Shirt unter dem schwarzen Hemd. Im kleinen Eingangsbereich, direkt am Wohnzimmer angrenzend, blieb er kurz stehen. Er knöpfte seinen Mantel zu, nahm den Hut vom Kopf und hängte ihn an einen Haken neben der Haustür. Der Hut gehörte hierhin. In dieses Haus. Er sollte ihn nicht von hier entfernen. Der Geist des Hauses sollte bewahrt bleiben. Er durfte nur einen Gegenstand mitnehmen und dieser befand sich endlich in seiner Tasche.

Zielstrebig öffnete er die Tür und verschwand in der immer noch während den Dunkelheit. Der Schnee fiel unaufhörlich weiter.

Kaum war die Tür hinter ihm quietschend ins Schloss gefallen, strebte er den Rückweg an. Wieder zielbewusst. Doch diesmal steuerte er seine Beine selbst. Nicht wie kurz danach, als er das Haus betreten hatte. Er zog sich wieder die Kapuze über den Kopf und lief die Gasse entlang zurück zur Hauptstraße. Noch immer lag der Geruch von Abfall, feuchter Luft, Schneematsch und Menschen in der Luft. Erneut verzog er angewidert das Gesicht.

Er bog um die Ecke, die Hauptstraße hinauf. Rechts in die Gasse hinein. Bis hin zu dem unbeleuchteten Winkel. Er sah sich kurz um, doch die Straßen wa-

ren genauso still und dunkel wie zur Zeit seiner Ankunft. Er zog seinen Kopf tiefer unter die Kapuze und
verschwand.

Fortsetzung folgt ...

14

Lisa Darling

DiE PiANiSTiN
(TEiL 2)

Es war ein klarer Abend. Der Himmel war dunkelblau, die letzten Sonnenstrahlen erfüllten den Horizont mit Abendrot und vereinzelte Sterne zierten die Himmelsdecke. Es war verhältnismäßig warm für einen Dezemberabend. Die Straßenlaternen waren vor wenigen Minuten angegangen und tauchten die Straßen nun in ein sanftes Orange. Ganz anders als in dieser verhangenen Vollmondnacht.

Allgemein war alles anders. Die Nacht, das Wetter, der Mond, die Nachtaktivität.

Er war wieder da. In der gleichen Ecke wie in jener Nacht. Er wusste nicht, weshalb er hier war oder was er hier erwartete. Er war einfach seiner Intuition gefolgt. Von innen heraus. Ob er wollte oder nicht, ob er sich dessen bewusst war oder es lieber verdrängte, die Nacht in dem Haus hatte ihn geprägt. Sich an ihm festgeklammert. Tag und Nacht an ihm gezetert und gezerrt. Sie wollte ihn zurück, hat ihn angefleht, sich umzudrehen. Doch er hatte sich instinktiv geweigert. Er wollte nicht. Er sah nicht ein,

warum. Doch nun stand er hier. Am selben Ort. Natürlich wusste er innerlich die Antwort auf seine Fragen. Warum? Was? Doch er gestand sie sich selbst nicht ein. Das konnte er nicht tun!

Automatisch fasste er sich an den Oberarm, an die Stelle, an der ihm vor Jahren ein Zeichen eingebrannt worden war. Er strich mit der Hand über den Mantel. Er hatte ihn wieder an. Obwohl es gar nicht besonders kalt war. Und obwohl er nicht im Geringsten fror. Er fror nie. Fast nie.

Er schloss die Augen und lief die Gasse entlang. Die Hauptstraße erreicht, öffnete er sie wieder. In seinen Augen spiegelten sich zwei vorbeifahrende Autos. Ein weinrotes und ein grünes. Ein paar Menschen liefen auf den Bürgersteigen und unterhielten sich. Einer der beiden auf der Straßenseite gegenüber warf ihm einen skeptischen Blick zu. Er zerrte am Ärmel seines Nachbarn, schielte zu ihm hinüber und flüsterte etwas. Natürlich war er ein bisschen auffällig unter all den Dörflern. Er konnte es selbstverständlich ändern. Aber er wollte nicht. Im Normalfall hätte er dieses Lebewesen unbarmherzig gefoltert oder gar getötet. Aber dazu war er jetzt nicht in Stimmung. Er war nicht deswegen hier. Er hatte andere Gründe, sich an diesem Ort wiederzufinden. Wenn er sie sich auch nicht eingestehen wollte.

So strich er sich einfach nur eine Strähne aus dem

Gesicht, schenkte dem Jungen ein gehässiges Lächeln und lief die Straße hinab, bis hin zur nächsten Gasse. Die Gasse, die nach Abfall, feuchter Luft, Schneematsch und Menschen gerochen hatte. Diesmal roch sie nur nach Dreck, frischer Abendluft und Menschen. Er blickte nach links. Die Mülltonnen mussten erst geleert worden sein.

Nur noch wenige Schritte war er von der Tür entfernt. Er war sehr entspannt und trotzdem äußerst nervös. Er hasste dieses Gefühl. Ein Mann wie er hatte nicht nervös zu sein! Er könnte sich verfluchen. Er wollte diese Tür erreichen. So schnell wie möglich. Lange genug hatte es gedauert. Eigentlich nicht lang. Aber doch zu lange. Trotz dieses inneren Drangs behielt er sein Tempo bei. Das seiner Schritte und seines Herzschlags.

Er gelangte an die Schwelle. Langsam öffnete er die Tür. Sie war nicht geschlossen. Wie beim letzten Mal. Kein Wunder, dass ein ungebetener Gast das Haus einfach so betreten konnte. Wer wusste, wer dort schon alles gewesen war. Als er die Tür hinter sich schloss, quietschte sie wieder. Wie schon immer. Und wie auch beim letzten Mal. Kaum war sie zu, wurde es stockfinster um ihn herum.

Auch dieses Mal musste er ein wenig verharren, bevor seine Augen sich an die Dunkelheit gewöhnt hatten. Obwohl er genau wusste, wo sich was be-

fand und wo er entlang musste, blieb er so lange stehen, bis er wieder Silhouetten wahrnahm. Zu seiner Rechten der vermoderte Schreibtisch mit seinem dreibeinigen Stuhl. Die Staffelei mit ihrem vergilbten Zeichenpapier. Die Farbtöpfe und Pinsel. Die verrammelten Fenster. Zu seiner Linken die weinrote Couch. Der Couchtisch mit der kaputten Vase. Das Bücherregal an der Wand, dessen Bücher über und über mit Staub bedeckt waren. Neben ihm, im Eingangsbereich, der Hut am Haken an der Wand. Ohne hinzusehen, griff er danach und setzte ihn sich auf. Er war schon wieder leicht verstaubt. Doch diesmal pustete er den Staub nicht hinunter.

Langsam schritt er voran. Zielstrebig der Tür entgegen. Wie immer wussten seine Beine, wohin sie ihn zu tragen hatten, ob er selbst es wusste oder nicht. Leise, wie eh und je, öffnete er die Tür zum Flur. Ein schmaler dunkelroter Lichtstrahl, in dessen Schein die Staubflusen einen melancholischen Tanz tanzten, fiel auf den Flur. Er verfolgte ihn mit seinem Blick zurück. Das Licht kam aus der Küche. Aus einem kleinen Spalt im Fenster. Es kam von der untergehenden Sonne.

Er wandte sich nach links und schritt an dem Kleiderständer vorbei, bis hin zum Spiegel. Diesmal betrachtete er sich nicht. Dennoch blieb er neben ihm stehen. Er starrte geradeaus. Dort war sie. Die Tür zum Musikzimmer. Nichts war zu hören. Wie beim letzten Mal war das Haus in Stille getaucht. Es war, als wäre das Haus stumm und taub zugleich. Eine ganze Weile stand er einfach nur so da. Still und unbewegt. Neben dem Spiegel. Bis seine Füße ihn weitertrugen, immer der Tür entgegen. Er schaute sich nicht um. Sah nicht nach links oder rechts. Nur geradeaus. Zur Tür. Bis er sie erreichte.

Er legte die Hand auf die Klinke. Sein Herz bebte. Er würde es sich am liebsten rausreißen. Warum nur bebte es so? Er war doch so oft in diesem Haus gewesen. In diesem Raum. Er drückte die Klinke hinunter. Geräuschlos öffnete sich die Tür auch diesmal wieder. Die leiseste Tür von allen. Genauso geräuschlos wie das Zimmer. Kein Flügel, der gespielt wurde. Er schloss sie leise hinter sich. Blickte dabei unter den Flügel. Keine Füße. Kein Paar weiße Schuhe. Sein Herz schien enttäuscht. Doch seit wann bestimmte sein Herz sein Gemüt?

Er blickte arrogant drein und lief auf den Flügel zu. Dort angekommen legte er seine Hand auf den Flügel. Wie schön er war. Und so völlig ohne Staub. Glanzvoll. Wie damals. Er hatte sich nicht verändert. Ganz im Gegensatz zu ihm selbst. Er hob die Hand wenige Millimeter hoch und fuhr mit diesem Abstand über den Flügel. Er wagte es nicht, ihn weiter anzufassen. Seine glatte, glänzende Oberfläche zu beschmutzen. So lief er um den Flügel herum. Am Hocker machte er Halt. Unschlüssig stand er vor den Tasten und betrachtete sie. So wundervoll waren sie gespielt worden, wenige Wochen zuvor. Beinahe wie von Geisterhand. Sanft und doch kraftvoll. Elegant und gekonnt. Wie abgespielt und doch mit eigener Note. Kopiert, so oft gespielt und doch ein Unikat. Er nahm seine Hand zurück und legte sie auf die Tasten. Er fuhr einmal darüber. Sanft. Er drückte eine Taste und lauschte dem einsamen Ton. Er hallte von den Wänden zurück. Umschmeichelte sein Ohr. Was nur ein simpler Ton zu bewirken vermochte. Er ließ sich nieder. Spielte einen Akkord. Viel kraftvoller und betörender als die einzelne Note, doch genauso einsam. Genauso einsam wie er. Er legte seine zweite Hand dazu. Die verbundene. Er schloss seine Augen. Jahrelang hatte er nicht mehr gespielt. Jahrzehnte keinen Flügel mehr gesehen, geschweige denn unter seinen Fingern gespürt. Hier zu sitzen war ein eigenartiges Gefühl. Alt und vertraut und dennoch neu und ungewohnt. Jedoch genauso überwältigend. Es war immer überwältigend gewesen. Noch immer lagen seine Finger bewegungslos auf den Tasten. Seine Augen geschlossen. Und noch immer hörte er nichts. Nichts außer seinem Atem und dem Nachklang der gespielten Töne. Sanft drückte er seine Finger hinun-

ter und begann zu spielen. Es war wie früher. Er in diesem Raum. An diesem Flügel. Die Noten umschmeichelten sein Gehör. Seine Finger spielten fast von allein. Aus der Erinnerung. Fließend. Er ließ sich vollkommen auf die Musik ein und verlor sich diesmal darin. Nicht wie bei dem Pianisten, als er sich hatte verlieren wollen, es aber nicht wagte. Doch diesmal war er allein. Und er war es, der spielte. Da durfte er das.

Sein Herz schlug im Takt und wurde lauter. Es war erregt. Es freute sich. Wenn er sich schon nie freute, so musste das sein Herz für ihn tun.

Er beendete sein Spiel und öffnete die Augen. Ruhig lag es wieder da, das Musikzimmer. Und dennoch war es anders als zuvor, als er es betreten hatte. Es war von stummer Musik erfüllt. Sein Blick fiel auf die Noten vor ihm. Es waren dieselben, die schon vor Jahren dort gelegen hatten, als er das letzte Mal hier gespielt hatte. Niemand hatte sie entfernt.

Abermals begann er zu spielen. Diese Noten. Seine Noten. Er sah sie an, doch seine Pupillen blieben stehen. Er las sie nicht. Wie beim Lied zuvor spielte er sie aus der Erinnerung. Sein Herz wurde lauter. Wieder bebte es. Er konnte es hören, bildete er sich ein. Er spielte fester und lauter. Intensiver. Wie es das Lied von ihm abverlangte. Aber auch seines Willens wegen und wegen seines lauten Herzens. Trotz der kurzen Pause war er immer noch verloren. Verloren in den Noten. In diesem Raum. Groß, überwältigend, leer und doch über und über erfüllt von Musik, Erinnerungen, Gefühlen und Seelen. Es verband ihn mit seiner Vergangenheit. Die Vergangenheit, die er so lange gemieden hatte. Er schloss erneut seine Augen. Er wusste die Noten eh.

Als er das Lied beendet hatte, saß er einfach so da. Mit geschlossenen Augen. Die Hände auf den Tasten ruhend. Mit schwer klopfendem Herzen und unruhigem Atem. Etwas drang ihn, aufzuhören und den Flügel zu verlassen. Er zögerte nicht lange und stand auf. Er lief zum Fenster an der Wand gegenüber der Tür. Auch dieses war mit Holz beschlagen worden. Ein großer Spalt ließ das fahle Mondlicht hineinfallen. Es war Halbmond. Er schaute durch den Spalt hinaus. Verborgen im Schatten. Kaum zu sehen.

Er hörte nicht, wie sich die Tür hinter ihm öffnete. Auch nicht, wie sie sich wieder schloss. Doch er hörte die sanften Schritte. Er fuhr nicht herum, um nachzusehen, woher sie stammten. Wer ihr Erzeuger war. Er wusste, dass es der Pianist war. Er wollte ihn sehen. Wissen, wer es war. Wer seinem Flügel diese wundervollen Töne entlockte. Und dennoch drehte er sich nicht um. Noch immer starrte er auf den Spalt. Auf das sanfte Mondlicht. Der Pianist schien ihn nicht zu bemerken, verborgen wie er war. Verborgen vom Schatten. Getarnt von seinen schwarzen Kleidern. Das blasse Gesicht in die entgegengesetzte Richtung gestreckt. Es dauerte nicht lange und das Klavierspiel ertönte erneut. Ein weiteres Mal schloss er die Augen, um zu genießen.

Nach einer Weile dreht er sich doch um. Es war eine Frau. Ob jung oder alt, vermochte er nicht zu erkennen. Er sah nur ihren Rücken, in ein grünes Kleid gehüllt. Unter dem Stuhl die weißen Schuhe. Den Rücken hinunter langes, dunkles Haar. Leise trugen ihn seine Füße in ihre Richtung. Dicht hinter ihr kamen sie zum Stehen. Er blickte über ihre Schulter hinweg auf ihre schmalen, zarten Finger. Sie flogen nur so über die Tasten. Nein, sie glitten. Elegant. Genauso elegant wie der Flügel es war. Ein zarter Aprikosenduft stieg ihm in die Nase. Sein Blick wanderte zu ihrem Haar. Es glänzte. Genauso wie der Flügel. Er kannte sie nicht, das wusste er. Und dennoch kam sie ihm vertraut vor. Genauso vertraut wie dieses Haus. Dieses Zimmer. Dieser Flügel.

Er schlich um sie herum, doch wandte seinen Blick nicht von ihr ab. Er erblickte ihr Profil. Doch er trieb es nicht so weit, ihr Gesicht von vorne zu sehen. Sie musste ihn zwar schon bemerkt haben, doch er wollte nicht zu aufdringlich werden. Er wollte sie nicht beim Spielen stören. Solange sie spielte, war er glücklich. Er lief zurück. Zur anderen

Seite des Flügels. Sie ließ sich nicht beirren. Sie spielte wie beim ersten Mal, als er sie gehört hatte. Noch immer haftete sein Blick auf ihr. Sie hatte ein überwältigendes Charisma. Er betrachtete nun ihr rechtes Profil. Und lauschte. Sie musste noch jung sein. Es zierten keine Falten ihr glattes Gesicht. Sie war blass. Doch die Wangen waren rot. Es gefiel ihm. Nein, es gefiel seinem Herzen. Er schlich zurück auf den Platz hinter ihr, wo er seinen Rundgang um sie begonnen hatte. Er stand dichter hinter ihr als zuvor. Er stand aufrecht. Und dennoch hatte er das Gefühl, mit ihr auf Augenhöhe zu sein.

Ihre Töne wurden sanfter. Und leiser. Hatte sie Angst? Es gehört zum Stück, das wusste er. Er kannte es. Und dennoch meinte er, Angst herauszuhören. Nervosität. Sie hatte ihn ganz bestimmt bemerkt. Sie musste einfach.

Sie endete. Wenige Sekunden saß sie regungslos da. Es erschien ihm wie eine Ewigkeit. Ihr Atem drang leise, flach und langsam an seine Ohren. Auch er wurde von einer Melodie getragen. Wie in Trance sah er sie sich erheben und gen Tür gleiten. Ja, sie glitt. Sie lief nicht. Es war viel eleganter. Er konnte sich nicht regen. Nur seine Augen. Sie verfolgten jeden ihrer vermeintlichen Schritte. Bis die Tür stumm hinter ihr ins Schloss fiel. Sie war weg. Der Raum war leer. Und dennoch voller als zuvor. Die Töne und ihr Atem spiegelten sich an den Wänden wider. Er konnte es genau hören. Obwohl da nichts war.

Das Haus lag ruhig da. Wie immer. Die letzten Sonnenstrahlen schlichen sich durch einige Lücken der Bretter, die die Sicht aus dem Fenster versperrten. Wie jedes Mal steuerte sie zielstrebig das Musikzimmer an. Sie wurde von ganz allein dorthin getragen. Ihre Beine trugen sie ebenso selbstständig dorthin, wie ihre Finger eigenen Willens über die Tasten schwebten.

Sie hatte den Mann nicht vergessen. Sie hatte jeden Tag an ihn denken müssen. An die Mystik und die Ehrfurcht, die er ausgestrahlt hatte. Und die noch immer auf sie einwirkten. Sie hatte ein seltsames Gefühl, als er da gewesen war und wenn sie an ihn dachte. Ein bedrückendes Gefühl. Und dennoch hatte sie jeden Abend, jede Nacht darauf gehofft, er würde zurückkehren. Sich nur noch einmal blicken lassen. Doch nichts dergleichen war geschehen. Wieder und wieder war sie zurückgekehrt. Hatte gespielt. Gehofft. Doch sie blieb allein. Wie immer. Wie sie es schon immer gewesen war.

Geräuschlos öffnete und schloss sie die Tür. Es war dunkel. Nur der Halbmond warf einen blassen Schimmer durch die Spalte am Fenster. Groß und

anmutig erhob sich der Flügel inmitten des Zimmers. Sie war wieder allein. Und dennoch fühlte sie sich diesmal nicht allein. Es war, als befände sich jemand mit ihr im Raum. Doch sie entdeckte nichts. Sich nicht anmerken lassend, dass sie nach ihm suchte, ließ sie sich hinter dem Flügel nieder und begann zu spielen. Ohne zu zögern. Sie schloss ihre Augen und ließ ihre Finger tanzen. Wie immer taten sie, was sie wollten. Und wie immer war ihr Ergebnis atemberaubend und betörend. Ihre Finger spielten wie immer. Sie hatten keine Veränderung wahrgenommen. Nicht so wie sie. Leicht angespannt saß sie da. Dennoch wirkte sie entspannt und gefasst. Er war hier. Er musste hier sein!

Oder war es lediglich ihr dringlicher Wunsch, ihn bei sich zu haben, welcher ihr das Gefühl seiner Anwesenheit vorspielte?

Ihre Finger tanzten und tanzten. Ebenso wie ihre Gedanken kreisten und ihr Herz sich überschlug.

Ihr Körper schrie, als sie seinen Atem in ihrem Nacken spürte. Diesmal war es wirklich sein Atem. Er war es. Sie drehte sich nicht um. Sie wusste es. Und ihr Körper hörte nicht auf zu schreien. Zu schreien vor Freude, Angst und Sehnsucht. Doch ihre Finger ließen sich nicht beirren. Sie spielten, als bekämen sie von all dem nichts mit. Sie lebten in ihrer eigenen Welt.

Doch auch sie ließ sich nichts von ihren Gefühlen

anmerken. Behielt alles für sich. Ließ nichts nach außen dringen. Warum auch? Er musste davon nichts wissen. Sie tat, als wäre er nicht da. So fühlte sie sich am sichersten.

Sie lauschte seinen Schritten. Sie hallten. Sie hörte jeden einzelnen seiner Schritte. Obwohl sie leise waren, hörte sie sie sehr deutlich. Über das Klavier hinweg. Sie dröhnten. Sie legten sich in ihren Ohren nieder, weckten ihre Gänsehaut. Ein Schauer lief ihr über den Nacken. Irgendetwas an diesem Mann war unheimlich. Und dennoch überwältigend. Nicht ihre Finger schienen die Melodie zu spielen. Es war, als käme sie von *ihm*. Von seinen Schritten, seinem Atem, seiner Eleganz und Anwesenheit. Ja. Nicht sie spielte. Nicht ihre Finger. Er war es.

Oder ließ er ihre Finger spielen?

Er kam zurück. Lief hinter ihr entlang. Zur anderen Seite des Flügels. Ihr Kopf war nach wie vor auf die Notenblätter gerichtet. Ihre Augen immer noch geschlossen. Doch sie sah ihn. Seine Schritte verrieten ihn. Ließen sie ihn sehen.

Er übte etwas Unheimliches auf sie aus. Etwas unheimlich Großes. Ob er sich dessen bewusst war? Sie lauschte weiter. Die Musik noch ganz deutlich, dennoch in den Hintergrund gerückt. Seine Schritte weiterhin leise und dennoch ganz klar im Vordergrund. Bis sie hinter ihr zum Stillstand kamen und

sein Atem sich erneut in ihren Nacken legte. Ihr Herz schlug beinahe so laut, wie seine Schritte gewesen waren. Ob er es hören konnte?

Ihre Finger beendeten das Spiel. Sie legten sich in ihren Schoß. Sie öffnete ihre Augen und blickte auf die Noten. Sie waren gespielt worden. Lange Zeit zuvor. Nie von ihr. Doch erst kürzlich erneut. Sie lebten. Hatte er sie gespielt? Sie hätte es gerne gehört. Sein Atem lag warm auf ihrer Haut. Umwehte ihre Ohren. Schlich sich um ihren Körper.

Wer war er? Warum war er in dieses Haus gekommen? Was hatte ihn dazu angetrieben? Was hatte er gewollt? Und warum ... warum war er wieder hier? Ihretwegen?

Sie erhob sich. Ohne sich umzudrehen, lief sie geradewegs auf die Tür zu. Auf die leiseste Tür des Hauses. Die ebenso leise hinter ihr ins Schloss fiel, wie sie sich hatte öffnen lassen. Jedes Mal aufs Neue. Sein Atem lag immer noch auf ihr. Als wäre er eingebrannt worden.

Er schaute noch immer auf die Tür, als würde sie dadurch zurückkommen. Aber wollte er das? Oder wollte das nur sein dummes Herz?

Er verspürte den Drang, es sich herauszureißen. An die Wand zu schlagen. Oder auf den Flügel zu legen.

Damit es bei ihr war. Sie beobachten und ihr lauschen konnte. Und ihn nicht weiterhin gnadenlos, Stunde um Stunde, Minute um Minute quälte und zurückdrängte. Es war so gnadenlos gewesen. Hatte in den letzten Wochen genauso an ihm gezerrt wie in jener letzten Nacht.

Ihm fiel auf, dass er noch immer regungslos dastand. Mit angehaltenem Atem. Wie lange er die Luft anhalten konnte? Er hatte es nie ausprobiert. Doch sie hatte ihm den Atem genommen. Er war mit ihr fortgegangen.

Nur wenige Tage waren vergangen, seitdem er sie gesehen hatte. Ihre Finger spielen gesehen hatte. Er sah sie immer wieder vor seinem inneren Auge. Die Finger. Und die Frau. Mit ihrem langen, dunklen Haar, das nach Aprikose roch. Mit ihrem grünen Kleid und dem weißen Paar Schuhe. Ihre Ruhe und Gelassenheit, die sie ausgestrahlt hatte. Obwohl sie wusste, dass er da war. Nicht einmal gezuckt hatte sie. Als wäre er Luft. Ein Geist. Sie hatte ihn bemerkt. Das wusste er. Das wusste er ganz genau.

Sein Herz musste immer wieder an sie denken. Und seine Augen mussten sie immer wieder ansehen. Nur sein Verstand wehrte sich. Er wollte nichts wissen von dem, was sein Herz und seine Augen

ihm zeigen wollten. Sein Verstand wollte nur seinem Instinkt folgen. Sie bestrafen. Bestrafen für das,
was sie getan hatte. Niemand hatte es ihr erlaubt.
Und es war sein ganz persönliches Herz. Sie hatte
ihn angegriffen mit ihrer Anwesenheit. Ihrer Exis-
tenz. Ihrer Schönheit und ihrem Talent.

Noch ehe er sich versah, stand er wieder im Flur.
In diesem Haus, welches so leise war und von so vielen Seelen getragen wurde. Von so vielen Erinnerungen durchzogen war. Er starrte die Tür zum Musikzimmer an. Die Frau war schon da. Dumpf hörte er
die Töne des Flügels hindurchdringen. Dumpf und
leise, aber wunderschön.

Seine Hand griff wie von allein nach der Türklinke.
Drückte sie hinunter. Öffnete die Tür. Und schloss
sie ebenso leise wie immer. Erneut umwoben ihn
die Noten des Flügels. Brannten sich in seine Ohren
ein. Betörten seine Sinne. Ließen ihn beinahe den
Verstand verlieren.

Er stand einfach nur da. Mitten im Raum war er
stehen geblieben. Und wieder hatte sie ihn bemerkt.
Das wusste er. Nun stand er da. Die Augen geschlossen. Die Musik auf sich einwirken lassend. Er durfte
sich nicht verlieren, auch wenn sein Herz es begehr-
te. Verloren sein. In diesem Raum. Mit dieser Musik.
Diesem Flügel. Dieser Frau.

Ganz ruhig stand er da. Tat keinen Mucks. Sein

Atem war kaum zu hören. Er atmete so leise, als hätte er die Luft angehalten. Und doch hörte sie ihn. Sie hörte jeden seiner Atemzüge. Sie zerbarsten die Klänge des Flügels. Sie übertönten sie. Sie waren lauter, als seine Schritte es beim letzten Mal gewesen waren. Es war, als wollten seine Atemzüge ihr irgendetwas sagen. Als drängen sie zu ihr vor, um mit ihr zu sprechen.

Doch das war nicht seine Absicht. Er wollte nicht mit ihr reden. Er war kein Mann der großen Worte. Das war er nie gewesen. Er war ein Mann der Taten. Jawohl. Das war seine Berufung. Schon immer. So wie es ihre Berufung zu sein schien, diesen Flügel zu spielen.

Er atmete tief ein. Ihr Trommelfell schien platzen zu wollen bei diesem Atemzug. Er dröhnte in ihren Ohren wie ein Donnerschlag. Doch er selbst hörte es nicht. Er hörte nur die Musik. Noch immer stand er da. Lauschte. War wie weggetreten.

Immer wieder riet ihm sein Verstand, es endlich zu beenden und zu gehen. Doch sein Herz hielt dagegen. Es wollte nicht, dass er es tat. Sein Messer war doch so nah. Jeder Zeit greifbar. Er brauchte nur … Aber nein! Er tat es nicht.

Als sie zu einem neuen Lied ansetzte, öffneten sich seine Augen. Er sah hinüber zum Flügel. Wie beim ersten Mal sah er nur das Instrument, die weißen

Schuhe und ganz selten einen Kleidungsfetzen. Diesmal war er blassgrün. Die letzten Male war es ein tiefes Dunkelgrün gewesen. Wie Samt hatte es gewirkt. Das Blassgrüne nun jedoch sah aus wie Seide. Zarte Seide. Das erkannte er, obwohl er nur ganz selten einen Stofffetzen sehen konnte.

Wie er dastand. So ganz verloren. Er wirkte so einsam. Einsam wie sie. Vielleicht war es das, was sie mit ihm verband. Sie wusste es nicht. Und ihre Finger wussten gar nichts. Nur, wie man spielte. Also taten sie dies. Sie jedoch konnte nur noch nachdenken. Nachdenken über ihn. Noch mehr als zuvor hatten sie die Gedanken an ihn die letzten Tage gequält. Wer war er? Immer wieder hatte sie sich diese Frage gestellt. Und keine Antwort finden können. Diese Antwort konnte wohl nur er ihr geben. Sie würde ihn gerne fragen. Und doch fürchtete sie sich bei diesem Gedanken. Sie wusste nicht, warum sie sich fürchtete. Sie wusste nur, dass sie es tat.

Er kam näher. Sie konnte sein Gesicht nicht sehen. Es war hinter dem Flügel verborgen so wie ihres vor ihm.

Über eine Stunde war vergangen. Sie hatte ununterbrochen gespielt. Nicht einmal mit der Wimper gezuckt. Als wäre er nicht da. Und er war um sie herumgeschlichen. Doch noch immer hatte er ihr Gesicht nicht gesehen. Er hatte versucht, es zu erblicken. Doch obwohl sie nicht reagierte, verbarg sie es jedes Mal vor ihm.

Sie hatte irgendetwas. Normalerweise wäre er schon längst wieder weg gewesen. Oder hätte erledigt, was zu erledigen war. Doch sie zügelte ihn. Sie ließ ihn ruhen und warten. Geduldig sein. Neugierig?

Doch diesmal war es nicht sie, die aufstand und ging. Diesmal war er es.

Er hatte genug. Lange genug hatte er sich von seinem Herzen durch diesen Raum führen lassen. Sein Verstand schaltete sich ein. Stritt mit seinem Herzen. Bis ihm etwas sagte: *Verschwinde, bevor es zu spät ist.*

Ohne einen weiteren Blick, ohne einen weiteren Gedanken, strebte er die Tür an. Nicht seine Beine. Nicht sein Herz. Sondern er.

Und ehe sie verstand, war er schon verschwunden. Ihre Finger ließen von den Tasten ab, als sie das Lied beendet hatten. Erstmals wurden ihre Finger durch ihren Willen gesteuert. Sie wollte sie nicht mehr spielen lassen. Und so hielten sie an. Ruhten unruhig, aber kontrolliert in ihrem Schoß.

Immer regelmäßiger kehrte er in dieses Haus zurück, um ihr zu lauschen. Sie zu umgarnen. Um sie herumzuschleichen. Den Aprikosenduft einzuatmen. Um zu genießen. Sie einen Teil von sich sein zu las-

sen. Und sich mit seinem Ich zu vereinen. Um nicht gänzlich einsam zu sein. Immer wieder kämpften Herz und Verstand. Und immer wieder siegte sein Herz. Er verfluchte es dafür. Verfluchte *ihr* Herz. Dafür, dass es so laut schlug. Und seines mit ihrem Takt anlockte.

Doch sie schien nichts davon zu bemerken, was sie mit ihm anstellte. Ebenso wenig wie er wusste, was er in ihr auslöste. Vollkommenheit, Furcht, Begierde. Eine flammende Brust.

Noch immer hatte er ihr Gesicht nicht gesehen. Genauso wenig wie sie seines.

Fortsetzung folgt ...

15

Lisa Darling

DiE PiANiSTiN
(TEiL 3)

Es war eine stürmische Nacht. Der Wind heulte wie die Wölfe zur Jagd. Regentropfen, groß wie Perlen und klar wie Tränen, prasselten auf die Straße nieder. Blitze zuckten in kurzen Abständen durch den dunklen Nachthimmel und blendeten die Erde. Immer wieder überdröhnte Thors donnernde Wut das Jaulen des Windes. Ganz anders war diese Nacht. Ganz anders als die letzten Nächte. Und ganz anders als die erste, an dem er diesen Ort nach all den Jahren wieder betreten hatte. Die Straßen waren erleuchtet und von Lautstärke erfüllt. Nichts erinnerte an die Ruhe und die Dunkelheit, die er vor Monaten hier erfahren hatte. Wenn er gewusst hätte, wie diese Nacht aussehen würde, wäre er vielleicht nie gekommen. Vielleicht wäre er aber auch gerade deswegen hier aufgetaucht.

Eingehüllt in seinen langen schwarzen Mantel, den weißen Schal und seine fingerlosen Handschuhe schritt er die Gasse entlang. Zog den Hut tiefer ins Gesicht. Er hatte ihn mitgenommen beim letz-

ten Mal und seitdem getragen. So hatte er einen Grund, zurückzukehren. Um seinen Verstand zu besänftigen. Den Hut zurückzubringen. Er wollte nur den Hut zurückbringen. Dorthin, wo er hingehörte.

Er schritt weiter die Straße entlang. Der Regen prügelte auf ihn ein. Jeder Regentropfen schwer wie ein Sack Zement. Doch er reagierte nicht darauf. Er lief nur, von Hut und Haar verborgen. Seine Haarspitzen tropften. Dabei war er erst vor einer Minute angekommen. Bei jedem seiner Schritte schlugen die Pfützen Wellen und versenkten seine Schuhe. Seine Füße waren klitschnass. Doch auch davon ließ er sich nicht beirren. Er musste den Hut zurückbringen. An seinen rechtmäßigen Platz.

Er erreichte die Hauptstraße. Ein Blitz erleuchtete sie für einen Sekundenbruchteil. Die Straßenlaternen erschienen unwirklich und mickrig dagegen. Er nahm sie kaum wahr. Ein ohrenbetäubendes Donnern hallte durch die Straße. Ließ den Teer in Fetzen zerspringen. Thor musste toben vor Wut. Wusste er von seiner geheimen Intention? Seiner Intention, derer er selbst sich zu diesem Zeitpunkt nicht einmal bewusst war?

Ein lautes Plätschern verfolgte seine Schritte und wurde nur vom Donner übertönt. Der Wind pfiff um seine Ohren, fuhr ihm in den Mantelkragen den Nacken hinunter. Ließ seine Gänsehaut lebendig wer-

den. Etwas zügiger trugen ihn nun seine Beine. Das Gewitter ihm dicht auf den Fersen. Als wolle es ihm drohen, ihn zu überrollen. Zu Pulver zu zermalmen.

Endlich erreichte er die nächste Gasse. Die Gasse, die er in den letzten Monaten so oft betreten hatte. Die Gasse, die immer nach Menschen roch. Die Gasse, in der das Haus stand. Die Mülltonnen zu seiner Linken waren wieder überfüllt. Wie am ersten Abend. Sie mussten dringend geleert werden. Ein paar Müllsäcke lagen schon neben ihnen, andere quollen über den Tonnenrand hinaus.

Am Ende der Gasse befand sich das Haus. Zielstrebig lief er darauf zu. Drückte die Türklinke der unverschlossenen Tür hinunter. Ignorierte ihr Quietschen. Betrat den Eingangsbereich. Schloss sie hinter sich.

Er sah zu dem Haken in der Wand. Er konnte den Hut aufhängen und wieder gehen. Dann war er fertig. Und sein Verstand würde ihm glauben.

Nein, dachte er. *Hier gehört der Hut nicht hin. Er muss an seinen rechtmäßigen Platz zurück.*

Er schritt durch das dunkle Wohnzimmer. Finster. Wie immer. Das Dröhnen des Unwetters klang dumpf durch die Wände. Es war so leise, als sei es meilenweit entfernt. Das Haus hüllte sich gerne in Schweigen.

Er tropfte. Um ihn herum hatte sich eine kleine Pfütze gebildet. Seine Kleider hingen schlaff und

durchnässt an ihm herunter. Doch er behielt sie an. Machte auch keine Anstalten, sie zu trocknen. Oder die Pfütze zu entfernen.

Er strich sich eine nasse Strähne aus dem Gesicht. Vernahm Umrisse. Die alten, gewohnten Möbel. Wie immer hatte sich nichts verändert. Sie hatte nur gespielt. Außer dem Flügel hatte sie nie etwas angerührt. Zumindest nicht in diesem Haus. Nichts Sachliches. Nicht unmittelbar.

Unter seinen Füßen schmatzten die durchnässten Schuhe auf dem flauschigen, dunklen Teppich. Bei jedem Schritt. Wenn ihn etwas hätte verraten können, dann wäre es dieses Schmatzen gewesen. Der Regen.

Ein kurzer, heller Lichtblitz erhellte die Ritze in den vernagelten Fenstern. Die Tür zum Flur lag nun direkt vor ihm. Die Tür zu dem Flur, in dem der Kleiderständer stand. Der Kleiderständer, an dessen Spitze der Hut seinen rechtmäßigen Platz besaß. Jawohl. Er würde den Hut ablegen und wieder gehen. Er musste seinem Verstand Genugtuung verrichten.

Langsam und leise öffnete er die Tür. Mit ihrer Offenbarung des schmalen, dunklen Flures offenbarte sich auch die Musik für ihn. Sie drang wieder an seine Ohren. Die Frau war schon da. Sie war wieder da. Wie immer. Sein Herz schlug schneller. Es wollte zu ihr. Zu der Musik.

Doch *er* wollte nur zu diesem Kleiderständer.

Leise schloss er die Tür hinter sich. Er hätte sie offen lassen können, schließlich wollte er gleich wieder gehen. Aber er hatte es nicht getan. Er hatte sie geschlossen.

Er drehte sich nach rechts. Sah hinein in die Küche. Unberührt lag sie da. Sicherlich genauso unberührt wie der Mauskadaver.

Er schaute nach links. Dort erstreckte sich der Flur. Mit seinem Kleiderständer und dem großen Spiegel, in welchem er sich damals so ausgiebig betrachtet hatte.

Er schritt auf den Ständer zu. Blieb vor ihm stehen. Schaute ihn an. Entschlossen und dennoch mit ungutem Gefühl griff er nach dem nassen Hut auf seinem Kopf. Klare Regentropfen perlten auf ihm. Er fuhr mit der Hand hinauf – es war die kaputte – und ließ den Hut auf die Spitze des Kleiderständers sinken. Wenige Sekunden verstrichen, bevor er ihn losließ und seine Hand zurückzog. Er starrte den Gegenstand vor sich an.

Es war nicht *sein* Hut. Es war nie sein Hut gewesen. Aber er hatte ihn oft getragen.

Als er bemerkte, dass er noch immer unschlüssig und unbewegt vor dem Kleiderständer stand, fasste er sich. Er wollte gehen. Musste gehen. Er hatte lediglich den Hut zurückbringen wollen. Und das hatte er nun getan. Doch die sanften, dumpfen Klänge

des Flügels, die er beinahe verdrängt hatte, erreichten wieder seine Ohren. Wie hatte er sie nur so vernachlässigen können? Die Melodien.

Er wandte seinen Kopf zur Tür des Musikzimmers. Doch noch bewegte er sich nicht. Bis sein Herz ihn führte und er widerwillig folgte. Sein Verstand wollte ihn zurückzerren. Er bereitete ihm Kopfschmerzen. Doch sein Herz war wie immer stärker. Wie schwach er doch war. Wie durch Magie zog es ihn vorwärts. Ihr Herz rief nach seinem.

Doch am Spiegel blieb er stehen. Er schaute nicht hinein. Er wusste, was er sehen würde. Den gleichen Mann wie in jener Nacht. Nur nasser. Doch spiegelte er nicht sein Inneres wider. Von innen sah er ganz anders aus als beim letzten Mal. Zerstreuter. Unschlüssiger. Zerbrechlicher. Verwirrter. Unsicherer.

Gefährlicher ... Unberechenbar.

Sein Herz nagte. Es schlug schneller. Es wollte ihn vorantreiben. Vom Spiegel entfernen. Ihn führen. Einen Moment lang suchte er nach seinem Verstand.

Worauf sollte er sich verlassen? Herz? Verstand? Sich selbst?

Er schien ganz überrascht, als sein Verstand plötzlich keinerlei Widerstand mehr bot. Er schubste ihn regelrecht entgegen des Musikzimmers. Geschubst und gezogen gab er beiden nach und folgte. Lief in die Richtung, die ihm gewiesen wurde.

An der Tür blieb er stehen. Er wurde geschoben und gezerrt. Immer mehr und mehr. Doch er selbst war wie ausgewechselt. Von einem Moment zum anderen die Ruhe in Person. Es schien, als hätte sich seine Nervosität auf sein Herz und seinen Verstand übertragen und diese angetrieben.

Ruhig legte er seine Hand auf die Klinke und öffnete die Tür. Natürlich lautlos, wie jedes Mal. Die Musik schlang sich um seine Ohren. Sein Herz und sein Verstand schienen sich zu einen und doch unterschiedliche Absichten zu verfolgen. Gemeinsam bildeten sie diese Intention. Die unbewusste Intention, die ihn heute Nacht erneut hergeführt hatte. Auch wenn er sich dessen noch immer nicht bewusst war. Geräuschlos wie eh und je schloss er die Tür hinter sich und trat in die Mitte des Raums.

Sie spielte ungestört. Wie sie es jedes Mal tat. Wie Luft behandelte sie ihn. Nicht ein Lächeln, einen Blick, ein Zeichen der Verachtung oder Zuneigung hatte sie ihm je zugutekommen lassen. Doch er hatte es kaum anders getan. Kaum. Er hatte ihr nur Blicke geschenkt.

Wieder sah er sie nicht. Vom Flügel verborgen war sie. Sie spielte wie nie zuvor mit einem gigantischen Enthusiasmus. Diesmal spielten nicht nur ihre Finger. Nein, sie selbst spielte mit. Sie war in ihre Finger geflossen. Ihre Finger waren mit ihr verschmolzen.

Sie waren eins geworden. Mit geschlossenen Augen führte sie ihre Finger über die Tasten. Befahl ihnen. Und sie ließen sich befehlen. Freiwillig. Sie wollten dasselbe wie sie. Sie waren sich einig.

Mit Begeisterung sah er ihr zu, als er erneut um den Flügel herumschlich. Wieder verbarg sie geschickt ihr Gesicht hinter ihren Haaren. Wieder trug sie dieses Kleid. Wieder war es grün. Grün wie eine Sommerwiese. Durchsichtig und doch verschleiernd. Doch diesmal wollte er ihr Gesicht nicht sehen. Er wollte etwas anderes. Nur wusste er es noch nicht. Ebenso wie sein Herz. Nur sein Verstand ... der wusste es.

Es war wie Schizophrenie. Sein Herz, sein Verstand und er selbst zerspalteten seine Seele in drei Teile. Und doch war es anders. Er kannte jede seiner Persönlichkeiten. Er wusste, was jede tat. Nicht, was sie wollten. Nur, was sie taten und von ihm verlangten zu tun. Und er gehorchte. Sie agierten und lebten parallel. Seine Seelen. Seine Persönlichkeiten.

Mit geschlossenen Augen schlich er um sie herum. Er sah sie ganz genau vor seinem inneren Auge. Wie sie dasaß, in ihrem grünen Kleid. Spielte. Mit dem Flügel verschmolz. Er hörte ihr Herz nach seinem rufen. Und seines wollte antworten.

Doch er hatte sein Herz schon vergeben. Er hatte keinen Platz mehr für ihres. Und doch wollte seines bei ihr sein. Es schien ihm aus der Brust springen zu

wollen. So nahe war er. So nahe dem Objekt der Begierde. Doch wollte er sie gar nicht. Das hatte er nie gewollt. Seit dem ersten Augenblick an nicht. Er wollte nur ihrer Musik lauschen.

Doch sein Verstand ...

Keinerlei Angst schien von ihr auszugehen. Nach wie vor ignorierte sie ihn. Obwohl sie sich seiner Anwesenheit ganz genau bewusst war. Selbst wenn sie blind gewesen wäre und taub von der Musik.

Hinter ihr blieb er stehen. Stieß ihr sanft seinen heißen, ruhigen Atem in den Nacken. Sein Atem war ruhig. Sehr ruhig. Ganz im Gegensatz zu seinem Innenleben. Sein Herz raste, die Adern pulsierten, das Blut strömte.

Langsam glitt seine Hand unter seinen Mantel. Umspielten seinen Hosenbund.

Es ist so einfach. So einfach! Nur zwei Handschläge ..., flüsterte sein Verstand. Nur zwei Bewegungen und ihr Kleid würde in einem tiefen Rot erstrahlen. So rot wie sein Hemd. Aber er tat es nicht. Er weigerte sich. Das wäre zu einfach gewesen. Und warum sollte er? Wem sollte er dann lauschen?

Nach wem soll ich mich sehnen?, schaltete sein Herz sich ein.

Ruhig atmete er weiter. Er rang mit sich selbst. Was sollte er tun?

Langsam stahl sich seine verletzte Hand nach vorn.

Seine rechte blieb am Hosenbund. Wachend. Bereit. Seine linke berührte ihre Schulter. Das erste Mal spürte er ihr Beben.

Sie fühlte, dass etwas anders war als sonst. Es war wie immer, aber die Aura, die er verkörperte, war eine andere. Hätte man sie gefragt, hätte sie es nicht beschreiben können. Es ließ ihre Gänsehaut erstarren. Ihre Füße wurden kalt. Ihr Körper beinahe doch zittrig. Der Magen flau. Die Seele ängstlich. Doch man sah es ihr nicht an. Nichts sah man ihr an. Außer die Liebe zur Musik. Wieder einmal schlich er um sie herum. Machte sie nervös. Neugierig.

Sein heißer Atem schlich sich ihren Nacken hinunter. Ließ auch die letzten Härchen zu Berge stehen. Brannte sich ein. Wie schon einmal. Am liebsten hätte sie gezittert. Doch sie wollte keine Regung zeigen. Sich nicht verraten. Sich nicht seinem Charisma ergeben.

Etwas Schweres, Feuchtes lag auf ihrer linken Schulter. Seine Hand. Er berührte sie. Nie zuvor hatte er das getan. Was bewegte ihn dazu? Musste sie sich fürchten? Doch sie spielte weiter. Ließ seine Hand auf ihrer Haut ruhen. Genoss diesen Moment.

Eine ganze Weile stand er so da. Seine Position nicht verändernd, bis das Lied endete. Sie setzte zu keinem neuen an. Es war schade, doch störte ihn in diesem Augenblick nicht. Sanft drehte er sie auf dem

Hocker zu sich herum. Ihr Gesicht näherte sich. Das erste Mal würde er es erblicken. Und sie seines. Er drehte den Hocker weiter. Ihr Haarschopf wich aus seinem Blickfeld. Ihr Profil rückte stattdessen in den Vordergrund. Wie Zeitlupe erschien es ihm, bis sie ihm endlich frontal gegenübersaß. Sie blickte ihm in die Augen. Hatte sofort seinen Blickkontakt gesucht. Er wandte sich nicht ab. Ließ sich darauf ein. Blickte sie an. In ihre Augen. Sie waren grün. Ebenso, wie ihre Kleider es jedes Mal gewesen waren.

Seine Hand lag noch immer auf ihrer Schulter. Zwar bereitete es ihm Mühe, doch er stand aufrecht vor ihr. Sie wandte ihren Blick nicht von seinen Augen ab. Er jedoch begann, ihr Gesicht abzutasten. Ihre Stirn war glatt. Ihre Augen glänzten. Ob vor Freude oder Tränen der Traurigkeit, konnte er nur schwer ausmachen. Sanfte Schatten lagen unter ihnen und bildeten unscheinbare Augenringe. Sie sah müde aus. Müde vom Leben.

Ihre Nase war schmal und gerade. Ihre Wangen leicht eingefallen, als hätten sie schon viele Jahre hinter sich gebracht. Und doch wirkte sie unglaublich jung. Ihre blassen rosa Lippen, schmal und lieblich, umspielten sanft den farblosen, müden Teint ihrer Gesichtsfarbe. Ihr Haar schmiegte sich an ihr ovales Gesicht. Alles an ihr schien perfekt zu passen. Wie gekonnt gezeichnet. Und doch real.

Noch immer blickte sie ihm in die Augen. Und noch immer hatte er seine heile Hand an seinem Hosenbund. Langsam zog er die linke von ihrer Schulter. Suchte ihre grünen Augen. Regungslos saß sie da. Wie tot. Und doch hörte er jeden ihrer Atemzüge. Wie eine Melodie krochen sie aus ihrer Lunge hervor.

Sein Herz schien seine Brust zu zerreißen. Keinen Moment länger wollte es durch zwei Körper von ihrem getrennt sein.

Vor ihrem Gesicht hielt seine Hand inne. Griff vorsichtig und bedacht nach ihrem Kinn. Hob es hoch. Zog es sachte an sich heran. Er beugte sich zu ihr hinunter. So wurde ihm befohlen. Und er tat es. Er ließ sich führen.

Weder trat er näher, noch stand sie auf. Lediglich ihre Gesichter kamen sich entgegen. Nur wenige Zentimeter vor ihrem schloss er langsam seine Augen. Er sah es nicht, doch sie tat es ihm gleich. Er konnte ihren Atem spüren. Endlich spürte er ihren Atem. Endlich. Auf seinen Lippen. Bis sie ihre berührten. Weich waren sie. Und doch kräftig. Bestimmt. Sie schmeckten nach Aprikose. Nicht so wie seine. Seine schmeckten nach Regen und kalter, stürmischer Nachtluft. Noch immer tobte außerhalb der Hauswände das Gewitter. Doch sie bekamen davon nichts mit. Das Haus ließ kaum Geräusche in sich eindringen. Schützte gut. Es donnerte und grollte, als wusste Thor tatsächlich, dass es diese Nacht geschehen würde.

Seine Lippen wurden fordernder. Er küsste sie. Und sie ließ sich darauf ein. Doch außer ihren Lippen bewegte sich nichts. Im Gegensatz zu ihm. Seine rechte Hand umkreiste langsam sein Messer, doch berührte es nicht. Umschlang es nicht. Er ließ seine Hand vorbeigleiten. Ganz langsam. Er gab sich ganz und gar dem Kuss hin. Dachte nicht nach, was er tat. Sein Herz war nun still. Es hatte beinahe erreicht, was es wollte. Umso mehr Platz war für seinen Verstand. Er führte ihn an. Führte seine Hand. In eine kleine, schmale Tasche, die an seinem Gürtel hing. Immer hatte er sie dort bei sich getragen. Schon seit Jahrzehnten. So wie die letzten hundert Nächte. Und ebenso wie auch in dieser Nacht. Seine Hand umschlang einen kleinen, schlanken und hölzernen Griff. Zog vorsichtig die glitzernde Klinge aus dem kleinen Täschchen.

Die Frau bekam davon rein gar nichts mit. War zu versunken in dem Kuss. Hatte ihre Achtsamkeit verloren. Dennoch fürchtete sie sich unentwegt. Seine Lippen hatten etwas Schaurig-Schönes.

Seine Hand glitt hinauf. In der Hand ein kleines Messer. Viel kleiner als das, welches er üblicherweise nutzte. Das Donnern drang leise ins Musikzimmer herein. Ein Blitz erhellte den Raum durch den kleinen, schmalen Spalt am Fenster.

Als es wieder dunkel war, lag sie in seinen Armen. Atmete schnell. Flach. Sah ihn an. Sie sah so unschuldig aus. So einsam. Und friedlich. Doch in ihren Augen spiegelte sich die pure Angst wider. Die Angst, die sie die ganze Zeit über nicht gezeigt hatte. Doch nun war sie ganz deutlich. Das Rosa wich aus ihren Lippen.

Eine warme, dunkelrote Flüssigkeit floss langsam über seine Hand, die weiterhin das Messer umschlang, welches noch immer in ihrer Brust steckte.

Ausdruckslos sah er sie an. Sah in ihre grünen Augen. Dunkelgrün leuchteten sie jetzt. Er zog das Messer heraus. Ein süffisantes Grinsen umschmeichelte seine kalten Lippen. Und er stach erneut zu. Und noch ein weiteres Mal. Solange, bis ihr Körper regungslos war und ihr Kleid rot. Dunkelrot. Beinahe so rot wie sein weinrotes Hemd. Ihr lebloser Körper wurde schwer. Er ließ ihn auf den Boden gleiten. Stach ein letztes Mal zu. Ein stummes, irres Glitzern funkelte in seinen Augen.

Nun hatte er auch seinen Verstand endlich beruhigen können. Nichts pulsierte mehr in ihm und trieb ihn an. Nur noch Kälte war in ihm vorhanden. Kälte, die seinen Augen einen noch wahnsinnigeren Glanz verlieh. Kälte, die seine Lippen ebenso bleichen ließ wie ihre. Kälte, die ihn noch blasser machte als zuvor.

Ein lautloses Lachen entsprang seiner Kehle. Ließ den Raum erschüttern. Das Gewitter verstummen. Den Regen erstarren. Es war wieder mucksmäuschenstill. Und finster. Nur seine Augen leuchteten in der Dunkelheit. Spiegelten sich in der Klinge seines Messers wider. In der Klinge des Messers, welches, durch ihn getrieben, sich in ihre linke Brust rammte. Das zähflüssige, warme Blut fließen ließ. Ein Loch in sie schnitt. Er zerschnitt ihr grünes Kleid. Ihre blasse Haut. Zerriss ihre weißen Knochen. Und langte nach dem dunkelroten Herzen, das darin schlummerte. Letzte Zucke von sich gab. Jämmerlich. Warm schlug es in seiner kaputten Hand. Durchtränkte und färbte den dreckigen Verband mit Blut. Nun passte er zum Hemd.

Er erhob sich. Ließ das Messer in sein Täschchen zurücksinken. Schritt die wenigen Meter zum Flügel. Warf einen letzten Blick auf das schwach zuckende Herz. Legte es grinsend auf den Flügel, wo es seinen letzten Zuck tat.

Er schritt auf sie zu. Entfernte die Überreste der Frau. Reinigte den Teppich. Er brauchte die halbe Nacht dazu. Doch nichts sollte an sie erinnern. Nichts, außer ihrem Herzen, welches regungslos auf dem Flügel lag.

Seine Beine trugen ihn bereitwillig aus dem Zimmer hinaus. Glitten geraden Schrittes durch den Flur. Vorbei an dem Spiegel. Vorbei an dem Kleiderständer mit dem Hut. Den brauchte er nicht mehr.

Er brauchte keinen Grund mehr, um zurückzukommen. Vorbei an der Küche mit dem Mauskadaver. Durch die leise Flurtür. Durch das Wohnzimmer, dessen Mobiliar sich noch immer nur in Silhouetten zeigte. Geradewegs auf die Haustür zu. Sie quietschte beim Öffnen. Sie quietschte beim Schließen. Er zog ein kleines Etwas, was seit seinem ersten Tag hier in seiner Tasche ruhte, heraus. Ein leises Klicken war zu hören, als er den Schlüssel im Schlüsselloch drehte. Er ließ ihn zurück in die Manteltasche gleiten und strebte den Rückweg entlang der Hauptstraße an.

Die Straßen waren ruhig und dunkel. Nichts erinnerte mehr an das Unwetter von vor einigen Stunden. Nichts außer den Pfützen und einem sanften Nieselregen, der seine Haut streichelte. Schneller als sonst erreichte er die nächste Gasse. Die letzte Gasse.

Er bog nach links ein. Steuerte die dunkle Ecke an, an der er die letzten Monate so oft erschienen war. Seine Nacht begonnen und beendet hatte. Er erreichte sie. Ein letztes Mal. Ungehört verschwand er in der dunklen, nun ruhigen Nacht. Zum letzten Mal.

Er hatte erwartet, dass sein Herz weinen würde. Schreien vor Wut und Trauer. Doch das tat es nicht. Es hatte sich in seinem Brustkorb zur Ruhe gelegt. Nun, da ihres nicht mehr schlug. Nun, da ihres sich zu seinem gesellt hatte. Zu seinem Herzen, das er schon lange Zeit zuvor dem Flügel geschenkt hatte.

16

sandra Bollenbacher

LEON

Wieder einmal war er kurz davor, das Verbot zu brechen, obwohl er ganz genau wusste, dass er es nicht tun sollte.

Leon starrte in den Kühlschrank, eine Hand an der geöffneten Tür: eine Tüte Milch und neun Dosen Cola im obersten Fach, etwas Undefinierbares im Gemüsefach (vielleicht Zitronen, möglicherweise Kartoffeln) und ein einziger, einsamer Joghurt im ansonsten leeren mittleren Fach. Beccas Joghurt. Sie hatte ihm gestern mindestens dreimal gesagt, dass er ihn nicht anrühren durfte, denn sie brauchte jeden Morgen ein Glas Joghurt für die Diät, die sie gerade machte. Becca machte immer gerade eine Diät. In der ganzen Zeit, die sie schon zusammenwohnten, hatte Leon es noch nie erlebt, dass Becca nicht auf Diät war. Das Einzige, das sich änderte, war die Art von Diät. Zurzeit aß sie ausschließlich Milchprodukte.

Nein, er durfte den Joghurt nicht essen.

Doch Leon hatte Hunger, es war schon Abend, er hatte kein Bargeld und Becca würde morgen früh so-

wieso nicht zu Hause sein. Sie verbrachte die Nacht bei Jacques, einem Austauschstudenten aus Belgien. Vor Sonntagabend würde Becca sicherlich nicht zurück sein und bis dahin war der Joghurt bestimmt abgelaufen!

Siehste, dachte Leon, als er das Glas vorsichtig nach vorne zog, *nur noch bis Montag haltbar.* Becca würde ihn also sowieso wegwerfen. Wahrscheinlich.

Wie auch immer: Becca war nicht hier. Leon war hungrig. Er würde ihr am Montag einen neuen Joghurt kaufen. Er würde vor ihr aufstehen und zum Supermarkt eilen, sodass sie überhaupt nicht merken würde, dass er diesen Joghurt hier gegessen hatte.

Schon hielt er das Glas in der Hand, schloss die Kühlschranktür und öffnete die Besteckschublade. Es gab keine sauberen Teelöffel, doch Leon war zu faul, einen der dreckig in der Spüle vor sich hin schimmelnden Löffel sauber zu machen. Stattdessen nahm er einen Esslöffel und setzte sich an den Küchentisch.

Der Deckel klackte leise, als Leon das Glas öffnete und der Luftdruck ausgeglichen wurde. Der Geruch von süßen Pflaumen und Zimt ließ seinen Magen ungeduldig knurren und plötzlich musste Leon an den letzten Abend und sein Date mit Karoline denken. Zum Nachtisch hatte es Lebkucheneis mit heißen Zimtpflaumen gegeben und dann hatte sie sich ausgezogen.

»Du könntest damit einen Haufen Geld verdienen«, hatte sie gesagt. Leon nahm an, dass sie recht hatte, doch er hatte noch nie zuvor darüber nachgedacht. Er mochte es nicht wirklich. Es fühlte sich für ihn immer so an, als käme er den anderen Menschen dabei zu nahe, egal wie sehr es ihnen gefiel. Es stimmte schon, sie waren immer alle begeistert von seinem Talent. Sie lächelten jedes Mal selig, wenn er fertig war, und fragten immer wieder, ob er es nicht noch einmal machen könnte. Meist kam er ihrem Wunsch nach, weil er wollte, dass die Menschen ihn mochten. Obwohl er oftmals lieber seine Ruhe hätte, gefiel es ihm doch, andere glücklich zu machen. Aber Geld dafür zu verlangen ...

Die Haustür wurde aufgeschlossen und Leon warf vor Schreck beinahe den Joghurt um. Panisch drehte er den Deckel wieder auf das Glas und sprang zum Kühlschrank. Wenn er es schnell zurückstellte, würde Becca nie erfahren, dass er es war, der es geöffnet hatte. Außerdem war noch eine Menge Joghurt im Glas. Sie würde nicht *zu* sauer sein.

»Hey Leon, alles klar?«

Es war nicht Becca.

»Hallo Ebru.«

Es war Ebru, seine andere Mitbewohnerin.

»Was treibst du so? Ist das Beccas Joghurt?«

»Montagmorgen wird ein neuer, ungeöffneter im

Kühlschrank auf sie warten.«

»Na hoffentlich!« Ebru lachte und tätschelte seinen Rücken.

Erleichtert setzte sich Leon wieder und aß weiter.

»Wie war die Arbeit?«

Leon hasste es, seine Freunde zu fragen, wie ihr Arbeitstag gewesen war. Es erinnerte ihn schmerzhaft an seine lange und erfolglose Jobsuche.

»Oh, du weißt schon, wie immer. Mein Nacken ist fürchterlich verspannt!«

Sie strich ihr dickes, schwarzes Haar zur Seite und massierte ihre linke Schulter mit der rechten Hand, bevor sie Leon einen verlegenen Blick zuwarf.

»Könntest du nicht ...?«

Leon hatte bereits gewusst, dass das kommen würde. Obwohl seine Mitbewohnerinnen ihn nur alle paar Monate direkt darum baten, verging kaum eine Woche, in der nicht eine von ihnen zumindest Andeutungen machte: ein leises Stöhnen beim Strecken des Rückens oder ein knackender Nacken. Dennoch bot er es schon lange nicht mehr von sich aus an. Er konnte nicht. Er mochte es einfach nicht, ihnen so nahe zu kommen. Es war zu persönlich, zu intim. Wenn sie ihn jedoch darum baten, konnte er nicht nein sagen.

»Na gut, wenn ich mit dem Essen fertig bin«, brummte er. Dann kam ihm ein Gedanke. »Ebru?

Wie viel würdest du dafür bezahlen?«

»Was?« Sie starrte ihn an. »Ich dachte, wir sind *Freunde*!«

»Ich meinte«, beeilte sich Leon zu erklären, »wenn du dafür bezahlen *müsstest*, was wäre in deinen Augen ein fairer Preis? Wie viel wäre es dir wert?«

»Hmm, ich weiß nicht.« Ebru setzte sich Leon gegenüber an den Küchentisch, stützte ihr Kinn in die Hand und musterte ihn, was Leon ziemlich schnell unangenehm wurde. »Es ist auf jeden Fall viel besser als eine gewöhnliche Massage, wenn auch kürzer. Keine Ahnung. 50 Euro?«

»50 Euro«, wiederholte er nachdenklich. 50 Euro für zehn Minuten Arbeit. 20 Minuten Pause – vielleicht morgens kürzer, im Laufe des Tages länger. Also 50 Euro pro halbe Stunde, 100 Euro pro Stunde; das waren 800 Euro am Tag, 4.000 in der Woche, 16.000 im Monat!

Der Löffel fiel klappernd ins leere Joghurtglas.

Er könnte reich sein. Er müsste nicht einmal acht Stunden am Tag oder fünf Tage die Woche arbeiten. Natürlich hätte er am Anfang sowieso nicht so viele Kunden. Trotzdem ...

»Leon? Noch da?«

»Ja?«

»Ich sagte, ich lege mich schon mal aufs Sofa, in Ordnung?«

»Ja. Klar. Ich komme gleich.«

800 Euro pro Tag. Was er sich davon alles kaufen könnte! Einen neuen Flachbildfernseher. Einen dieser richtig großen, mit 3D – obwohl er eigentlich gar nicht gerne Filme in 3D schaute, weil er es hasste, diese nervige 3D-Brille vor seine richtige zu setzen. All die Filme, die er von dem Geld kaufen könnte! All die Bücher! Ein Auto. Eine Geschirrspülmaschine. Ach Quatsch, eine Geschirrspülmaschine für Becca und Ebru und eine supertolle Wohnung für sich alleine im besten Teil der Stadt. Mit einer Dachterrasse. Er liebte Dachterrassen.

»Leon?«

»Ich komme!«

Und Urlaube! Er könnte überall hin verreisen. Überall hin! Er könnte nach Afrika. Asien. Australien. Er könnte mit Karoline nach Paris gehen. Leon wusste, dass sie schon immer mal nach Paris wollte – was für ein Klischee, doch er würde sie trotzdem dazu einladen. Er würde es liebend gerne tun.

Leon stellte das leere Joghurtglas mit dem Löffel in die überfüllte Spüle und ging zu Ebru ins Wohnzimmer. Sie lag bereits auf dem Sofa, ihr Rücken nackt, ihr dunkles Haar zu einem buschigen Dutt gebunden. Leon mochte Ebrus Haar, es fühlte sich an wie Seide.

Er kniete sich neben dem Sofa auf den Boden, rieb

ein paarmal seine Hände zusammen und legte sie auf Ebrus Schulterblätter.

Es war selbstverständlich alles nur Schau. Sie hätte nicht ihr Oberteil ausziehen oder sich hinlegen müssen. Er müsste sie nicht einmal berühren – zumindest nicht körperlich. Dennoch musste es genau so ablaufen, denn anders würden die Leute es nicht verstehen. Sie würden sich wundern. Nicht nur das, wahrscheinlich würden sie total ausflippen.

»Also gut, los geht's«, flüsterte Leon. Er bewegte seine Hände ein wenig und massierte sanft Ebrus steife Muskeln.

Und dann tauchte er in sie ein.

Ebru war ein Desaster. Als er ihr das erste Mal geholfen hatte, hätte er sich beinahe in ihr verirrt und nicht mehr herausgefunden. Ihr Job war scheiße; ihr Chef ein frauenhassendes Schwein; ihre Kollegen lästerten hinter ihrem Rücken über sie; sie konnte nicht damit aufhören, Geld aus der Kasse zu klauen; sie fühlte sich hässlich und fett; sie war neidisch auf Beccas Körper, wusste jedoch, dass sie niemals so aussehen würde wie Becca, egal wie wenig sie aß und wie viel Sport sie machte; sie hatte schlimme Erinnerungen an ihre Schulzeit und noch schlimmere an ihre Eltern. Und dann waren da all diese Männer! Leon fragte sich jedes Mal, wie Ebru es schaffte, ein so schlechtes Bild von sich und ihrem Äußeren

zu haben, wenn sie so viele Männer hatte. Er war selbst einmal in sie verliebt gewesen, ganz am Anfang, vor vier Jahren, als sie zu ihm in die WG gezogen war. Doch sie hatte ihm sofort klargemacht, dass sie nur an Freundschaft interessiert war, und das war okay. Er war gerne mit Ebru befreundet. Außerdem war er jetzt mit Karoline zusammen.

Du könntest damit einen Haufen Geld verdienen. Ihre Worte spukten durch seinen Kopf. Vielleicht konnte es wirklich funktionieren. Doch jetzt war nicht der richtige Zeitpunkt, um darüber nachzudenken. Er musste sich ganz und gar auf Ebru konzentrieren.

Leon fühlte nach ihren neuesten Erinnerungen: ihr Tag auf der Arbeit, die ganze letzte Woche. Er fand jede noch so kleine Erinnerung, die Ebru sich schlecht fühlen ließ, bewusst oder unbewusst, und machte es wieder gut. Fürs Erste. Er ließ Ebru sich sogar durch seine Augen sehen: stark, lustig, schön. Es würde ihr guttun.

Eine Viertelstunde später nahm er seine Hände von ihrem Rücken und kitzelte sie am Ohr.

»Fertig, Prinzessin.«

Ihr Großvater hatte sie immer so genannt. Leon wusste, dass sie es mochte, auch wenn sie es ihm niemals gesagt hatte. Wahrscheinlich erinnerte sie sich nicht einmal an ihren Opa – er war gestorben, als Ebru gerade mal sechs Jahre alt gewesen war.

Ebru stützte sich auf die Unterarme und lächelte ihn glücklich an. »Danke, Leon. Du bist unglaublich. Ich fühlte mich fantastisch!«

»Gern geschehen«, sagte er mit einem Grinsen.

Jeder Knochen und jeder Muskel in seinem Körper schmerzte, als Leon sich hochhievte, und eine große Trommel hämmerte gegen seine Schläfen. Er schob seine Brille nach oben und rieb seine Augen.

»Ich nehme ein Bad«, sagte er.

»Viel Spaß. Hey! Bleibst du heute Abend zu Hause oder gehst du weg? Ich bestelle Pizza und würde dich einladen.«

»Ich leiste dir, der Pizza und dem Fernseher gerne Gesellschaft.«

»Super. Hawaii?«, fragte Ebru.

»Ja, danke!«

Vielleicht doch nur ein Kunde pro Stunde. Oder alle zwei Stunden.

Leon tauchte den Kopf unter Wasser.

Das wären 200 Euro pro Tag, 1.000 in der Woche und 4.000 im Monat. Immer noch sehr gut.

Seine Knie wurden kalt, also tauchte er wieder auf und ließ seine Beine ins heiße Wasser sinken.

Er würde nicht unglaublich reich werden wie mit einem monatlichen Gehalt von 16.000 Euro, doch es

wäre trotzdem ein Haufen Geld. Mehr als er jemals verdient hatte.

Er beobachtete die Landmassen aus Badeschaum, wie sie langsam über die Oberfläche des Badewasserozeans trieben. Jetzt verschmolzen sie zu einem schaumigen Pangäa. Wenn er seine Hände unter der Wasseroberfläche bewegte, nur ganz wenig, ließen Erdbeben den Superkontinent erbeben, dann auseinanderbrechen.

Er sollte es wenigsten versuchen. Alles war besser, als sich immer weiter bei Firmen zu bewerben, für die er gar nicht arbeiten wollte, und eine Absage nach der nächsten zu bekommen.

Als Leon zurück ins Wohnzimmer kam, war Ebru bereits dabei, ihre Pizza zu verschlingen. Er ließ sich neben ihr auf die Couch fallen und angelte nach einem Stück.

Ebru schaute die Nachrichten.

»Sie haben schon wieder einen geschnappt«, informierte sie Leon. »Haben ihn dabei erwischt, wie er irgendwas Verrücktes mit einer alten Frau angestellt hat. Er hat sie durch Gedankenkontrolle oder Magie oder was-weiß-ich-was dazu gebracht, ihm ihr ganzes Geld zu geben. So widerwärtig.«

»Mhm.«

»Ich frage mich, warum die Regierung nichts gegen diese Leute unternimmt. Ich fühle mich wirklich nicht mehr sicher. Du?«

»Weiß nicht ... Denke schon ...?«

»Ich habe nur einfach keine Ahnung, was wir gegen sie tun können, weißt du? Wie schaffen wir es, diese Freaks aus unseren Köpfen rauszuhalten? Wie können wir sicherstellen, dass sie, wenn wir sie ins Gefängnis sperren, nicht ihre Gedankentricks bei den Wärtern anwenden und sofort wieder ausbrechen?«

»Ich weiß nicht ...«

»Vielleicht könnten wir sie schnappen, wenn sie noch Kinder sind, und dann –«

»Was – sie töten?«

»Nee, aber irgendwo hinbringen, wo es sicher ist.«

»Du meinst, wo wir vor ihnen sicher sind.«

»Ja.«

»Nicht alle von ihnen sind Kriminelle, das weißt du, oder? Sie zeigen im Fernsehen natürlich nur diese Idioten.«

»Der Rest von ihnen ist nur noch nicht erwischt worden. Die manipulieren wahrscheinlich die Gedanken der Polizisten. Und der Politiker natürlich! Mich würde es nicht wundern, wenn die Kanzlerin eine von ihnen ist.«

»Jetzt wirst du aber albern.«

»Oh bitte. Erzähl mir nicht, dass Leute mit so ei-

ner Superkraft sie nicht ausschließlich und ausgiebig für ihre eigenen Zwecke nutzen.«

»Warum nicht? Warum sollten sie sie nicht zum Wohle anderer einsetzen?«

»Weil Menschen egoistische Arschlöcher sind, darum! Freak hin oder her.«

Sie schauten schweigend die Wettervorhersage.

»Ich glaube, ich gehe ins Bett. Danke für die Pizza, Ebru.«

»Du hast doch kaum etwas gegessen! Geht es dir nicht gut? Hast du wieder Migräne?« Ebru hielt ihn am Arm fest, als er aufstehen wollte.

»Ja. Tut mir leid. Gute Nacht!«

»Gute Besserung!«

»Danke.«

Leon schloss die Tür seines Zimmers hinter sich, setzte sich an den Schreibtisch und schaltete den Laptop ein. Vielleicht gab es ja ein paar neue Stellenangebote online, die er noch nicht gesehen hatte.

17

Lisa Darling

FLIEGEN

Es war einmal ein kleines Mädchen, das sehr gerne träumte. Es träumte von Freiheit, Freude und Unendlichkeit. Aber besonders gern träumte es vom Fliegen. Jede Nacht im Schlaf lächelte Greta vor Glück, genau wie am Tag, wenn sie in ihren Tagträumen versank. Dann flog sie mit den Vögeln in den Süden, mit Peter Pan ins Nimmerland und mit Harry Potter nach Hogwarts.

Wahrscheinlich kam ihre Leidenschaft für das Fliegen von ihrem Vater. Ihr Vater war Pilot. Er wollte sie so gern mitnehmen auf einen Flug und sie wollte ihn so gern begleiten. Doch ihre Mutter war so ängstlich, dass sie es ihr verbot, denn auch ihr Bruder war Pilot gewesen und beim Fliegen umgekommen. So blieb Greta nichts anderes übrig, als davon zu träumen.

Wenn Peter Pan sie bei der Hand nahm und Glöckchen all ihren Feenstaub über sie streute, dann dachte sie immer daran, wie toll es sicherlich sein würde, wenn sie nur einmal mit ihrem Vater über die Dächer der Welt fliegen und die reale Welt von

oben betrachten könnte. Das war ihr glücklicher Gedanke, der sie in ihren Träumen zum Fliegen brachte.

Eines Tages wachte sie mitten in einem ihrer schönsten Träume auf. Sie hatte etwas gehört. Ein lautes Geräusch hatte sich in ihr Gehör gebohrt und sie erwachen lassen. Als sie sich im Zimmer umschaute, war alles dunkel und so wie immer. Sie wollte gerade weiterschlafen, als sie das Geräusch erneut vernahm. Verstohlen blickte sie sich um. Ihr Blick blieb am Fenster hängen. Dort war etwas gewesen. Vorbeigehuscht. Ein Schatten.

Unsicher blieb sie im Bett liegen und beobachtete das Fenster. Lange, lange passierte nichts mehr und als sie gerade wieder aufgeben wollte und dachte, dass sie es sich nur eingebildet hatte, tauchte der Schatten wieder auf. Dieses Mal verharrte er vor dem Fenster.

»Was ist das nur?«, fragte sie sich. Konnte das etwa Peter – nein! Das war unmöglich. Peter Pan war eine Erfindung. Fiktiv. Er existierte nicht wirklich. Das wusste sie schon. Sie war zehn Jahre alt! Also alt genug, um sich dessen absolut sicher zu sein. Aber vor ihrem Fenster ging es gefühlte zehn Meter in die Tiefe. Wie also konnte jemand – zudem noch nachts – einfach so vor ihrem Fenster stehen? Noch immer schaute sie unsicher hinüber zu diesem dunklen Umriss, hinter dem der Vollmond schien, als das Etwas plötzlich klopfte. Es klopfte einfach an die Scheibe.

Sie war sich nicht sicher: Sollte sie einfach ans Fenster gehen und öffnen? Höchstwahrscheinlich kannte sie diese Person nicht einmal und –

»Greta?«

Sie zuckte zusammen. Der Schatten hatte sie beim Namen genannt. Es drang nur leise durch das angekippte Fenster und dennoch deutlich. Wenn er ihren Namen kannte, dann konnte es doch auch möglich sein, dass sie ihn kannte!?

Sie stand auf, bewaffnete sich mit dem nächstbesten Gegenstand – einem Buch – und lief auf das Fenster zu. Zögerlich sprach sie: »Wer bist du?«

»Ich bin ein alter Freund«, antwortete der Schatten.

»Alter Freund?«, fragte sie sich ungläubig selbst. Sie war gerade mal zehn Jahre alt. Wie konnte sie da einen alten Freund haben? Einer, der zudem noch *schweben* konnte. Zumindest musste er das können, wenn er vor ihrem Fenster stand, denn der Fenstersims war längst nicht breit genug und einen Balkon gab es auch nicht in der Nähe ihres Zimmers. Etwas trotzig gab sie zurück: »Ich glaub dir nicht!«, und umklammerte das Buch fester.

»Ich bin es … Emil.«

Emil? Ihre Augen wurden groß, ihr Herz begann schneller zu schlagen und ihr Atem überschlug sich fast. Der Schatten klang sogar genau wie er, jetzt, wo

sie seinen Namen wusste. Wie konnte das sein? Emil. Er war ihr bester Freund gewesen, als sie drei war. Als sie fünf wurde, ging er irgendwann fort. Emil. Keiner wusste von ihm. Ihr bester Freund. Ihr imaginärer Freund.

Nun nicht mehr so zögerlich ging sie die letzten Schritte zum Fenster. Das Buch hatte sie aber trotzdem griffbereit. Man wusste ja nie ... Kaum hatte sie die Verriegelung gelöst, da sprang das Fenster auf und der Schatten hüpfte herein und tanzte und wirbelte durch ihr Zimmer. Sie konnte ihn kaum sehen, so schnell war er. Aber er lachte fröhlich.

»Wahnsinn, Greta. Es sieht aus wie früher. Na gut, hier und da kleine Veränderungen und du hast diese flauschige Häschen-Tapete nicht mehr, aber – ich bin begeistert! Und wie groß du geworden bist!«

Plötzlich stand er vor ihr und beugte sich zu ihr hinab, um sie besser ansehen zu können. Er war älter als sie, aber er war nicht älter geworden seit damals. Er lächelte sie an und strich mit seinem Daumen über ihre Wange. Sie lächelte zurück.

»Es tut mir leid, dass ich so lange weg war, aber du hast irgendwann nicht mehr an mich geglaubt ...« Er klang traurig bei diesen Worten. »Doch die letzten Monate über hab' ich deine Stimme gehört. Es hat gedauert, bis ich sie erkannt habe, bis sie ganz klar war. Aber ich habe dich gehört.«

Ihr rannen Tränen der Freude über die Wangen und sie fiel in seine Arme. Das Buch fiel hinunter auf den Boden. Das war egal, denn das brauchte sie jetzt nicht mehr. Emil war da. Sie presste ihr Gesicht an seine Brust und genoss seine Anwesenheit. Seinen Duft, jeden Atemzug und die Tatsache seiner Gegenwart.

Er strich ihr sanft durch das Haar und flüsterte: »Jetzt können wir wieder zusammen fliegen.«

18

Sandra Bollenbacher

ELFENSPIEGEL UND ZAUBERGLÖCKCHEN

Wenn nach dem ersten Schneesturm im Dezember die letzten Strahlen der untergehenden Sonne, kurz bevor sie hinter dem Horizont verschwindet, wie flüssiges Gold die rabenschwarzen Wattewolken verbrennen und auf die weißen Felder fließen, wenn der Wind von Westen weht und nach Elfenspiegel, Sommerwein und längst vergessenen Träumen duftet, wenn um Mitternacht die blauen Zauberglöckchen blühen und die Nachtigall mit der Singdrossel ein Lied anstimmt, zu dem die Hexen und Froschmenschen im Mondlicht tanzen, und wenn du nicht einschlafen kannst, weil eine süße Stimme dir leise ins Ohr flüstert und dein Herz mit Sehnsucht erfüllt, dann sind sie wieder da, die Kobolde und Feen, die Tag- und die Nachtelfen, die Wald- und die Wassernymphen, die Einhörner und Mantikore und die Faune und Satyrn.

Hör nicht auf ihr Rufen, verschließ Fenster und Türen, steck dir Wachs in die Ohren und verbinde dir die Augen, denn wenn du ihnen folgst, wenn du

dich von ihrem Singen und Tanzen, von ihren Küssen und ihrem Lachen locken lässt, wenn du mit ihnen gehst in ihre grausam-wundersame Welt der Magie, kehrst du nie mehr zurück, denn du bist klug und du bist kreativ und wirst ihren Test bestehen und bei ihnen bleiben, für immer und ewig, und nie mehr zurück kommen wollen. Du wirst uns vergessen, einen nach dem anderen, jeden Tag ein bisschen mehr, deine Mutter, deinen Vater, deinen Bruder, deine Schwester, deinen Hund und deine Katze, deine Puppen, mit denen so gerne gespielt hast, deinen Ball, den du so hoch geworfen hast, deine Bücher, die du so gierig gelesen hast, bis nichts mehr übrig ist von deinem früheren Leben bis auf dieses unbestimmte, nagende Gefühl tief hinten in deinen Gedanken, dass du dich an etwas erinnern solltest, etwas sehr Wichtiges, aber es fällt dir einfach nicht mehr ein, so nah und doch unauffindbar wie die Brille, die du überall suchst und nicht finden kannst, dabei hast du sie auf dem Kopf.

Doch wenn du mit ihnen gehst, oh, wenn du mit ihnen gehst, welche Wunder wirst du sehen, welche wundersamen, wunderschönen, wundervollen Wunder! Der Eingang zu ihrer Welt ist versteckt, für jeden sichtbar, auf der großen Wiese hinter dem Wald unter dem alten Turm, in dem einst Rapunzel gelebt hat, und gleicht beinahe einem gewöhnlichen Zir-

kuszelt, doch nur auf den ersten Blick, denn wenn du genauer hinschaust, wenn du näher kommst, dann wirst du bemerken – und du wirst vor Staunen die Augen aufreißen und ebenso den Mund –, dass die Sterne, die auf das dunkle Leinen gemalt sind, echte Sterne sind, gigantische Feuerbälle in unendlich weiter Ferne, und der Stoff ist der Himmel. Tritt ein, tritt ein! Im Zelt duftet es herrlicher als die lieblichsten Blumen, die süßesten Kuchen und die glücklichsten Babys. Die Sonne scheint warm, nicht zu heiß und nicht zu kalt, und es weht ein lauer Wind, der mit deinen Locken tanzt und deinen Hunger weckt. Es gibt Kirschen und Kürbisse und Bohnen und Beeren, oh, alle erdenklichen Arten von Beeren: Blaubeeren, Himbeeren, Brombeeren, Stachelbeeren, Johannisbeeren, Preiselbeeren, Schneebeeren, Rauschbeeren, Vogelbeeren, Krähenbeeren, Korallenbeeren, Mehlbeeren, Moosbeeren, Scheinbeeren, Steinbeeren, ja sogar Erdbeeren, dabei sind Erdbeeren gar keine Beeren. Nimm auf einer weichen Moosbank Platz, nimm dir einen Kelch mit gluckerndem, glucksendem, gurgelndem Bergquellwasser, nimm dir die Zeit, dir alles anzuschauen, mit allen zu reden, alles zu kosten – doch nimm nichts von den Goblins, oh, hör auf Christina Rossetti und nimm dich vor den Goblins in Acht, egal wie hübsch sie dir erscheinen, wie lieblich, wie putzig, wie süß und

wie rein! Hab jedoch keine Angst vor den Dunklen, den Monstern und Schatten, den Skeletten und Geistern, den Albträumen und Nachtmahren, denn du kannst viel von ihnen lernen.

Doch wenn du müde wirst, dann komm zurück. Leg dich nicht nieder, bette deinen Kopf nicht auf die warme Flanke der Sphinx, deck dich nicht mit dem raschelnden Laub des Ahorns und der Kastanie, der Eiche und der Buche zu, schließ nicht die Augen und schlaf nicht ein, denn wenn du wieder aufwachst, wirst du woanders sein, du wirst wer anders sein, nicht ganz fort, nicht ganz fremd, aber fast und schon zu sehr, um zurück zu können, um zurück zu wollen, um *du* zu sein und hier und jetzt.

Also schließ die Fenster, verriegle die Türen und hör nicht hin, wenn sie dich rufen, wenn dein Herz nach ihnen weint, wenn die Nachtigall singt und der Himmel brennt.

Bleib hier.

19

sandra Bollenbacher

MiTTERNACHTSSNACK

Der dicke, dunkelrote Teppich gab weich unter ihren nackten Sohlen nach und ließ sie lautlos wie auf Wolken den in milchiges Mondlicht getauchten Flur entlangschleichen. Hinter der großen Fensterfront zu ihrer Rechten schimmerte die silberne Mondsichel über den Wellen, die nur wenige Meter entfernt auf das felsige Ufer brachen. Zu hören war davon im Inneren des Hotels nur ein stetiges Rauschen, das mal unheilvoll, mal beruhigend auf die Gäste wirkte, den einen den Schlaf raubte und die anderen sanft hineinwiegte. Bei klaren Vollmondnächten konnte man am Horizont die spitzen Kliffe des Festlands sehen, doch in dieser Nacht zogen finstere Wolken vom Land hinaus in ihre Richtung.

Jane warf einen bangen Blick auf das herannahende Unwetter, dann schlich sie weiter.

Endlich betrat sie einen Gang, der in das schummrige Licht vereinzelter Kerzen getaucht war, deren Stumpen glimmend ums Leben kämpften, doch deren Feuer eins nach dem anderen durch einen leisen

Windhauch erlosch, als Jane vorbeihuschte. Auf beiden Seiten war der Gang von hohen Türen aus dunklem Mahagoni gesäumt, welche mittig eine goldschimmernde Nummer aus Messing trugen. Hinter manchen konnte Jane ein langsames Klopfen hören, doch sie biss sich auf die Unterlippe und schlich unbeirrt weiter.

Hinter Nummer 263, sie hatte das Ende des Gangs schon fast erreicht, wurde das Klopfen mit einem Mal lauter und von polternden Schritten begleitet, sodass Jane eilig hinter einer verschnörkelten Kommode Deckung nahm in der Hoffnung, ihre pechschwarzen Haare, welche sie über ihr Gesicht hängen ließ, würden ihren Kopf mit der Dunkelheit verschmelzen lassen und ihr in verräterischem Weiß leuchtendes Nachthemd würde wie ein Haufen Bettwäsche erscheinen.

Doch die Tür von Zimmer 263 blieb verschlossen, die Schritte verstummten und das Klopfen wurde leiser.

Jane strich die dunklen Strähnen hinter ihre Ohren und schlich weiter.

Als sie die geschwungene Treppe erreichte, drang sanfte Klaviermusik zu ihr nach oben. War etwa noch jemand wach? Jane zögerte; ihre blassen Zehen krümmten sich, spielten nervös mit den dicken Fasern des Teppichs, dann huschte sie geschwind die unzähligen Stufen zur Hotelbar hinunter und versteckte sich in einer dunklen Ecke am Eingang.

Neben dem Pianisten am schwarzen Flügel in der Mitte des Raums und dem Kellner hinter der Theke, der mit müde blinzelnden Augen und verstohlenem Gähnen in Zeitlupe eine Flasche beschriftete, waren nur noch drei weitere Menschen in der Bar. Ein stattlich gebauter Herr, der kein einziges Haar mehr auf dem Kopf hatte, doch dafür umso mehr im Gesicht – buschige Augenbrauen und einen grau-melierten Rauschebart –, saß in einem der tiefen, schweren Ledersessel am Fenster neben dem Weihnachtsbaum. Er hatte ein Glas Whisky in der Hand und unterhielt sich angeregt mit seinem Gegenüber, von dem Jane nur die blonden Haarspitzen hinter der hohen Lehne seines Sessels hervorblitzen sah. Während der Glatzköpfige eine tiefe, vom Alkohol schwere Stimme hatte, war die des Blonden unangenehm schrill, besonders dann, wenn er, wie jetzt, lachte.

Ganz am Ende der langen Theke saß eine elegante Frau mit kastanienbraunen Locken, ihr Kleid aus einem fließenden, mintgrünen Stoff, der im flackernden Kerzenschein glitzerte und funkelte. Verträumt sah sie dem Musiker beim Spielen zu, lauschte den sanften Jazzklängen und knabberte dabei an einer Salzstange.

Janes Blick wanderte zur großen Uhr über der

Theke. Wie lange würden die Gäste noch ausharren? Sie hatte solchen Hunger ...

Früher hatte sie sich einfach bedienen können; es war so einfach gewesen, ein Schlaraffenland. Doch die Zeiten hatten sich geändert. Nun verlangte man von ihr, dass sie für Unterkunft und Nahrung arbeitete. Früher hatte sie sich unter die Gäste mischen, mitfeiern und kurzlebige Freundschaften knüpfen können. Heute lebte sie einsam, versteckt, in dunklen Ecken, in Augenwinkeln.

Ein trauriges Seufzen stahl sich aus ihren dünnen, farblosen Lippen.

Ich bin die rechtmäßige Erbin dieses Anwesens, dachte Jane mit plötzlich aufkommendem Zorn. *Ich sollte hocherhobenen Hauptes hineinspazieren und mir nehmen, wonach mir gelüstet, was mir zusteht!*

Aber nicht jetzt, flüsterte ihre Vernunft ihr zu. *Es sind zu viele und du bist zu schwach.*

Wieder lachte der blonde Mann: »Nein, tut mir leid, Monsieur Moreau, doch mit Geistergeschichten können Sie mir keine Angst einjagen.«

»Das sind keine Geistergeschichten, mon ami. Es ist bewiesen: In diesem Hotel spukt es!«

»Bewiesen?«, mischte sich die Frau ein, ihr Blick nun nicht mehr verträumt, sondern interessiert.

Der Glatzköpfige drehte sich mühsam zur Seite um, wobei das alte Leder protestierend knirschte.

»Madame, haben Sie es denn nicht in dem Prospekt gelesen, das auf den Zimmern ausliegt? Die tragische Geschichte des Hotels? Die älteste Tochter des Grafen, dem dieses Anwesen gehörte, war beim Spazieren von einem wilden Tier angefallen worden. Der Graf hatte auf dieser Insel seltene und gefährliche Raubtiere gehalten und eines dieser Tiere soll ausgebrochen sein und die junge Frau getötet haben. Darum kehrte sie als Geist zurück und suchte ihren Vater heim. Letztendlich verlor der Graf seinen Verstand und brachte nicht nur sich selbst um, sondern ebenso seine Frau und die anderen vier Kinder. Der Geist der Tochter jedoch, nun geplagt von Schuldgefühlen, spukt hier noch immer.«

»Alles Unfug, um die Touristen zu locken«, winkte der Blonde ab. »Nicht wahr, Frederick?«

Der Kellner hinter der Theke zuckte in eine aufrechte Haltung.

»Ganz recht, mein Herr«, murmelte er, bevor er verstand, was der Gast ihn gefragt hatte. »Ich meine ... Nein. Es ist alles wahr. Fragen Sie meinen Kollegen, der hat den Geist selbst gesehen. Johnny?«

Der Pianist, ohne sein Spiel zu unterbrechen, sah zu den Gästen hinüber und nickte ernst.

»Es ist alles wahr«, wiederholte er in einem klangvollen Bariton. Jane mochte seine Stimme sehr.

Die Frau in Mintgrün glitt in einer fließenden Bewe-

gung vom Barhocker und schwebte zu ihm hinüber. »Sie haben den Geist gesehen?«, fragte sie, in ihrer Stimme eine Mischung aus Faszination und Skepsis.

»Das habe ich«, sagte Johnny, spielte eine letzte, abschließende Note und legte die Hände in seinen Schoß. Nach einer dramatischen Pause, in der nur das flüsternde Rauschen der Wellen und die ersten Regentropfen, die leise gegen die Fensterscheiben klopften, zu hören waren, begann er zu erzählen:

»Ich begegnete dem Geist in meiner dritten Nacht in diesem Hotel als Pianist. Da ich mich noch nicht auskannte, verlief ich mich auf dem Weg zurück zu meiner Kammer und fand mich in einem alten Turmzimmer wieder. Vielleicht haben Sie das Türmchen bei Ihrer Ankunft gesehen? Gerade wollte ich umkehren, da schwebte sie plötzlich vor mir. Ihr Körper schien keine feste Form zu haben und leuchtete in der Dunkelheit, doch ihr Haupt umgab eine finstere Aura, welche sie trotz ihrer Schönheit zu einem furchterregenden Monster machte. Ich konnte mich nicht rühren; selbst der Schrei blieb in meiner Kehle stecken. Einen Augenblick lang starrten wir uns an, dann ...«

»Dann?«, fragte der Blonde gebannt.

»Dann war sie plötzlich verschwunden«, beendete der Pianist und kratzte sich verlegen am Hals.

Die Frau lachte und schüttelte den Kopf. »Ich werde

es dem Geist nun gleichtun und ebenfalls verschwinden. Ich wünsche Ihnen allen eine gute Nacht!«

Jane sah der Dame schmunzelnd hinterher, als diese die Treppen hinaufstieg.

»Nun ja«, brummte der bärtige Glatzkopf. »Manche glauben eben nur, was sie mit ihren eigenen Augen sehen.«

»Recht hat sie damit«, sagte der Blonde, und an den Klavierspieler gewandt: »Vielen Dank für die gute Unterhaltung heute Abend – sowohl für die Musik als auch für die Geschichte.«

Zu Janes Erleichterung machten sich die beiden Männer wenig später ebenfalls auf den Weg zu ihren Zimmern und auch Kellner und Pianist verschwanden zu ihren Kammern.

Lautlos stieg der Rauch der erloschenen Kerzen in die Höhe, während draußen der Regen immer stärker wurde und der Wind die Wellen aufpeitschte. Hatte eben noch fröhliches Leben den Raum erfüllt, herrschte nun Grabesstille.

Endlich war Jane aus ihrem Versteck gekrochen und hatte gerade den Flügel erreicht, als sie eilige Schritte näher kommen hörte.

»Entschuldigung, ich glaube, ich habe meinen Hut vergessen«, hörte sie die unangenehme Stimme des blonden Mannes.

Jane ließ ihre schwarzen Haare nach vorne über

ihr Gesicht fallen, drehte sich um, riss die Arme in die Luft und fauchte.

Der Mann stieß einen schrillen Schrei aus, dann rannte und stolperte er aus der Bar hinaus und die Treppen hinauf.

Jane lachte leise, bevor sie rasch den Raum durch die Tür verließ, die in den alten Westflügel führte, wo das Personal untergebracht war. Hier gab es keinen dicken Teppich, der ihre Schritte schluckte, doch Jane wusste, welche Holzdielen quietschten, und mied sie gekonnt. Ihr Hunger war nun so groß, dass sie beinahe rannte und auf den letzten Metern jede Vorsicht vergaß, bis sie schließlich vor einer krummen, schmalen Tür zum Stehen kam, hinter der es verführerisch duftete.

Fast lautlos klopften ihre weißen Knöchel auf dem alten Holz.

»Herein«, kam sogleich die Antwort.

Jane lächelte und stieß die Tür auf.

»Jane!«, rief Johnny freudig überrascht. »Ich habe gerade ein paar Gästen von dir erzählt.«

»Ich bin also ein furchterregendes Monster?«, flüsterte sie und führte den Pianisten zum Bett, wo sie ihr Nachthemd anhob und sich auf seinem Schoß niederließ.

»Eine Schönheit bist du, habe ich gesagt. Das andere war doch nur Schau«, murmelte er verlegen,

247

während seine warmen Hände ihre nackten Oberschenkel hinauffuhren.

Das aufgeregte Pochen seines Herzens war die schönste Musik in Janes Ohren.

»Ich habe Hunger«, raunte sie dicht an seinem Ohr und vergrub mit einem leisen Stöhnen ihr Gesicht in seinem Nacken.

Im Spiegel an der Wand hinter Johnnys Bett beobachtete Jane, wie sein Körper sich bewegte, wie er die Luft küsste und unsichtbare Dinge streichelte.

Da könnte man wirklich fast glauben, ich sei ein Geist, dachte Jane amüsiert. Doch auch wenn sie kein Spiegelbild hatte, so war sie doch voll und ganz aus Fleisch und ... Blut.

Lisa Darling

DIE MONDSCHEINALLEE
(TEIL 1)

RAMONA LEONHARDT

Heute habe ich die Nachbarn gesehen. Familie Dachmann. Er stand am Rosenbeet und hat es gepflegt. Sie sind sein Ein und Alles. Die Rosen. Fast jeden Tag steht er dort und stutzt sie, redet mit ihnen oder betrachtet sie einfach nur. Sie sehen auch wunderschön aus. Meine Familie und ich bewundern das Beet jedes Mal, wenn wir daran vorbeilaufen. Wunderschön. Wie seine Frau Larissa. Während er sich um die Rosen kümmerte, lag sie im Bikini auf der Liege und hat sich gesonnt. Mit einem knallroten, ausschweifenden Sonnenhut auf dem Kopf. Genauso knallrot wie ihr Bikini. Dabei las sie die *Freundin*. Ich kenne die Zeitschrift nur aus dem Regal. So etwas lese ich nicht. Ich mache lieber Sudoku.

Sie sind ein wirklich hübsches Paar. Rainer hat zwar schon einen kleinen Bauch, was ihn aber nicht weniger attraktiv macht als damals, als sie hierhergezogen sind. Und wie liebevoll sie immer miteinander umgehen. Das vermisse ich ein bisschen mit

meinem Mann. Kris und ich sind nur noch in der Öffentlichkeit und in Gegenwart unserer Kinder so. Damit niemand merkt, wie es wirklich um uns steht. Ein bisschen Idylle müssen wir einfach bewahren. Unseren Kindern zuliebe. Sina und Jacob. Sie sind neun und elf Jahre alt.

Gegenüber sehe ich die anderen Nachbarn im Wohnzimmer. Die Millers. Sie sitzen auf dem Sofa und unterhalten sich. Ihre Tochter Anne ist zu Besuch. Seit sie studiert, ist sie nur noch selten da. Jetzt reden alle ganz angeregt und lachen. Ich beneide sie irgendwie.

Die Kiesels lachen auch viel miteinander, wenn sie mit ihrer Tochter im Garten sind. Wie heute Nachmittag. Ihre vierjährige Tochter Chantal hat in ihrem aufblasbaren Pool mit Schwimmflügeln geplanscht. Das sah niedlich aus. Danach hat sie gemeinsam mit ihren Eltern Memory gespielt. Dabei haben sie sehr viel gelacht und sich gegenseitig gelobt. Auch die Eltern. Kris lobt mich kaum noch. Er redet generell sehr wenig mit mir. Auch, wenn wir mit unseren Kindern unterwegs sind. Dann ist er zwar nett, aber dennoch wortkarg. Das genaue Gegenteil von Philipp Gross. Ein weiterer Nachbar. Er ist so lebendig und redet ununterbrochen. Viele interessante und viele lustige Sachen. Ständig bringt er seine Frau damit zum Lachen. Die zwei wirken sehr harmonisch miteinander. Manchmal habe ich das Gefühl, alle hier sind glücklich. Außer uns.

Ich fahre herum als ich den Schlüssel in der Tür höre. Es ist schon spät, die Kinder liegen schon lange im Bett.

»Kris?«, rufe ich leise und laufe ihm entgegen. Er hat Augenringe und sieht nicht gut aus. Fertig und unzufrieden. »Alles okay?« Ich ahne, wo er gerade herkommt. Wie fast jeden Abend. Wenn wir gerade mal nicht heile Familie spielen, dann verschwindet er direkt nach der Arbeit dort hin und kommt erst sehr spät wieder nach Hause. Nur selten ist er dann gut gelaunt.

Anstatt mir zu antworten, macht er eine wegwischende Geste mit der Hand und schlurft an mir vorbei in die Küche. Ich laufe ihm hinterher und beobachte, wie er sich ein Bier aus dem Kühlschrank holt und es öffnet und trinkt, ohne den Kühlschrank wieder zu schließen. Ich gehe hin und schließe die Tür.

»Warum?«, frage ich ihn, doch er weicht meinem Blick aus.

»Du verstehst das nicht«, brummt Kris und trinkt weiter.

»Nein, das tue ich nicht.«

Wir haben schon so oft darüber geredet, aber er hat mir den Grund nie erklären können. Ich weiß auch nicht genau, wann es angefangen hat. Vor ein paar Monaten. Vielleicht vor fünf oder sechs. Viel-

leicht aber auch zehn oder elf. Ich weiß es wirklich nicht mehr, aber es kommt mir vor wie eine Ewigkeit. Das Streiten bin ich leid geworden. Es hat viele laute und böse Worte gegeben, wenn die Kinder nicht im Haus waren. Aber jetzt nicht mehr. Ich bin einfach so müde.

»Was willst du als nächstes opfern? Die Fahrräder? Das Auto? Das Haus?« Ich klinge ein wenig zynisch, weshalb er mir einen bösen Blick zuwirft. Aber ich erkenne auch Schmerz darin. Irgendetwas sagt mir, dass dieser Blick nichts Gutes zu heißen hat.

»Was ist los?«, hake ich argwöhnisch nach.

»Nichts!«, brummt er unwirsch und stellt die halb leere Bierflasche in der Spüle ab. Dann läuft er schnurstracks die Treppen hinauf in unser Schlafzimmer. Die Arme vor der Brust verschränkt an meinen Morgenmantel gepresst laufe ich ihm hinterher und packe ihn am Arm.

»Was ist los?«, wiederhole ich energischer. Kris schüttelt meine Hand ab und holt eine Kiste und eine Reisetasche vom Schrank herunter.

»Wir sollten anfangen mit packen«, sagt er tonlos und holt ein paar Jeans aus dem Schrank. »Wir haben noch einen Tag.«

Mir klappt die Kinnlade runter und ich spüre, wie mir sofort Tränen in die Augen schießen. Ungläubig lasse ich mich auf unser Bett sinken und vergrabe

mein Gesicht in den Händen. Sie werden augenblicklich feucht von meinen Tränen. Es hört gar nicht mehr auf, genauso wenig wie Kris aufhört mit packen.

»Das Auto haben wir noch«, meint er knapp, als würde mich das trösten. »Damit können wir fahren. Die Fahrräder bleiben hier.«

Ein erneuter Stoß Tränen durchfährt mich und ich fange an zu schluchzen. Einmal die Woche gehen wir mit unseren Kindern auf Fahrradtour. Damit sie nichts mitbekommen und ihren geregelten Familienausflug haben. Wie sehr würden sie weinen.

Kris macht gerade gar nichts. Außer packen. Er sagt keine tröstenden Worte, keine Entschuldigung, kommt nicht zu mir und legt seinen Arm nicht um mich. Am liebsten würde ich schreien. Aber ich möchte die Kinder nicht wecken und ihre Idylle nicht zerstören. Und ich weiß, dass Schreien nichts bringen würde. Das Haus ist so oder so weg. Verspielt. So wie unsere gesamten Rücklagen. Unsere Spülmaschine. Die Sparbücher für die Kinder. Meine Lieblingsküchenmaschine. Unser Flat Screen. Unser Laptop. Wie sollte ich das nur den Kindern beibringen? Ich werde gehen. Wenn wir hier fortgehen, werde ich abhauen. Und ich nehme die Kinder mit.

Warum nur müssen wir so kaputt sein?

DANIEL KIESEL

Heute Nachmittag saßen wir mit unserer Tochter Chantal im Garten. Sehr heiß. 30 °C und blauer Himmel. Chantal hat in ihrem aufblasbaren Swimmingpool gebadet danach haben wir Memory gespielt. Es war ein wirklich wunderschöner Tag.

Wenn nur jeder Tag so wäre. Der ganze Tag. Sobald Chantal im Bett liegt, geht das Donnerwetter los. Jeden Abend.

Ich blicke zu den Millers hinüber, die gerade Besuch von ihrer Tochter Anne haben. Es wird gelacht und sich angeregt unterhalten. So etwas gibt es bei uns nicht. Nicht abends. Da ist hier die Hölle los.

Manchmal frage ich mich, ob die Nachbarn das mitbekommen. Vor allem die Leonhardts. Unsere Häuser stehen sehr dicht aneinander. Sie höre ich nie streiten. Sie wirken immer so glücklich. Erst heute Nachmittag haben die Kinder zufrieden im Garten gespielt und Ramona Leonhardt hat den beiden Eis und Saft gebracht. Ihr Mann war arbeiten. Er arbeitet immer sehr lange. Bestimmt genießen sie ihre Abende deshalb sehr. Wie soll es da auch zum Streit kommen? Generell höre ich nie jemanden in der Mondscheinallee streiten. Ich schaue zum Fenster, welches gekippt ist. Sonst ist es immer geschlossen. Immer. Vermutlich hört man uns deswegen auch nicht. Hoffentlich. So ganz sicher bin ich mir nicht.

Wieder blicke ich aus dem Fenster zu den Millers. Doch gleich darauf sehe ich die Hand meiner Frau Kristen, wie sie ruppig die Jalousien runterlässt. Gleich wird es losgehen.

»Warum verdammt nochmal ist der Wagen noch nicht gewaschen?«, fragt sie zähneknirschend.

»Wir waren doch den ganzen Tag –«

»Jetzt komm mir nicht mit Ausreden!« Ihr Finger wedelt vor meiner Nase herum. »Du hättest den Wagen vor dem Abendessen in die Waschanlage bringen können!«

»Da habe ich das Bad geputzt.«

»Dann hättest du es eben davor oder danach gemacht!«, schreit sie mich an und ich mache mich klein. »Wie soll das denn aussehen, wenn ich morgen mit dem verdreckten Wagen bei meinem Boss vorfahre?«

»Entschuldigung.«

»Das bringt mir jetzt auch nichts mehr. Immer schaffst du es, mich zu blamieren!«

»Ich wollte nicht –«

»HALT DIE KLAPPE!« Nun schreit sie richtig laut und der Fotorahmen mit unserem Hochzeitsbild fliegt von der Kommode, als sie gestikuliert. »Du bist ein Nichtsnutz! Ich weiß gar nicht, warum ich überhaupt noch bei dir bin! Wozu bist du denn gut?«

»Ich mache den Haushalt, kaufe ein, koche, bringe

Chantal ins Bett –«, fange ich ruhig an aufzuzählen, damit sie weiß, was sie an mir hat.

»Willst du mir jetzt etwa vorwerfen, dass ich nichts mache?« Mit jedem Wort wird sie wieder lauter und nun ist die Vase dran. Das Blumenwasser wird vom Teppich aufgesogen und ein paar kleine Scherben springen durch die Gegend.

Ich hätte einfach gehen sollen, als das alles angefangen hat vor vier Jahren. Aber ich liebe sie und meine Tochter Chantal so sehr. Und ich möchte nicht, dass Chantal mit getrennten Eltern aufwächst. Sie soll eine glückliche Familie haben. Sie soll nicht so aufwachsen wie ich.

»ICH REDE MIT DIR!«, fährt sie mich an und ich zucke zusammen, als mich ein Feuerzeug am Kopf trifft. Warum ich nicht zurückschreie? Ich bin müde. Außerdem möchte ich mein Kind nicht wecken. Oft schläft sie durch und bekommt von uns nichts mit, aber manchmal steht sie doch in der Tür. Dann fühle ich mich immer schlecht. Was soll sie nur von ihren Eltern denken?

»Sprich, du Trottel! Willst du etwa behaupten, ich würde *nichts* machen?«

»Das habe ich nicht gesagt.« Ich versuche ruhig zu bleiben. »Ich wollte dir nur sagen, weshalb du mich brauchst.«

»Du denkst also, ich bin auf dich angewiesen?«

Fassungslos schaut sie mich an und klatscht mir eine. Es tut kaum noch weh. Immer wieder aufs Neue tut es mir innerlich weh, aber meine Wangen sind abgestumpft. Beide.

»Bitte beruhige dich. So habe ich es nicht ge–«

»ICH SOLL MICH BERUHIGEN?« Am liebsten würde ich mir die Ohren zuhalten, aber dann würde sie mir gleich die nächste Ohrfeige verpassen.

»Du weckst noch Chantal«, erkläre ich so ruhig wie möglich.

»ICH wecke Chantal? Weshalb muss ich denn hier rumbrüllen und mich aufregen? Deinetwegen!« Sie tippt mir mit ihrem langen Fingernagel kräftig auf die Brust. Es kratzt unangenehm. »Wenn Chantal also wach wird, dann deinetwegen!«

»Okay, du hast recht, meinetwegen«, gebe ich klein bei. Hauptsache, sie ist endlich ruhig und unsere Tochter hört ihre Eltern nicht streiten.

Kristen schaut zum Fenster und bemerkt, dass es offen ist. Panisch eilt sie hin, um es sofort mit einem Knall zu schließen. So laut vermutlich nur aus reiner Panik, man könne uns hören, nicht, um noch mehr Aufmerksamkeit zu erregen.

»Mama. Papa.« Ich fahre herum und sehe Chantal an der Tür stehen.

»Mäuschen, du bist ja wach!« Mit einem Mal ist Kristen wieder ganz ruhig. Sie geht auf Chantal zu,

nimmt sie auf den Arm. Mir wirft sie einen bösen Blick zu. »Komm, ich bring' dich wieder ins Bettchen.«

»Papa«, sagt Chantal und streckt ihr kleines Händchen nach mir aus. »Papa soll mich ins Bett bringen.«

Ein wütend funkelnder Blick zu mir von meiner Frau, ein sanftes Streicheln über Chantals Köpfchen.

»Nein, Mäuschen, der Papa muss aufräumen. Beim Proben ist ihm aus Versehen etwas heruntergefallen. Ich bringe dich.« Und fort ist sie.

Beim Proben. Das sagt sie immer. Nach unserem ersten Streit, den unsere Tochter mitbekommen hat, hat Kristen behauptet, ich würde als Hobby in einer Schauspielgruppe mitmachen. Seitdem ist das die Standardausrede geworden, wenn Chantal doch mal wach wird. *Wir proben nur für Papas neues Theaterstück.* Traurig, dass es so weit gekommen ist, bücke ich mich und sammele die Scherben einzeln und vorsichtig auf. Unseren Nachbarn scheint es allen so gut zu gehen. Warum nur sind wir so kaputt?

Fortsetzung folgt ...

21

Lisa Darling

DIE MONDSCHEINALLEE
(TEIL 2)

LARISSA DACHMANN

Rainer hat gestern wieder seine Rosen gepflegt. Seine wunderschönen Rosen. Die Nachbarin Ramona Leonhardt hat einmal gesagt, sie seien genauso hübsch wie ich. Sie ist so charmant. Rainer hat so etwas früher auch mal zu mir gesagt. Damals fand ich ihn noch charmant. Heute leider nicht mehr so sehr. Er spart viel mit Komplimenten und netten Worten. Seit fast einem Jahr schon. Es hörte so ganz allmählich auf und ich vermisse es ein bisschen. Um nicht zu lügen: Ich vermisse es sogar sehr.

Nach der Gartenarbeit gestern ist er fortgegangen. Er musste noch einmal ins Büro. Hat etwas vergessen. Er muss ziemlich lang gesucht haben, denn als er zurückkam, lag ich schon im Bett. Ich bin mir auch nicht ganz sicher, ob er wirklich nur gesucht hat. Vielleicht hat er ja noch den einen oder anderen Kollegen zum Feierabend angetroffen und war noch ein Bierchen trinken. Das ist doch okay. Das kann er mir doch sagen. Aber er sagt es nie.

Heute macht er Überstunden. Er hat einen Sonderauftrag bekommen, deshalb ist er heute länger unterwegs. Ich war also den ganzen Tag alleine zu Hause. Habe Kekse gebacken und die Nachbarn eingeladen. Die Leonhardts, die Gross', die Millers und die Kiesels. Alle sind sie gekommen. Sogar ihre Kinder haben sie mitgebracht. Da habe ich noch schnell einen Kuchen gebacken, damit es für alle reicht. Die Millers waren so lieb, noch einen Kuchen mitzubringen und von den Leonhardts gab es Saft. Es war ein sehr netter Nachmittag. Alle waren da. Mit Frau, Mann und Kindern. Ein bisschen hat es mich traurig gestimmt, dass ich als Einzige ohne Mann dasaß. Da meiner der einzige war, der an einem Samstag einen Sonderauftrag bekommen hatte. Aber das war schon okay. Immerhin brachte es mehr Geld. Und Geld kann man ja immer gut gebrauchen. Nicht wahr?

Die Nachbarn sind alle sehr nett und freundlich gewesen und gegen Nachmittag wieder gegangen.

Nachdem sie weg waren, rief Rainer mich an. Noch eine Stunde, dann sei er da.

Das ist nun über zwei Stunden her und ich sitze aufgedonnert vor dem Fernseher. Nach seinem Anruf habe ich mich gleich schick gemacht. Das kurze Schwarze, welches er mir vor einigen Jahren zu Weihnachten geschenkt hatte und das ihm an mir so gefällt. Löckchen habe ich mir gemacht und wäh-

renddessen einen leckeren Braten im Ofen gegart.

Die Kerzen, die ich am fein gedeckten Tisch angezündet habe, sind fast hinunter gebrannt, und das Essen ist auch schon wieder kalt. Ich werde es nochmal aufwärmen müssen, wenn er kommt.

Als ich endlich den Schlüssel im Haustürschloss höre, schalte ich den Fernseher aus und springe vom Sofa. Ich eile durch die Küche, um Herd und Ofen anzumachen, und laufe weiter zur Tür, die Rainer gerade hinter sich schließt.

»Schatz!«, lächele ich glücklich und gebe ihm einen Begrüßungskuss. Er lächelt mich an und schlüpft aus seinen Schuhen. Er sieht schick aus. Anzug, Krawatte und feine schwarze Lederschuhe.

»Wie schön, dass du endlich da bist. Ich habe uns ein leckeres Essen gekocht mit einem ganz bezaubernden Nachtisch!« Ich zwinkere ihm verheißungsvoll zu und spiele ein bisschen mit meinen Reizen. Er schaut mich nicht mal an. Nicht so, wie er es noch vor einem Jahr getan hat. Ob er das kleine Schwarze überhaupt bemerkt hat?

»Das ist wirklich lieb von dir, aber ich habe schon gegessen.«

Meine Mundwinkel fallen hinunter und meine Schultern werden schlaff.

»Oh ... nicht schlimm«, sage ich traurig. »Dann essen wir es morgen.«

Ich gehe geknickt in die Küche, um Herd und Ofen wieder auszumachen. Dann gehe ich ins Wohnzimmer, um die letzte noch brennende Kerze auszupusten. Danach greife ich nach dem Geschirr und räume langsam ab.

»War dein Tag sehr anstrengend?«, frage ich mitfühlend. Er schüttelt den Kopf.

»Er war wunderschön«, antwortet er und obwohl ich es ihm glaube, sieht er sehr ernst aus. Er schaut mich an und kommt auf mich zu. Er nimmt mir die Teller aus der Hand und greift nach meiner freien Hand. »Du musst jetzt stark sein.« Ich fühle, wie mein Körper genau das Gegenteil macht. Ob jemand gestorben ist? Nein, dann wäre sein Tag nicht wunderschön gewesen. Oder?

»Ich habe da jemanden kennengelernt.« Meine Knie zittern. »Vor zwei Jahren.« Meine Hand rutscht aus seiner. »Seit einem Jahr sind wir zusammen.« Meine Augen werden feucht. »Ich liebe sie. Ich werde zu ihr ziehen.« Rainer nimmt mich in den Arm und ich bin zu schwach, um ihn wegzustoßen.

Mit einem Mal wird mir alles klar. Die Überstunden, verlorene Fundstücke im Büro, Feierabendbierchen, Sonderschichten, dass er mich nicht mehr ansah oder mir Komplimente machte. Die Tränen brechen aus mir raus und er lässt mich los.

»Es tut mir leid«, lauten seine letzten Worte, bevor er im Schlafzimmer verschwindet. Ich höre ihn kramen. Bestimmt packt er seine Sachen. Es hupt. Durch den feuchten Schleier meiner Tränen blicke ich aus dem Fenster. Dort steht sein Auto. Auf dem Beifahrersitz sitzt eine Frau. Ich möchte sie sehen, also gehe ich weinend zum Fenster und wische mir die Tränen aus dem Gesicht. Meine Rückhand ist ganz nass und schwarz. Die Frau zieht sich gerade im Rückspiegel den Lippenstift nach. Seine Sekretärin. Ich breche auf dem Boden zusammen und weine. Lange und intensiv. Es ist noch nicht greifbar und doch so real. Nach einer gefühlten Ewigkeit kommt Rainer zurück, zwei Koffer in der Hand.

»Ich komme morgen den Rest holen. Mach's gut, Larissa.« Dann geht er und lässt mich alleine zurück. Ganz alleine. In diesem großen Haus mit dem wunderschönen Rosenbeet vor der Tür. Wie kann er sein Rosenbeet nur einfach so zurücklassen?

Wahrscheinlich bin ich jetzt der einzige Single in der Mondscheinallee. Alle werden über mich reden. Und ich werde weiter weinen. Ich hätte es viel früher wissen müssen. Warum nur ist alles bei uns so kaputt?

PHILIPP GROSS

Heute Nachmittag war alles perfekt. Wir waren bei Frau Dachmann zum Kaffee eingeladen. Unsere Nach-

barn sind alle so liebe Menschen. Und wie herzlich alle miteinander umgehen. Sogar Mindi und ich haben es geschafft. Ich konnte einmal alles vergessen. Manchmal bin ich richtig verzweifelt und denke sogar an Suizid. Aber wenn ich dann meine Nachbarn treffe, verwerfe ich die Gedanken. Dann habe ich Hoffnung. Hoffnung, dass wir auch mal so werden wie sie. Glücklich. Seit das Baby da ist, ist Mindi sehr gestresst. Gestresster als andere frische Mütter. Vermute ich.

Es klingelt an der Haustür. Bestimmt die Nachbarin. Anne Miller. Meine Frau hat heute Nachmittag ein Päckchen für sie entgegengenommen, als wir von Kaffee und Kuchen wiedergekommen sind.

»Hallo Anne«, grüße ich sie und reiche ihr schon das Päckchen, welches auf der Treppe neben der Haustür steht.

»Hallo, danke schön!«, bedankt sie sich strahlend. »Genau deshalb bin ich gekommen. Vielen Dank!« Sie nimmt das Päckchen entgegen.

»Nicht dafür, sehr gern. Mach's gut. Grüß deine Eltern.«

»Mache ich, grüßen Sie Ihre Frau.« Sie winkt mir lächelnd und verschwindet nach nebenan. Nettes Mädchen. Ich schließe die Tür und gehe wieder hinein.

Mindi ist beim Baby. Ich höre den Kleinen schreien. Oliver heißt er. Wie Mindis Vater. Ich wollte ihr helfen, aber sie hat mich rausgeschickt. Sie war ziemlich negativ geladen und gestresst.

Während sie versucht, Olli zu beruhigen, gehe ich in die Küche und decke den Tisch zum Abendessen. Als ich fertig bin, schreit der Kleine immer noch, aber ich höre Mindis Schritte. Kurz darauf steht sie neben mir. Der Kopf ist dunkelrot, ihr Haar ist verstrubbelt und verschwitzt und sie sieht nicht gut gelaunt aus.

»Dieses Kind macht mich wahnsinnig!«, ruft sie laut aus und stapft zum Kühlschrank, aus dem sie Butter holt und sie wütend auf den Tisch knallt. »Du hast die Butter vergessen!«, schimpft sie wütend. »Weißt du, am liebsten würde ich dieses beschissene Baby aus dem Fenster werfen!«

»Nein, das möchtest du nicht«, versuchte ich, sie zu beruhigen. Sie ist ein sehr impulsiver Mensch. Das habe ich schon oft zu spüren bekommen. Vor allem, seitdem das Baby da ist. Die blauen Flecken und halbwegs verheilten Wunden an meinem Körper sind der Beweis dafür. Letzte Woche war sie so gereizt, dass sie eine halbe Melone nach mir geworfen hat. Ich war sofort ohnmächtig. Ich erinnere mich noch, wie ich danach auf dem Boden aufwachte. Mindi war fort gewesen. Und Oliver hatte geschrien.

Ich muss eigentlich gar nichts machen. Sie wird ganz von alleine sauer und fängt an, verletzend zu

werden. Im wahrsten Sinne des Wortes. Jedes Mal, wenn ich mit jemandem darüber reden oder die Polizei rufen will, muss ich mich an ihre Worte erinnern:

»Philipp, ich weiß, welchen Dreck du am Stecken hast! Ein Wort über das, was hier im Haus passiert, und alle werden es erfahren!« So wie sie es gesagt hat, habe ich keinen Moment an ihrer Aussage gezweifelt.

»Soll ich hochgehen und Oliver beruhigen?«

»Ich gehe davon aus, dass du das tust!« Ihr Ton ist barsch. Ich gehorche und eile hinauf. Bloß weg von ihr, bevor sie auf dumme Gedanken kommt. Solange ich bei dem Baby bin, wird keinem etwas passieren. Trotz ihrer bösen Worte würde sie Olli nie etwas antun. Und solange ich bei ihm bin, wird sie auch mir nichts antun.

Ich nehme den kleinen Körper aus dem Bettchen. Er bebt vor lauter Geschrei. Sachte wiege ich ihn hin und her und singe ihm leise ein Lied vor, bis er sich beruhigt. Seine Augen sind ganz geschwollen, rot und nass. Sein Köpfchen ist hochrot und er sieht sehr erschöpft aus. Seine paar Härchen auf dem Kopf sind schweißnass. Langsam fallen ihm die Augen zu. Vor lauter Erschöpfung, nehme ich an. Er sieht süß aus, wenn er schläft. Er hat die Nase seiner Mama. Dieselbe kleine, süße Stupsnase.

Langsam gehe ich auf sein Bettchen zu, um ihn zu-

rückzulegen, da höre ich Schritte hinter mir. Sicher Mindi, die sich freut, dass der Kleine endlich ruhig ist. Lächelnd drehe ich mich herum und erstarre. Ihr Gesicht ist immer noch dunkelrot, ihr Gesichtsausdruck entschlossen und in der Hand hält sie unser Fleischermesser. Sachte lege ich Olli in seinem Bett ab, ohne den Blick von Mindi abzuwenden.

»Willst du noch etwas kochen?«, frage ich betont ruhig.

»Wenn du ganz leise bist und ruhig hältst, tut es auch überhaupt nicht weh.«

Ganz im Gegensatz zu eben ist sie plötzlich sehr, sehr ruhig. Es macht mir Angst. Ich habe lieber die laute, schimpfende Mindi vor mir. Die kratzende, beißende, mit Melonen werfende Mindi. Ein Messer in ihrer Hand bereitete mir viel größeres Unbehagen.

»Ganz ruhig, Mindi.« Ich versuche, so ruhig zu bleiben wie nur möglich, und mache eine beschwichtigende Handbewegung. Rühre mich dabei aber nicht vom Fleck.

»Sag mir nicht, was ich zu tun habe!« Scharf, aber immer noch beunruhigend ruhig.

»Mindi, das möchtest du nicht wirklich. Du bist nur ein bisschen gestresst. Leg das Messer weg und dann lasse ich dir ein Beruhigungsbad ein. Okay?« Noch immer steht sie im Türrahmen mit dem gefährlichen Messer in der Hand. Neben mir im Bettchen hus-

tet Oliver leise. »Bitte, Mindi.« Ich sehe ihr in die Augen und sie setzt sich langsam in Bewegung. Ich setze mich ebenfalls in Bewegung. Es ist eine Art Tanz, den wir hier führen. Im Kreis und sehr langsam laufen wir umeinander herum. Sie läuft immer weiter ins Zimmer, ohne ihren Blick von mir zu nehmen. Ich laufe immer weiter gen Flur, ohne den Blick von ihr zu nehmen. Viel zu spät bemerke ich, wie dumm ich bin, sie mit dem Messer in Richtung des Babys gehen zu lassen. Bisher beachtet sie es glücklicherweise nicht, doch was, wenn er wieder aufwacht und schreit? Im Flur, direkt neben der Tür, steht eine kleine Kommode mit unserem Haustelefon. Ich muss nur ganz unbemerkt hingehen, damit ich danach greifen kann. »Was hältst du davon? Und danach massiere ich dich. Dann bist du wieder viel entspannter«, setze ich wieder an. Leise, um sie nicht aufzuregen und um Olli nicht zu wecken.

Ihre Schritte werden schneller. Sie kommt mir entgegen. Weg vom Baby. Zum Glück.

»Ich habe da eine viel bessere Idee. Ich reagiere mich ab und habe danach für immer meine Ruhe.« Ein irres Funkeln blitzt in ihren Augen. Panik steigt in mir auf und ich überlege, Hilfe zu rufen, bevor es zu spät ist. Soll die Polizei doch mein Geheimnis rausfinden. Lieber weiß ich meinen Sohn lebend als uns beide tot.

Im Flur angekommen gehe ich sachte zur Seite in Richtung Badezimmer. In dieser Richtung steht das

Telefon. Ich greife vorsichtig danach und wähle 110. Dann lasse ich es in meine Hosentasche wandern. Ich bin so fixiert auf Mindi, dass ich das Kabel des Telefonanschlusses nicht sehe und darüber stolpere. Das löst etwas in meiner Frau aus und sie stürzt laut schreiend auf mich zu. So schnell ich kann, renne ich durch den Flur und schaffe es irgendwie ungeschoren ins Kinderzimmer meines Sohnes, der, durch Mindis Geschrei wach geworden, angefangen hatte zu brüllen. Ich schnappe ihn mir, öffne das Fenster und springe auf den Dachvorsprung, denn ein Zurück gibt es nicht. Im Zimmer steht Mindi mit dem Messer. Ich bin wie betäubt. Ich weiß nicht, wie ich es mache, aber ich schaffe es, Oliver und mich auf den Boden zu bringen. Ich spüre etwas Schmerzendes an meiner Schulter und gleich darauf fliegt das Fleischermesser an mir vorbei. Sie hat es nach uns geworfen!

Ich reiße mich Olli zuliebe zusammen, unterdrücke den Schmerz, renne zu den Millers, deren Haus direkt neben unserem steht, und hämmere mit einer Hand an die Tür. Im anderen Arm halte ich das schreiende Baby.

»HILFE!«, brülle ich. »Susan! Jan! HELFT MIR!« Oliver in meinen Armen schreit und mein Puls spielt verrückt. Verängstigt drehe ich mich zu unserem Haus um. Mindi könnte jeden Moment rauskom-

men. Weiter hämmere ich an die Haustür. »Anne! Hilfe!« Ich bin müde. Weinend und mit einem bestialischen Schmerz in der Schulter sinke ich zu Boden.

Da fällt mir das Telefon in meiner Hosentasche ein. Mit der freien Hand an der verletzten Schulter ziehe ich es hervor.

»Was ist da los?«, höre ich jemanden aufgeregt am anderen Ende rufen. Die Polizei muss alles mitangehört haben. »Mondscheinallee«, weine ich ins Telefon. »Schnell. Hilfe!« Dann rutscht es mir aus der Hand. Jetzt heißt es warten und überleben.

Dass Mindi noch nicht da ist, scheint zu bedeuten, dass sie auch nicht mehr kommen wird. Vor den Nachbarn macht sie so etwas nicht. Sie ist die Vorzeigenachbarin.

Ich drücke den schreienden Oliver an mich und wippe ihn auf dem Treppenabsatz des Hauses der Millers hin und her. Warum nur sind wir so kaputt?

ANNE MILLER

Heute Nachmittag waren wir bei den Dachmanns zum Kaffee. Allesamt. Die ganze Nachbarschaft. Es ist schön, wenn wir gemeinsam etwas machen. Alle sind so lieb. Eine richtige kleine Vorstadt, mit wundervollen Menschen. Normalerweise habe ich nicht so viel mit ihnen zu tun, da ich nicht mehr hier wohne. Ich bin nur hier, wenn ich meine Eltern besuche. Dennoch ist es schön, etwas mit ihnen zu machen, auch wenn es nur Kaffee ist.

Jetzt stehe ich im Bad und mache mich fertig. Meine Eltern und ich gehen heute zum Abschied essen, denn morgen fahre ich schon wieder für ein paar Monate weg. Ich kippe das Fenster an, damit die Wärme abziehen kann, was nicht viel bringt, da es draußen auch noch sehr warm ist. Irgendjemand schreit. Nanu? So etwas gibt es doch hier sonst nicht. Hier gibt es nicht mal Gerüchte und Tratsch, da sich niemand etwas zuschulden kommen lässt.

Irgendetwas geht zu Bruch. Was ist denn da los? Vorsichtig spähe ich aus dem Fenster und lausche. Nichts. Niemand zu sehen. Alles liegt still da. Erneut erhebt sich eine Stimme. Eindeutig eine Frau. Aber noch immer ist nichts zu sehen. Wieder geht etwas zu Bruch. Das klingt ganz und gar nicht gut. Ich mache mir ein wenig Sorgen und blicke wieder auf der Straße herum. Meine Blicke gehen zu den Fenstern. Nirgendwo ist etwas zu sehen, aber dass die Stimmen von dort kommen, kann ich zuordnen.

Ertappt zucke ich zurück, als ein Fenster zugeschlagen wird. Ich sehe noch, wie gegenüber bei den Kiesels die Jalousien leicht wackeln. Die Kiesels streiten. Das ist mir vollkommen neu. Hoffentlich können sie sich wieder einigen und vertragen.

Das Essen ist lecker gewesen und ich hatte einen wunderschönen, entspannten Abend mit meinen Eltern. Das Wetter ist so schön, heute sind wir zu Fuß unterwegs. Es dämmert schon leicht, als wir in die Mondscheinallee einbiegen. Vor dem Haus der Dachmanns steht Rainers Auto. Darin sitzt eine fremde Frau, die sich die Lippen schminkt. Wer das wohl ist? Ich blicke automatisch zum Fenster und sehe wie Larissa weint. Wir sind kaum an der Haustür vorbei, da eilt Rainer mit Koffern aus dem Haus und wirft sie in den Kofferraum seines Wagens.

»Ich hab' es getan. Jetzt können wir ganz normal zusammen sein«, höre ich seine dumpfe Stimme aus dem Auto. Er scheint uns nicht bemerkt zu haben. Als wir um die Ecke biegen, blinkt uns Blaulicht entgegen. Was ist denn hier nur los? Erst das Geschrei am frühen Abend, dann Herr Dachmann mit den Koffern und nun Blaulicht. Ganz viel Blaulicht. Ein Krankenwagen und ein Polizeiauto stehen vor unserer Tür. Nein, vor der Tür der Familie Gross.

Ich sehe, wie die Polizei Mindi, die regungslos vor sich hinstarrt, in Handschellen abführt. Am Krankenwagen stehen Sanitäter, die mit Philipp reden. Philipp hat das Baby auf dem Arm und wendet den Blick beschämt ab, als ich zu ihm sehe. In seinen Augen sehe ich Schmerz. Seine Schulter ist verletzt und wird gerade behandelt.

»Was ist passiert?«, fragt meine Mutter besorgt, aber Philipp senkt nur wieder schweigend den Kopf.

Ein Polizist begleitet uns ins Haus und bittet um Diskretion. Wir verschwinden nach drinnen. Kurz darauf verschwinden auch die Autos. Und die Blaulichter.

Nachdenklich gehe ich zu Bett. Ich frage mich, was heute nur in unserer Nachbarschaft passiert ist. Mein Blick wandert hinüber zum Haus der Leonhardts. Dort ist alles ruhig. Zum Glück. Ein kleines Licht brennt in der Küche. Ansonsten ist alles dunkel und wieder unheimlich still.

Früh am Morgen wache ich von lauten Geräuschen auf. Türen, die zugeknallt werden. Dumpf, aber laut. Augenreibend setze ich mich auf und schaue aus dem Fenster, wo der Lärm herkommt. Die Kinder, Jacob und Sina, steigen gerade ins Familienauto. Frau Leonhardt wirft mit ausdruckslosem Gesicht die Tür zu. Das Auto sieht sehr vollgepackt aus. Ein Anhänger ist hinten angehängt. Auch dieser ist sehr vollgepackt. Neben der Einfahrt steht ein großes Möbelauto. Sieht gemietet aus. Ramona fährt los, kaum dass ihr Mann vor die Haustür getreten ist. Das Möbelauto folgt ihr. Bedrückt schaut Kris ihr hinterher. Mein Blick wandert zu den Fenstern. Das Haus sieht leer aus. Sehr leer. Kaum noch etwas ist drin. Kurz darauf schnappt sich Kris eines der Fahrräder und verschwindet ebenfalls.

Als ich im nächsten Sommer wiederkomme, steht das Haus noch immer leer. Weder Kris noch Ramona sind je wieder da gewesen. Nebenan bei den Gross' sind neue Nachbarn eingezogen. Mindi sitzt noch im Gefängnis. Larissa Dachmann lebt alleine in dem riesigen Haus mit dem ehemals so schönen Rosenbeet, welches nun traurig aussieht. Meine Eltern erzählen mir, dass man die Kiesels immer noch regelmäßig streiten hört und er die Scheidung eingereicht hat.

Ich dachte immer, unsere Nachbarschaft sei wie aus dem Bilderbuch. Was genau alles vorgefallen ist, weiß ich nicht, aber nun habe ich das traurige Gefühl, dass wir die einzige glückliche Familie hier sind.

22

Sandra Bollenbacher

ROT

Mit langsamen, ruhigen Bewegungen zog sie den Pinsel über die Fingernägel ihrer linken Hand: erst der kleine Finger, dann der Ringfinger, der Mittelfinger, der Zeigefinger und schließlich der Daumen. Der dunkle, blutrote Lack schimmerte im Licht der flackernden Kerze, die vor ihr auf dem antiken Schminktischchen mit den gebogenen Beinen stand. Lana hob die Hand, pustete ein paarmal über den nassen Lack und betrachtete sich skeptisch in dem großen, alten Spiegel, der über dem Tisch hing. Mehrere Risse zogen sich durch das Glas und einer davon schien die schwarze Rose zu köpfen, die in einer kunstvoll getöpferten Vase so dicht am linken Rand der Tischplatte stand, dass es einem Wunder glich, dass Lana sie noch nicht durch eine unbedachte Bewegung heruntergeworfen hatte. Neben dem halb leeren Nagellackfläschchen, der Kerze und der ungewöhnlichen Blume befanden sich nur eine Haarbürste, ein rundes Etui mit schwarzem Lidschatten, ein dünner Pinsel und ein brandneuer Lip-

penstift, der das gleiche kräftige Rot wie der Nagellack hatte, auf dem Schminktischchen. Lana pustete
nochmals über ihre Nägel, dann griff sie nach dem
Lippenstift und zog ihn mit zwei schnellen, routinier-
ten Bewegungen über ihre geschwungenen Lippen.
Ein letztes Mal fuhr sie mit der rechten Hand durch
ihre dicken, dunklen Locken, dann stand sie auf,
strich das enge, feuerrote Kleid glatt und schlüpfte in
die mit Nieten besetzten, schwarzen Stiefeletten.
Noch ein vorsichtiges Testen – ja, der Nagellack war
hart –, die schwere Lederjacke angezogen, die Kerze
gelöscht, und sie verließ ihr Apartment. Lana wohnte
im 85. Stock eines der modernsten Hochhäuser der
Stadt. Die weite Fensterfront ihres Wohn- und Schlaf-
zimmers eröffnete ihr einen atemberaubenden Blick
über die Dächer Chicagos – zumindest bei Nacht. Sie
konnte ewig mit der Stirn an die kühle Scheibe ge-
lehnt stehen und die Millionen kleiner Lichter betrachten, weiß, gelb, gold, rot, grün, blau, bis sich die
ersten Sonnenstrahlen zwischen den Wolkenkrat-
zern hindurch ihren Weg durch die Straßen zu bah-
nen begannen.

Ein kühler Wind erfasste ihre Haare und zog an
ihrem Kleid, als Lana die Straße betrat. Der Asphalt
war nass, doch es schneite nicht mehr, und das
Licht der Straßenlaternen spiegelte sich blitzend
und funkelnd auf dem Boden wider. Lana schloss

den Reißverschluss ihrer Jacke, schlang die Arme um sich und ging eilig los. Das Klappern ihrer Absätze hallte die menschenleere Straße entlang, dann bog sie um eine Ecke und alles war still.

Mario pickte nach einem Pilz, der von der Pizza gerutscht war, und spülte den letzten Bissen mit einem großen Schluck Wasser hinunter. Ein prüfender Blick auf die Radiouhr verriet ihm, dass er noch etwas Zeit hatte. Er warf den leeren Pizzakarton in den Müll, wusch sich die Hände und ging den dunklen Flur hinunter bis ans andere Ende. Kayleys Zimmertür war wie immer nur angelehnt und er schob sie vorsichtig, so leise er konnte, auf. Das bunte Nachtlicht drehte sich langsam und warf tanzende Projektionen von roten Weihnachtsmännern und braunen Rentieren an die hohe Decke. Kayley lag in ihrem Bettchen, Henry den Affen fest in ihren Ärmchen an ihre Brust gedrückt, und schlief. Mario schlich zu ihr, strich ihr zärtlich das dunkle, weiche Haar aus der Stirn und gab ihr einen sanften Kuss auf den Kopf. Kayley schlief unbeirrt weiter.

Die Uhr in Marios Auto zeigte genau 3.00 Uhr, als er die Zündung anließ und losfuhr. Den ganzen Abend lang hatte es geschneit und seine nassen Gummisohlen quietschten unangenehm auf Gas-

pedal, Kupplung und Bremse. Tagsüber brauchte er für die Strecke zum alten Theater mindestens eine halbe Stunde, doch nachts war er oftmals innerhalb von zehn bis fünfzehn Minuten dort. Meistens kam er sich lächerlich vor, an roten Ampeln stehen zu bleiben, wenn weit und breit kein anderes Auto zu sehen war, doch noch weniger konnte er sich dazu überwinden, sie einfach zu ignorieren. Mario genoss diese nächtlichen Fahrten durch das »andere Chicago«, wie er es nannte, auch wenn er Kayley nur ungerne alleine zu Hause ließ. Er tröstete sich mit dem Gedanken, dass er es ja für sie tat.

In dieser Nacht hatte er eine durchgehend grüne Welle und erreichte bereits um 3.08 Uhr sein Ziel. Mario parkte den Wagen unter einer Reihe von Bäumen, die mit winzigen Lichterketten geschmückt waren und so aussahen, als würden Tausende von Glühwürmchen in ihnen nisten. Er wartete noch zwei Minuten, atmete einige Male tief durch, dann stieg er aus und betrat durch eine unverschlossene Hintertür das alte Gebäude.

Ein schmaler Gang führte ihn zur Garderobe, eine breite Treppe über ein paar Stufen hinauf zum Saal. Es roch nach Holz, Farbe, Popcorn und Parfum. Von der Bühne her drang leise Klaviermusik zu ihm hinüber, und auch wenn er sie noch nicht sehen konnte, da der Vorhang geschlossen war, wusste er, dass

Lana bereits da war. Er joggte zwischen den unzähligen Sitzreihen nach vorne, schwang sich auf die Bühne und schob den schweren, muffigen Samtstoff zur Seite. Auf der Bühne brannte ein Scheinwerfer, der ihn blendete, und Mario wäre beinahe über einen verbeulten Helm gefallen, der vor ihm auf dem Boden lag. Wahrscheinlich das Überbleibsel eines dramatischen Gladiatorenkampfes. Lana saß abseits des Scheinwerferlichts an einem alten, verzogenen Holzklavier. Sie hatte aufgehört zu spielen, als Mario durch den Vorhang getreten war, stand nun auf und trat zu ihm ins Licht.

Wie immer stockte Mario der Atem, sobald er sie sah. Ungewollt glitten seine Augen über ihr Gesicht, ihre Figur hinunter und wieder hinauf und blieben an ihren nun leicht nach oben gekräuselten Mundwinkeln hängen. Das Blut schoss ihm in den Kopf, denn ihm wurde wieder einmal bewusst, dass sie seine Erregung mit absoluter Sicherheit sehr deutlich wahrnahm.

Lana strich sich die Haare hinter das rechte Ohr und lächelte traurig.

»Wie geht es ihr?«

Das war immer ihre erste Frage.

»Gut«, antwortete Mario. »Sie genießt ihre ersten Winterferien, auch wenn sie jetzt schon ganz aufgeregt ist wegen Weihnachten.«

Lanas Lächeln wurde etwas breiter und dennoch trauriger.

»Du könntest mitkommen und mit uns frühstücken«, bot Mario ihr an, wie jedes Mal.

»Nein.« Auch Lanas Antwort blieb bei jedem Treffen dieselbe. Es war, als würden sie ein Stück aufführen, bei dem sich der Text und die Handlung nur sehr wenig änderten. »Du weißt, dass ich das nicht kann.«

Mario nickte leicht. Dann, ohne seine Augen von Lana zu nehmen, griff er in seine Hosentasche und zog ein dickes Bündel Geldscheine hervor. Lana trat einen Schritt auf ihn zu und seine Hand zitterte leicht, als er die 100-Dollar-Noten in ihre zählte. Lana roch wie immer unglaublich gut und das, obwohl sie, wie er wusste, kein Parfum benutzte. Das brauchte sie nicht.

Jetzt hatte er sich verzählt.

»Sorry«, murmelte er verlegen und sie lachte leise. Ihr Lachen war wie die schönste Musik in seinen Ohren.

»... 600, 700. 2700 Dollar. Bitte schön.«

Lana schloss ihre schönen, blassen Finger um die Geldscheine und verstaute sie in ihrer linken Jackentasche. Aus der rechten zog sie sogleich ein kleines Stoffsäckchen und reichte es ihm. Ihre Finger berührten sich kurz, als er es entgegennahm, und sein Verlangen nach ihr wuchs sprunghaft an. Lana machte einen kleinen, unscheinbaren Schritt nach hinten, doch Mario war sich durchaus bewusst, weshalb, und er riss beinahe das Band ab, als er das Säckchen aufzog. Er formte die linke Hand zu einer Kuhle und ließ den Inhalt des Stoffbeutels hineingleiten. Das feine Goldkettchen und die kunstvoll geschliffenen Edelsteine, die daran befestigt waren, funkelten im hellen Scheinwerferlicht. Er hielt die Halskette prüfend in die Luft, dann zog er eine kleine Lupe aus der Hosentasche und schaute sich jeden einzelnen Stein genau an.

»Nun«, sagte er schließlich, ließ die Kette zurück in das Säckchen gleiten und dieses in der Innentasche seiner Jacke verschwinden. »Damit sollte Kayleys Collegefond ausreichend gefüllt werden. Jetzt muss sie nur noch die passenden Noten dazu schreiben.«

Wieder lachte Lana leise. Einen Augenblick lang sahen sie sich schweigend an, dann wich Lana seinem Blick aus und sie sagte: »Ich muss los. Ich treffe mich noch mit jemandem.«

»Beruflich oder privat?«

Die Worte kamen zu schnell. Mario biss sich auf die Lippe und sah Lana ängstlich an, doch sie schien nicht verärgert.

»Für mich ist es beruflich.«

Mario hasste es, wie erleichtert ihn diese Antwort

machte. Es konnte – nein, sollte! – ihm schließlich egal sein, was Lana tat. Außerdem wusste er sehr gut, wer sie war, *was* sie war und was sie tat. Letzteres kam immerhin auch ihm und ihrer gemeinsamen Tochter zugute.

Lana hatte sich bereits umgedreht und war kurz davor, durch den Backstage-Bereich zu verschwinden, als Mario noch etwas einfiel. Er hastete ihr hinterher und griff ohne zu überlegen nach ihrer Hand. Lana fuhr herum, ihre schwarzen Augen bohrten sich in seine, ihre kühle Hand brannte wie Feuer in seiner warmen, und im nächsten Moment hatte er die Arme um sie geschlungen und küsste sie, als hinge sein Leben davon ab. Wie hatte er sie nur jemals gehen lassen können? Der Gedanke daran schien ihm unbegreiflich, absolut absurd. Niemals, niemals wieder würde er Lana gehen lassen. Er gehörte zu ihr. Nichts in seinem Leben war so wichtig, wie bei ihr zu sein, sie zu küssen, sie zu spüren. Er wollte ihr gehören. Ganz und gar. Für immer – jetzt sofort. Er fuhr mit den Fingern in ihr dichtes Haar und führte ihren Kopf nach unten an seinen Hals.

Es war der schönste Schmerz. So süß. So unendlich. So absolut. Doch dann riss sich Lana von ihm los und ihre flache Hand klatschte so kraftvoll gegen seine Wange, dass sein Kopf zur Seite geschleudert wurde und er strauchelte.

»Wie konntest du nur. Du Idiot.« Ihre Stimme war nur ein Flüstern, doch in ihren Augen brannte feuriger Hass.

»Es tut mir leid, ich ...«, stammelte Mario, während er sich mit einer Hand das Gesicht hielt und mit der anderen in seiner Jackentasche etwas suchte. »Ich wollte dir nur etwas geben.«

»Ich will es nicht. Verschwinde.«

Lana wischte sich über die Lippen, was eine rote Spur aus Lippenstift und Blut wie das Grinsen des Jokers über ihre Wange zog.

»Es ist von Kayley.«

Für einen Sekundenbruchteil schien der Zorn aus Lanas Augen durch etwas anderes ersetzt zu werden, doch dann zischte sie abermals »Ich will es nicht!« und ging mit schnellen Schritten Richtung Bühnenausgang.

»Ich lege es hier hin, falls du es dir anders überlegst!«, rief Mario ihr hinterher, als Lana hinter der Bühne verschwand, und platzierte Kayleys Geschenk auf dem Klavier.

Für ein paar Minuten blieb Mario noch auf der Bühne stehen, dann ging er langsam zurück zu seinem Auto. Er knipste das Innenlicht an und betrachtete sich im Rückspiegel. Lanas Lippenstift war auf seinen Lippen und an seinem Hals. Zwei dünne Blutspuren, die eine etwas länger als die andere, liefen

träge hinunter Richtung Kragen. Mario befeuchtete ein Taschentuch mit etwas Spucke und richtete sich so gut es ging wieder her. Ein paarmal schlug er wütend aufs Lenkrad ein, enttäuscht, angewidert von sich selbst und zur gleichen Zeit so voller schmerzhaftem Liebeskummer. Dann ließ er den Motor an und fuhr los. Er wollte nur noch heim. Heim, zurück zu Kayley.

Die Tür fiel hinter Lana ins Schloss und sie lehnte sich für einen Augenblick erschöpft dagegen. Mühsam schälte sie sich aus der engen Kleidung und ließ sich aufs Bett fallen. Die ersten Sonnenstrahlen brachen durch die Wolkendecke und brachten sie zum Niesen. Ein letztes Mal stand sie auf, ließ den Rollladen hinunter und griff auf dem Weg zurück zum Bett nach ihrer Lederjacke, die sie über einen Stuhl geworfen hatte. Zwischen den losen Geldscheinen fischte sie ein Perlenarmkettchen hervor und kroch damit unter die Bettdecke. Lange lag sie noch da und betrachtete das Schmuckstück. Das Armkettchen war von unschätzbarem Wert: Es bestand aus vielen verschieden großen und bunten Plastikperlen, zwischen welchen vier Buchstaben aus Holz aufgereiht waren:

M – A – M – A

Lana wischte sich die stillgeweinten Tränen aus den Augen, streifte das Plastikarmkettchen über ihr Handgelenk und angelte nach ihrem Handy, um eine Textnachricht zu schreiben.

»Geschäftstermin verlief erfolgreich. Werde in spätestens einer Woche wieder etwas für dich haben. Vielleicht treffen wir uns nächstes Mal zum Frühstück?«

23

Sandra Bollenbacher

FÜR IMMER

Beinahe hätte ich das Pfeifen des Kessels über-
hört. Die neuen Kopfhörer sitzen so gut, dass ich
kaum etwas von dem, was um mich herum ge-
schieht, hören kann, dabei ist die Musik nicht besonders laut. Es ist natürlich unser Lied, das seit heute
früh rauf und runter spielt, und ich würde am liebsten dazu durch die Küche tanzen! Erinnerst du dich,
wie wir uns genau bei den ersten Tönen des Refrains
zum ersten Mal geküsst haben? Einerseits kommt es
mir so vor, als wäre es einhundert Jahre her, anderer-
seits, als wäre es erst gestern gewesen. Ich glaube,
ich habe meinen Freundinnen so oft von unserem
ersten Date und unserem ersten Kuss erzählt, die
Momente so oft erneut durchlebt, dass ich sie nie
vergessen werde! Oh, erinnerst du dich noch an das
Schaf? Mir kommen noch immer die Tränen vor Lachen, wenn ich daran denke. Wie doof es durch die
Scheibe ins Auto geguckt und wie vorwurfsvoll es
gemääääht hat! Ich hätte mich nicht gewundert,
hätte es mahnend einen Zeigefinger erhoben. Dabei

haben wir ja nichts Verbotenes getan … Zwar war die romantische Stimmung trotz Händehalten und Sonnenuntergang dahin, doch mit dir zu lachen und herumzualbern (deine Schaf-Imitation war übrigens der Knaller!), das war es. Das war der Moment. Wir haben uns angesehen, atemlos, Lachtränen in den Augen und knallrote Wangen, und ich wusste es. Ich wusste, dass ich mein Leben mit dir verbringen wollte. Nein, dass ich mein Leben mit dir verbringen würde. Ich wusste es einfach.

So, der Tee ist aufgegossen und muss jetzt nur noch ein paar Minuten ziehen, dann kann es losgehen. Das meiste habe ich schon vorbereitet. Wir essen natürlich wieder auf dem Hochhausdach! Das Wetter ist zum Glück perfekt dafür und die Aussicht ist atemberaubend. Heute Morgen hat es zwar kurz geschneit, doch dann schien den ganzen Tag über die Sonne und jetzt ist der Himmel sternenklar. Frag mich nicht, wie ich das Tischchen dort hinauf bekommen habe! Ich glaube, dieses Mal lasse ich es einfach dort stehen für nächstes Jahr. Ich mache eine Plane drüber oder so, damit es wenigstens etwas vor der Witterung geschützt ist, aber selbst wenn es etwas abbekommt, ist das ja auch nicht so schlimm. Es sieht sowieso noch zu neu aus. Nicht richtig. Der Tisch, an dem du mir den Antrag gemacht hast, war schon alt und hatte rostige Beine.

Weißt du noch, wie er gewackelt hat, als ich dich gezeichnet habe? Nein, wirklich! Hätte der Tisch nicht so gewackelt, wäre mir das Portrait viel besser gelungen. Außerdem hat der Wind so stark geblasen, dass mir der Schal andauernd vor die Augen geweht wurde. Heute ist es aber zum Glück beinahe windstill, sodass ich problemlos die Kerzen anzünden kann. Es sind die gleichen, die wir bei unserer Hochzeit auf den Tischen hatten. Na ja, zumindest fast. Der Laden, in dem wir die Kerzen gekauft hatten, hat letztes Jahr dicht gemacht. Hätte ich das vorher gewusst, hätte ich uns einen kleinen Vorrat an Kerzen gekauft. Aber die, die ich jetzt habe, sehen fast genauso aus. Wahrscheinlich hättest du den Unterschied eh nicht bemerkt, wenn ich nichts gesagt hätte.

Jetzt ist alles bereit. Die Kerzen, der Tee und der Teller mit den Weihnachtsplätzchen stehen auf dem Tisch und hier ist der Gedichtband von Robert Frost, aus dem wir bei unserer Trauung gelesen haben, doch eigentlich brauche ich ihn nicht. Unser Gedicht kann ich seither auswendig:

> *Two roads diverged in a yellow wood,*
> *And sorry I could not travel both*
> *And be one traveler, long I stood*
> *And looked down one as far as I could*
> *To where it bent in the undergrowth;*

Then took the other, as just as fair,
And having perhaps the better claim,
Because it was grassy and wanted wear;
Though as for that the passing there
Had worn them really about the same,

And both that morning equally lay
In leaves no step had trodden black.
Oh, I kept the first for another day!
Yet knowing how way leads on to way,
I doubted if I should ever come back.

I shall be telling this with a sigh
Somewhere ages and ages hence:
Two roads diverged in a wood, and I
I took the one less traveled by,
And that has made all the difference.

In Nächten wie dieser frage ich mich oft: War der Weg, den wir gewählt haben, schwierig? Ja. Wäre mein Leben einfacher gewesen, hätte ich einen anderen Weg gewählt? Wahrscheinlich.

Doch wäre ich glücklich gewesen? Nein.

Wie hätte ich ohne dich glücklich sein können?

Seit dem letzten Neumond sind nur wenige Tage vergangen und die dünne Sichel steht über den Dächern der Stadt, umringt von unzähligen Sternen.

Der Tag war trotz des Sonnenscheins kühler als die ersten zwei Dezemberwochen und ab und zu fährt mir die kalte Nachtluft in die steifen Glieder und ich erschaudere. Der Tee wärmt mich, doch nichts vermag mich so zu wärmen wie deine Arme es taten. Ich blicke hinaus in die Nacht und stelle mir vor, du wärst bei mir, doch wenn ich zurück zu deinem Stuhl schaue, ist er leer, nur dein alter Gehstock lehnt dagegen. Ich esse ein Plätzchen und schließe die Augen. Ich höre dein helles Lachen, schmecke deine weichen Lippen und rieche dein Parfum.

Zwanzig Jahre lebte ich ohne dich, bis wir uns trafen. Siebenundfünfzig Jahre, siebenundfünfzig wundervolle Jahre durften wir zusammen genießen.

Und seit vierzehn Jahren warte ich darauf, dich endlich wiederzusehen. Vielleicht ja schon zu unserem nächsten Hochzeitstag?

Falls nicht, werde ich wieder hier oben sitzen und unsere Liebe feiern, auch wenn die vielen Stufen mir von Jahr zu Jahr mehr zu schaffen machen und die kalte Luft mehr schmerzt als erfrischt und die Plätzchen immer härter scheinen, da ich nicht mehr so gut kauen kann. Aber wenn ich die Augen schließe, bist du wieder bei mir und es ist, als wärst du nie fort gewesen, und irgendwann, wenn ich die Augen ein letztes Mal schließe, dann werde ich wieder bei dir sein und bei dir bleiben. Für immer.

24

Sandra Bollenbacher & Lisa Darling

DAS ADVENTSLAMA

Es war einmal ein Lama, das immer zu lahm war. Egal ob in der Schule, bei der Fütterung oder am Bahnhof: Das Lama kam immer zu spät und wurde gerügt, bekam nur noch Krümel zu essen oder verpasste den Zug.

»Wenn du weiterhin so lahm bist, wird nie etwas aus dir werden«, haben sie gesagt. »Du bist ein Versager, Richie!«, haben sie gespottet. »So wird dich niemals jemand ernst nehmen«, haben sie geschimpft.

Deshalb beschloss das Lama Richie, es ihnen allen zu zeigen.

Tage-, wochen-, ja sogar monatelang suchte Richie nach einer Chance, wie er sich beweisen konnte. Express-Kurier? Nein, er mochte die Straßen mit den vielen Autos nicht. Radrennfahrer? Lieber nicht, dann würden die anderen Lamas ihn nur auslachen und sagen, er habe gecheatet.

Doch dann, eines Winterabends, trug es sich zu, dass er gemütlich in seinem Ohrensessel saß und in aller Ruhe das Kreuzworträtsel der aktuellen Tages-

zeitung ausfüllte. Da fiel ihm die Stellenanzeige auf der gegenüberliegenden Seite ins Auge.

Suche neues Rentier für meinen Schlitten, nachdem Blitzen vorzeitig in Rente gegangen ist. Voraussetzung: Elegantes Auftreten, guter Orientierungssinn, ausgewachsen. Hohoho, der Weihnachtsmann.

Das klang hervorragend! Und es stand nirgendwo, dass es ein Rentier sein musste, oder? Leider las er nichts darüber, dass man besonders schnell sein sollte, doch welche Tiere waren bitte schön schneller als die Rentiere des Weihnachtsmanns? In einer Nacht schafften sie es, jedes einzelne Kind auf der ganzen Welt zu besuchen! Ja, wenn Richie diesen Job bekam, würde niemand mehr über ihn lachen.

Er sprang auf, stolperte über das Kissen, das von seinen Knien gefallen war, tänzelte um den Couchtisch herum, drehte eine Pirouette und kam sicher wieder zum Stehen: genau vor der Schublade mit dem Briefpapier. Wunderschönes Briefpapier mit seinen Initialen, *R. L.*, für *Richard Lama*. Das hatte ihm seine Großmutter einst zu Weihnachten geschenkt und er holte es nur zu besonderen Anlässen hervor. Und eine Bewerbung beim Weihnachtsmann höchstpersönlich war ein besonderer Anlass!

Bis tief in die Nacht saß Richie da und schrieb an seiner Bewerbung. Erst ein paarmal auf Schmierpapier, bis er jeden Satz perfektioniert hatte, und dann mit seinem Füllfederhalter in dunkelblauer Tinte, ganz langsam und ordentlich, auf dem schicken Briefpapier mit den verzierten Ecken und seinen Initialen. Er achtete penibel darauf, keine unschönen Tintenkleckse auf das Papier zu bekommen, und unterschrieb die fertige Bewerbung schließlich mit einem präzisen Hufabdruck.

Auch wenn die Postbotin erst am nächsten Abend kommen und den Briefkasten am Eck leeren würde, warf Richie seinen Brief noch in derselben Nacht ein. Auf dem Rückweg zu seinem Stall fiel die erste winzige Schneeflocke vom dick behangenen Nachthimmel und landete auf seiner Nase.

»Das ist bestimmt ein gutes Zeichen!«, dachte Richie und krabbelte aufgeregt in sein Bett aus Heu.

Eine Woche verging, in der Richie – der ab sofort von allen nur noch Richard genannt werden wollte, weil das für ein Rentier in spe angemessener war – all seinen Freunden davon erzählte, dass er sich beim Weihnachtsmann auf eine ganz besondere Stelle beworben hatte, nämlich als neues, zwölftes Rentier in dessen Schlittengespann. Das Gelächter war groß.

»So ein lahmes Lama wie dich nimmt der doch nie!«

»Ein Lama als Rentier? Das glaubst du doch selbst nicht!«

»Du wirst sicher als Hufputzer enden, hahaha!«

Zunächst ließ Richie sich davon nicht entmutigen, doch als nach zwei Wochen immer noch keine Antwort in seinem Briefkasten lag, musste auch er allmählich einsehen, dass die anderen wohl recht hatten: Er war ein Versager. Ein lahmes Lama, kein stattliches, flinkes, elegantes Rentier.

Weihnachten kam, dann Silvester und während draußen das Feuerwerk knallte und die anderen Lamas eine Party feierten, saß Richie traurig zu Hause.

»Der Weihnachtsmann hätte mir wenigstens eine Absage schicken können«, dachte er verbittert und kickte eines seiner Weihnachtsgeschenke, die er nicht einmal ausgepackt hatte, mit dem Huf unters Bett.

Im Frühling nahm Richie schließlich eine Halbtagsstelle im Streichelzoo an, wo er so langsam wie möglich im Kreis gehen musste, während kleine Kinder auf ihm herumturnten. Das Gelächter der anderen Lamas hörte Richie schon gar nicht mehr. Mit hängendem Kopf trottete er am Zaun entlang, ließ sich geduldig von klebrigen Händen im Fell herumzotteln und nahm vorsichtig die angebotenen Leckereien entgegen. Und dennoch: Jedes Mal, wenn er zum Briefkasten ging und ein Umschlag darin steckte, machte sein Herz einen kleinen Hüpfer, denn irgendwo ganz tief in ihm drinnen hatte er die Hoffnung noch immer nicht aufgegeben.

Dann, an Ostern, fand Richie einen knallroten Um-

schlag im Blumenbeet hinter einem Körbchen mit bunten Eiern. Absender: *Der Weihnachtsmann.*

Seine Augen wurden riesig, sein Herz pochte so doll, dass er das Gefühl hatte, es würde ihm jeden Moment aus der Brust hopsen. Mit zittrigen Hufen nahm er den Umschlag an sich. Doch er war so nervös, dass sein Huf jedes Mal abrutschte, wenn er versuchte, ihn zu öffnen. Ungeduldig riss er ihn schließlich auf, sodass auch der Brief einmal längs in der Mitte zerriss. In jedem Huf einen Teil des Briefs haltend fügte er ihn vor seinen Augen zusammen und las die Worte des Weihnachtsmanns:

Lieber Richie, vielen Dank für deine Bewerbung. Herzlichen Glückwunsch, du hast die erste Phase der Bewerbungsrunde erfolgreich gemeistert und bist in der engeren Auswahl! Bitte komm am 1. Mai um 8 Uhr zu meinem Rentiertrainingscenter, Flugticket anbei. Ein herzliches Hohoho, der Weihnachtsmann.

Richie starrte auf die geschwungene Handschrift in tannengrüner Tinte, dann las er den Brief noch dreimal. Trotzdem schwirrten etliche Fragen durch seinen Kopf: Warum duzte der Weihnachtsmann ihn, als kannten sie sich bereits? Welche erste Phase der Bewerbungsrunde? Wie hatte er diese gemeistert? Es gab ein Rentiertrainingscenter? Wo? Und welches Flugticket überhaupt?

Die erste Freude wurde schnell von einem ungu-

ten Gefühl in seinem Magen verdrängt: Der Weihnachtsmann hatte ihn verwechselt, anders konnte
es gar nicht sein. Doch als er mit zitternden Hufen
den Umschlag aufhob, fand sich darin wirklich ein
schmales Ticket, ausgestellt auf Richard Lama für
den 30. April, 17.12 Uhr, Fensterplatz, zur Weihnachtsstadt am Nordpol.

Und zu genau diesem Zeitpunkt saß er wenig später auch in genau diesem Flugzeug. Die letzten Tage
hatte er damit verbracht, zu trainieren. Vor allem
viel gejoggt war er. So ein lahmes Lama wie er würde sonst sicher sofort im Trainingscenter aussortiert werden. Mit lautem Gelächter. Hätte er in seiner Bewerbung schreiben sollen, dass er langsam
war? War es denn von Bedeutung? Immerhin flogen
die Rentiere des Weihnachtsmanns. Fliegen war
doch sicher einfacher als Laufen? Würde er im Trainingscenter einen Flugtest machen müssen? Oh Gott,
er hätte lieber Fliegen lernen sollen! Er konnte doch
gerade so hüpfen! Das würde ein lautes Gelächter
werden ... So, wie es bereits sein ganzes Leben
kannte. Doch um das Flugzeug wieder zu verlassen,
war es zu spät ... Es hob gerade ab.

Viele Stunden später landete die kleine Maschine
in einem weißen Nichts unter einem strahlend blauen Himmel. Richie rieb sich die müden Augen – vor
Aufregung hatte er auf dem Flug keine Minute ge

schlafen. Wenig später trottete er mit seinem Gepäck über den harten, blendend weißen Schnee auf einen Hundeschlitten zu, auf dem ein Elf in grünem Anorak saß und ein Schild mit Richies Namen hochhielt. Kaum dass er saß, flitzte der Schlitten auch schon los und Richie verlor endgültig jede Hoffnung: Auch die Huskys waren viel schneller als er!

Eine gefühlte Ewigkeit fuhren sie durch das weiße Nichts, bis Richie am Horizont Gebäude ausmachte. Kurz darauf passierten sie einen Hochsicherheitszaun und die Hunde verlangsamten ihre Geschwindigkeit. Fabrikgebäude, Lagerhallen, Wohnhäuser und Büros säumten die weiße Straße und der Elf erzählte irgendetwas von »Geschenkpapieratelier«, »Spielzeugerfinderwerkstatt« und »Wunschlistenarchiv«.

Schließlich hielten sie vor einem riesigen Stall, aus dem es köstlich nach frischem Heu und saftigen Äpfeln duftete. Mit wackligen Knien kletterte Richie vom Schlitten und ging auf das breite Tor zu, über welchem in gold-glänzenden Lettern »Geschenkeauslieferung« stand. Er streckte gerade einen zitternden Huf aus, um das Tor zu öffnen, da öffnete es sich wie die automatischen Türen eines Supermarkts und vor ihm stand ein großer Mann, der niemand anderes sein konnte als der Weihnachtsmann höchstpersönlich. Er trug einen roten Schneeanzug und hatte seine weißen Haare zu einem Pferdeschwanz gebunden.

»Ah, Richie, wie schön, dass du da bist. Komm rein, komm rein!«, rief er strahlend und trat zur Seite.

»R-Richard«, wagte sich Richie trotz allen Respekts zu korrigieren. *Richard* wirkte seiner Meinung nach einfach viel seriöser. Und bei diesem Vorstellungsgespräch wollte er so viel Seriosität an den Tag legen wie nur irgend möglich. Mit vor Aufregung schlotternden Hufen folgte er dem Weihnachtsmann in die Hallen. Vor lauter Nervosität hatte er gar keine Augen für all die Gerätschaften und Elfen und Geschenke, die in der Halle umherwuselten oder herumlagen.

»Ich habe mich sehr gefreut über deine Bewerbung. Bist du dir dessen bewusst, dass du das erste Lama bist, das sich bei mir um den Posten als Rentier bewirbt?« Richie wollte etwas antworten, doch ihm kamen keine Worte über die Lippen. »Das könnte ein großer Schritt für alle Lamas sein. Bisher bewarben sich immer nur Rentiere. Du bist das erste andere Tier überhaupt, das mir eine Bewerbung geschickt hat.«

Lächelnd drehte der Weihnachtsmann sich um, nachdem sie sein Büro betreten hatten, das nach Zimt und Bratapfel roch, dann ließ er sich auf seinem Bürostuhl nieder und deutete Richie an, sich wahlweise auf einem großen Sitzkissen niederzulassen oder auf einen bequemen Sessel zu setzen. »Möchtest du Kekse? Milch? Greif nur zu!«

Doch Richie war viel zu nervös, um auch nur einen Krümel hinunterzubekommen. Wahrscheinlich hätte er sich daran verschluckt und seine Hufe hätten so sehr gezittert, dass die Milch aus dem Glas geschwappt wäre. Auf dem Sitzkissen nahm er jedoch dankend Platz – nun konnte der Weihnachtsmann wenigstens nicht mehr seine Knie zittern sehen!

»Also Richie – Richard – entschuldige, ich kenne dich schließlich, seit du ein kleines Fohlen warst«, lachte der Weihnachtsmann in einem wohlklingenden Bass. »Also Richard, verrate mir: Warum hast du dich als Lama auf die Rentierstelle beworben?«

»Weil ich es als Chance sehe, meine Stärken zu demonstrieren und dabei Ihr Unternehmen zu unterstützen, welches ich sehr wertschätze.« Richie war auf diese Frage vorbereitet gewesen, denn er hatte im Internet nach der besten Antwort gesucht.

Der Weihnachtsmann legte den Kopf schief und lächelte Richie gutmütig an.

»Soso. Na gut, dann sollten wir auch direkt loslegen, oder? Am besten, ich zeige dir, was deine Arbeit als Rentier des Weihnachtsmanns beinhalten würde, und du kannst dich an den verschiedenen Aufgaben ausprobieren.«

Oh Gott, Probe arbeiten! Jetzt sofort!

Doch Richie war schnell auf den Beinen, wenn auch wackelig, und folgte dem Weihnachtsmann wie-

der hinaus aus seinem Büro, an gemütlich aussehenden Ställen vorbei zu einer kleinen Gruppe von Rentieren, die eifrig bei der Arbeit war.

»Comet wird dich einweisen«, sagte der Weihnachtsmann, gab Richie einen Klaps auf den Rücken und war im nächsten Moment verschwunden.

Eins der Rentiere kam zu Richie hinüber und nickte freundlich. »Also im Grunde genommen ist alles sehr einfach: Bis Ende August haben wir Rentiere nicht viel zu tun. Diese Zeit nutzen wir, um zu trainieren.«

Richie blickte sich um, konnte jedoch keine Fitnessgeräte sehen. Wahrscheinlich gab es irgendwo eine Rennbahn.

»Ab September geht's dann rund: Der Weihnachtsmann erstellt die Listen, die Elfen beginnen mit der Produktion und der Verpackung und sobald die ersten Geschenke fertig sind, legen wir los: Ab damit in die Säcke und – sortiert nach Kontinent, Land, Stadt und Straße – zu den Kunden. Dabei müssen wir –«

»Moment«, unterbrach Richie das Rentier verwirrt. »September?«

»Natürlich«, lachte Comet. »So früh wie möglich.«

»Aber ich dachte ... in der Weihnachtsnacht ...«

Comet schüttelte schmunzelnd den Kopf. »Hat dich der Chef etwa noch nicht eingeweiht? Das ist doch alles nur Marketing. Wie sollen wir denn bitte in nur einer Nacht alle Geschenke verteilen? Nee, nee. So-

bald die ersten Lebkuchen in den Supermärkten sind, fangen die Menschen damit an, sich mit Weihnachten zu befassen, und die Geschenkproduktion und -auslieferung beginnt. Es ist also eigentlich mehr ein Adventsunternehmen als ein Weihnachtsunternehmen. Also was ich sagen wollte: Es ist extrem wichtig, ganz genau, sorgfältig, vorsichtig, gewissenhaft und geduldig zu sein. Die richtigen Geschenke müssen unversehrt am richtigen Ort ankommen. Komm, ich zeige dir alles …«

Comet brachte Richie zu den anderen Rentieren und zeigte ihm die Übungslisten und Geschenkattrappen, mit denen sie trainierten. Es dauerte nicht lange, und Richie hatte den Dreh raus. Eigentlich war es ganz einfach und machte ihm unheimlichen Spaß: die Namen auf den Listen mit den Namen auf den Geschenken abgleichen, den richtigen Säcken zuordnen, diese auf die richtigen Transportschlitten verteilen – jedes Rentier hatte seinen eigenen – und dann ab damit zum imaginären Kunden. Nur dass sie dafür Monate Zeit hatten und überhaupt nicht alles in einer Nacht schafften, stimmte ihn nachdenklich. Wie sollte er denn so den anderen Rentieren beweisen, wie supertoll und schnell er war?

Die Zeit jedoch verging wie im Flug und als Richie das letzte Geschenk ablieferte, öffnete ihm der Weihnachtsmann die Tür. Hungrig nahm Richie dieses

Mal die angebotenen Kekse an und streckte seine müden Beine auf dem flauschig-weichen Kissen aus, während der Weihnachtsmann ihm gegenüber Platz nahm.

»So, mein lieber Richard, wie hat dir die Arbeit denn gefallen?«

»Ganz wunderbar«, strahlte Richie.

»Comet hat mir erzählt, dass du in der Mittagspause aus Papierresten Etiketten gebastelt, mit einem Weihnachtsgruß versehen und an die Geschenke gehängt hast.«

»Och, na ja, ich dachte, das wäre eine hübsche Idee«, sagte Richie verlegen.

»Eine ganz wunderschöne sogar«, schmunzelte der Weihnachtsmann. »Hast du noch irgendwelche Fragen?«

Nun senkte Richie den Kopf. »Na ja, ich frage mich noch, wie genau das mit der Auslieferung aussieht. Auch wenn wir mehrere Monate Zeit dafür haben, reicht es doch sicher nicht aus, um im, na ja, normalen Tempo die Geschenke auf der ganzen Welt zu verteilen, oder?«

»Ach so, das«, lachte der Weihnachtsmann und zwinkerte. »Das machen wir einfach mit ein bisschen Weihnachtsmagie.«

»Oh«, sagte Richie und eine neue Hoffnung machte sich in ihm breit. »Wir sind dann mit Magie be-

sonders schnell und rasen um die Erde?«

»Nein, das wäre viel zu gefährlich«, antwortete der Weihnachtsmann. »Es gibt ein Zaubertor, durch das ihr ganz fix an den richtigen Ort gelangt.«

»Oh«, sagte Richie wieder, dieses Mal enttäuscht. Dann würde er ja gar nicht *wirklich* schnell sein. Es war eher so etwas wie ... na ja, wie zu cheaten.

»Aber Richard, vielleicht kannst du mir meine Frage von heute Morgen noch einmal beantworten: Warum hast du dich als mein Rentier beworben? Und bitte antworte dieses Mal mit deinem Herzen, nicht mit deinem Verstand.«

Richie starrte den Weihnachtsmann an. *Weil ich den anderen Lamas beweisen wollte, dass ich nicht lahm bin*, dachte er. Aber war es das, was der Weihnachtsmann hören wollte? Es war sicher nicht die beste Antwort für ein Jobinterview. Doch die gütigen Augen des Weihnachtsmanns machten es unmöglich zu lügen und schließlich platzte es aus Richie heraus:

»Ich möchte etwas tun, in dem ich gut bin – nein, *sehr* gut bin. Besser als alle anderen. Der Beste!«

Erschrocken schlug er sich einen Huf vor die Lippen. Hatte er das gerade wirklich gesagt? War es das, was er wirklich dachte? Wirklich wollte? Doch im selben Moment war er sich bewusst: Ja. Letztendlich ging es ihm gar nicht darum, den anderen Lamas zu beweisen, dass er genauso schnell war wie

sie. Er wollte seinen Platz in der Welt finden – einen Platz, wo es egal war, wie schnell er war, wo es egal war, was er *nicht* konnte – wo das zählte, worin er gut war!

Der Weihnachtsmann nickte, als wüsste er ganz genau, was Richie meinte. »Und weißt du was?«, antwortete er mit einem freundlichen Lächeln und einem besonders warmen Ton in seiner Stimme. »Diese Berufung hast du soeben gefunden. Ich denke, das hier ist es, worin du besonders gut bist. Und ich würde mich freuen, dich als mein neues Rentier begrüßen zu dürfen.«

Lächelnd drehte der Weihnachtsmann sich um und kramte in einer Schublade seines Schreibtischs, während Richies Herz ein paar Schläge aussetzte. Er … hatte es geschafft? Er war das neue Rentier? Lamatier? Vor lauter Überwältigung bekam er gar keine Worte heraus.

»So …« Der Weihnachtsmann wandte sich ihm wieder zu und legte ihm einen Stapel Papiere hin. »Hier ist der Vertrag. Und hier …« Er zog einen Haarreif mit echtem Rentiergeweih hervor und überreichte ihn Richie. »Das ist für dich. Rein symbolisch. Du musst ihn nicht aufsetzen, wenn –« Doch da hatte Richie ihm den Reif schon aus der Hand gerissen und ihn sich mit stolz funkelnden Augen auf den Kopf gesetzt.

Den Vertrag hatte er ebenfalls in Windeseile unterschrieben. Der Weihnachtsmann schüttelte ihm den Huf und klopfte ihm auf die Schulter.

»Herzlich Willkommen.«

»Vielen Dank, Herr Weihnachtsmann.«

»Du kannst mich gerne Klaus nennen, Richard«, antwortete der Weihnachtsmann mit einem vergnügten Zwinkern.

»Richie. Bitte sag doch Richie«, strahlte Richie, das frisch gebackene Adventslama, glücklich.

 **Sandra Bollenbacher** hat bereits im Grundschulalter für ihre kleine Schwester Märchen erfunden und auch jetzt schreibt sie am liebsten Geschichten, die irgendetwas Fantastisches an sich haben. Literatur und Sprache sind ihre große Liebe: Nach dem Anglistik-, Psychologie- und Philosophie-Studium zog es sie in die Verlagswelt und heute arbeitet sie als Lektorin im wunderschönen Heidelberg.

 **Lisa Darling** schrieb schon als Kind gerne: Kurzgeschichten, Gedichte, Fan-Fiction. Als Teenager wurden dann die ersten Kurzbücher daraus und das Schreiben ist bis heute eine ihrer Leidenschaften geblieben. Nach ihrem Medienmanagement-Studium hat sie sich als Sprecherin selbstständig gemacht und ist heute die Stimme von vielen spannenden Hörbüchern.

Zwischen Vertrauen und Verrat, Liebe und Freundschaft, Magie und Tod

Seelenfetzen – Traumtürchen Band 1
Sandra Bollenbacher
ISBN: 978-3-7482-8250-1
540 Seiten
15,90 € (D)

Alex ist tot und es ist Bens Schuld. In einer Welt, in der Magie verboten ist und magische Wesen in den Untergrund geflüchtet sind, macht sich Ben auf die Suche nach den geheimnisvollen Magi, um mit ihrer Hilfe seine große Liebe zurückzuholen. Dafür muss er nicht nur ungewöhnliche Zauberzutaten stehlen, gegen Dämonen kämpfen und sich vor den Magiejägern der Regierung verstecken, sondern vor allem eins: seine eigenen Ängste überwinden und sich einem anderen Menschen anvertrauen. Doch wem kann er wirklich vertrauen? Und wie kann er verhindern, dass seine Freunde sein eigenes, dunkles Geheimnis entdecken?

Seelenfetzen – Traumtürchen Band 1
Leseprobe

Es war einer dieser nasskalten Januartage, an dem der Himmel das gleiche Grau angenommen hatte wie der Schneematsch auf den Straßen. Dieser wurde an den Winterschuhen der Passanten bis in die überheizten Züge der U-Bahn getragen und verführte nicht wenige Fahrgäste zum beliebten Ausrutschen-und-bloß-nicht-hinfallen-Tanz. Die geübtesten unter ihnen, die Profis, hatten ihre Choreografie in jahrelangem Training perfektioniert und nicht einmal ihr teilnahmsloser Gesichtsausdruck ließ den inneren Ehrgeiz durchblicken: Am besten tanzte man diesen alljährlichen Tanz nämlich dann, wenn niemand bemerkte, dass man es tat. Wer konnte, hatte sich einen der am frühen Abend raren Sitzplätze ergattert und entging so der Versuchung.

Mit einem leisen Zischen schlossen sich die Türen des Zugs und er setzte sich in Bewegung.

Auf einem Platz direkt neben der hintersten Tür saß ein junger Mann Anfang zwanzig. Niemand bemerkte ihn und auch er hatte, tief in sein Buch versunken, die Welt um sich herum ausgeblendet. Immer wieder fiel ihm sein dunkles Haar beim Lesen vor die Augen und alle paar Minuten, wenn er umblätterte, pustete er es geduldig aus seinem Sichtfeld.

Dann, nur für ein oder zwei Sekunden, wurde sein Blick leer, jede seiner Bewegungen stoppte abrupt und er schien vollkommen erstarrt.

Eins. Zwei. Drei.

Er riss Augen und Mund weit auf und holte laut keuchend Luft, ganz wie jemand, der fast ertrunken war und in allerletzter Sekunde die Wasseroberfläche erreicht hatte, um diesen tiefen, lebensrettenden Atemzug zu nehmen.

Hell, dunkel, hell, dunkel. Die ihn umgebende Welt bestand allein aus Licht und Schatten.

Dann Augen. Hunderte von Augen, die ihn anstarrten. Gesichter. Menschen um ihn herum, die ihn beobachteten; in ihren Blicken Überraschung, Ekel, Ärger, Angst.

Keine Geräusche bis auf ein lautes Ba-bumm-ba-bumm-ba-bumm. Blut, das in seinen Ohren rauschte und jedes andere Geräusch außerhalb seines Körpers übertönte.

Der Zug hielt. Der junge Mann sprang auf, wobei das Buch von seinen Knien rutschte und auf den nassen Boden des Wagons fiel, und er kämpfte sich seinen Weg durch die Masse an Leuten, die ebenfalls aussteigen wollten.

Licht und Schatten, bösartige Blicke.

Ba-bumm-ba-bumm-ba-bumm schlug das Herz in seiner Brust.

Er erreichte eine glatte, kalte Wand, stützte sich mit einer Hand dagegen und übergab sich.

Sekunden vergingen, vielleicht Minuten. Langsam beruhigte sich sein Herzschlag und seine Sinne nahmen ihren regulären Dienst wieder auf.

Lautsprecherdurchsagen. Eilige Schritte, die an ihm vorbeigingen. Der Geruch von nasser Kleidung, Parfum und Erbrochenem.

Plötzlich spürte er eine Hand an seiner Schulter und er fuhr herum, seine Pupillen weit, sein Blick gehetzt. Vor ihm stand eine ältere Frau, die ihn halb besorgt, halb ängstlich ansah.

»Alles okay?« Er starrte sie regungslos an. »Hier, du hast dein Buch fallen lassen.« Sie hielt es ihm entgegen, doch er schenkte dem Buch genauso wenig Beachtung wie ihren Worten.

Der Bahnsteig hatte sich zwischenzeitlich geleert und die U-Bahn fuhr ab. Bis auf zwei Männer, die an einem Snackautomaten standen, waren sie alleine.

»Ähm, also, dein Buch ...«

»Wo bin ich?«

»N3b.«

»Was?«

»Nordviertel, Zone 3, Abschnitt b.«

»In Iantos?«

»... ja?«

»Fuck.«

**Plötzlich Superkräfte – und dann?
Die Welt retten?
Ach nee, lass mal …**

microman: **kein fucking superheld**
Lisa Darling
ISBN: 978-3-7407-2456-6
312 Seiten
12,90 € (D)

Jasper ist ziemlich faul. Mit der Schauspielerei läuft es nicht so richtig und eigentlich hängt er lieber mit heißen Bräuten und Kumpels ab. Er ärgert sich mit durchgedrehten Ex-Affären herum, hasst seine Mutter leidenschaftlich und mag es, mit seiner besten Freundin Cora Gras zu rauchen. Als Jasper plötzlich immer häufiger Aussetzer hat, nach denen er nackt an einem anderen Ort wieder zu sich kommt, ahnt er, dass mit ihm irgendetwas nicht stimmt. Aufklärung kann ihm da nur sein Dad geben. Doch der hat nicht nur Antworten auf Jaspers Aussetzer. Er bringt auch einen ganzen Haufen neuer Probleme und einen Feind mit …

Die microman-Trilogie

microman 2: fucking superhelden
Lisa Darling
ISBN: 978-3-7407-2928-8
308 Seiten
12,90 € (D)

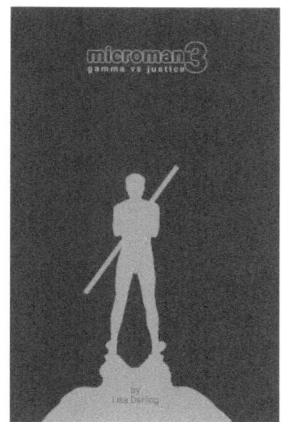

microman 3: gamma vs justice
Lisa Darling
ISBN: 978-3-7407-4537-0
296 Seiten
12,90 € (D)

Und plötzlich stehen nicht nur die Häuser Kopf ...

Incantaras
Lisa Darling
ISBN: 978-3-7407-3404-6
360 Seiten
12,00 € (D)

Was für Augustus als ganz normaler Tag beginnt, zerbricht schlagartig, als er vom plötzlichen Tod seiner Eltern erfährt. Nicht nur, dass er mit diesem schrecklichen Verlust klarkommen muss, er bekommt auch noch Besuch von kuriosen Gestalten, die merkwürdig gekleidet sind, erfährt, dass sein Vater nicht einfach nur ein gewöhnlicher Mensch war, und muss bald um sein eigenes Leben fürchten. Was hat es mit dem mysteriösen Notizbuch seines Vaters auf sich? Wer sind die Männer ohne Gesichter? Und was hat das geheimnisvolle Straßenmädchen Maya, die ihm trotz ihrer rotzigen Art irgendwie ans Herz wächst, mit alldem zu tun?

Jugendromane
mit viel Herz und Humor

Absender: Unbekannt.
Lisa Darling
ASIN: B01MRP6BP5
E-Book
2,99 € (D)

Rapunzel
... und der Club der toten Gerüchte
Lisa Darling
ASIN: B01MYRDAFM
E-Book
4,99 € (D)

Zeitfracht Medien GmbH
Ferdinand-Jühlke-Straße 7
99095 Erfurt, Deutschland
produktsicherheit@kolibri360.de